Lost in Sex
Roman

Christian Alois Kolbenschlag

Lost in Sex

Sex, Drugs & Rock `n´ Roll:
Das Leben eines angepissten Angepassten.

Mit Zeichnungen vom Autor im Anhang.

Roman

Verlag: BoD · Books on Demand GmbH,
In de Tarpen 42, 22848 Norderstedt, bod@bod.de
Druck: Libri Plureos GmbH, Friedensallee 273,
22763 Hamburg
ISBN: 978-3-7693-2460-0

Für Gabi.

Was ist eine sinnvolle Lebensentwicklung eines Menschen? Worüber lohnt es sich, nachzudenken und nachzuforschen und worüber nicht?

Eine gesellschaftskritische Autobiographie von einem intellektuellen Arzt mit idealistischen und zeitgleich utopischen Lebensanschauungen und eine Lebensgeschichte eines zarten, schüchternen, hochbegabten und kämpferischen Jungen, der in den gesellschaftlichen spießbürgerlichen Zangen gefangen bleibt.

Christian Alois Kolbenschlag, geb. 1969, Dr. med., Arzt, Künstler, Gesellschaftskritiker und vor allem Mensch, schreibt über die Tiefgründe und Abgründe des Menschseins und den Sinn allen Seins an sich.

Lost in Sex

Dichtung
und
Wahrheit.

Trüb
und
Klarheit.

Hass
und
Schönheit.

Gemein-
und
Einsamkeit.

Falsch-
und
Wahrheit.

1

Ohne Frage: Ich mache Kunst, bin Künstler. Und Kunst ist nur dann Kunst, wenn sie authentisch ist. Ich habe das alles erlebt, was ich schreibe, was ich zeichne, was ich spiele, was ich lebe. Ich bin authentisch. Also bin ich Künstler.

Und ich bin vor allem Mensch, denn ich lebe, liebe und leide. Alles Leben ist Leid und das Leid entsteht durch die Geistesgifte Gier, Hass und Verblendung. Das sind die ersten der vier edlen Wahrheiten. Und ich als Mensch bin zuweilen voller Gier, Hass und Verblendung. Und ich bin wütend und ärgere mich. Auf die Gesellschaft, in der ich lebe, leben muss und auf mich. Auf alles eben. Und sie kann raus, diese Wut, seit einigen Monaten, ich habe ihr die Tore geöffnet und seither geht es mir gut. Sie macht mich kreativ, diese Wut und frei von Depressionen. Also bin ich wütend. Wütend auf das, was so falsch auf dieser Welt ist.

Brief an die Borniertheit

Darf ich wissen
nach bestem Wissen
und Gewissen
und den Regeln meiner Kunst?

NEIN! Denn

Habe ich nachgedacht,
werde ich nur ausgelacht.

Habe ich nur funktioniert,
bin am Ende ich angeschmiert.

Daher:
Wissen,
nach bestem Wissen
und Gewissen

istgleich
in den Arsch gebissen!
(…und grenzenlos verschissen…)

Grenzenlos verschissen. Warum ist das so? Warum bin ich als Mensch so wütend?

Homo Homini Lupus!
Ecce Homo
Lupus erupit…[1]

Mein Wolf ist also ausgebrochen und weiß noch nicht so wirklich, was er mit dieser Freiheit anfangen soll. Also: Irgendwas stimmt nicht oder stimmt noch nicht in mir. Irgendwas ist noch in mir, was noch nicht bearbeitet ist in mir, was aber unbedingt nach außen will.

Also gehe ich tief in mich, suche in mir und lasse heraus, was ich so gefunden habe und finde. Wobei ich noch nicht einmal weiß, ob es mich überhaupt gibt. Oder ob ich nicht nur in der Vorstellung eines anderen existiere.

2

Heute fängt der Winter an und die Tage werden wieder länger.
Neue Wege gehen. Ich werde definitiv neue Wege gehen! Ich werde meinen eigenen Weg gehen in einer Gesellschaft, die ganz andere Wege kennt als ich und die ihre Wege sind. Irrwege! Wege, die ich so nicht mitgehen kann, ohne krank zu werden.
Mein Ziel ist es, nicht mehr in, sondern auf dem Hamsterrad zu laufen. So kann ich die Geschwindigkeit besser steuern und habe zudem eine bessere Sicht auf die Dinge.
Ich werde mich definitiv beruflich verändern, obwohl ich definitiv als Arzt weiterarbeiten werde. Ich werde alle Menschen, die meinen Rat und meine Hilfe suchen, weiterbehandeln, werde

ihnen helfen, wenn ich kann. Nur nicht mit diesen 3-B: Bürokratie, Borniertheit und Berufsschwachmatentum. Aus diesem Hamsterrad werde ich definitiv aussteigen. Ich glaube, ich bin auf einem guten Weg und werde ihn weitergehen. Ich bin kreativ genug, mein Leben selbst zu gestalten!

Was hilft mir dabei? – Die vier edlen Wahrheiten[2]!

1. Alles Leben ist Leid.
2. Leid entsteht durch die Geistesgifte Gier, Hass und Verblendung.
3. Erlöschen die Geistesgifte, erlischt das Leid.
4. Der Weg hierzu ist der edle achtfache Pfad[3]:

I: Rechte Erkenntnis
II: Rechtes Denken
III: Rechte Rede
IV: Rechtes Handeln
V: Rechter Lebenserwerb
VI: Rechtes Üben
VII: Rechte Konzentration
VIII: Rechte Versenkung

Ich werde versuchen, auf diesem Pfad zu gehen, so gut ich kann. Als ich zwei Stunden, bevor ich das schreibe, aufgewacht bin, überkam mich wieder ein Gefühl der Angst und ich fühlte mich nicht stark genug. Also habe ich an und für mich und mit mir gearbeitet. Und es geht mir wieder besser!
Handeln ist Sein!

3

Es ist untrüglich – mein Gespür trügt mich nicht: Irgendetwas wird früher oder später definitiv gegen die Wand fahren. Und obwohl ich nah, sehr nah dran war – ich bin es nicht mehr und ich werde es auch nicht sein. Es ist der Staat und die Gesellschaft, die gegen die Wand fahren, sie schauen sich selbst dabei zu und finden es auch noch gut. Sie tun alles dafür, wirklich alles. Noch mehr Ignoranz geht leider nicht. Sehenden Auges gegen die Wand!

...Aber wehe, wehe,
wenn ich an das Ende sehe...⁴!
Wilhelm Busch

Was kann ich tun?
Was kann ich tun, um dabei nicht unter die Räder zu kommen?

- Resilienz? - Habe ich lange versucht!
- Ignoranz? - Gelingt mir nicht!

Was kann ich sonst noch tun?
Ich versuche immer wieder, mich im und über den Alltag nicht aufzuregen, aber es gelingt mir einfach nicht!
Ich kann vor der Welt die Augen nicht verschließen!
Ich kann vor meinem Leben die Augen nicht verschließen!
Ich bin nun einmal durch und durch ICH SELBST!!!
Ich merke nur, ich bin nicht mehr allein mit Frust und Enttäuschung und Erschöpfung. Allenthalben machen sie sich breit!
Mein innerer Kampf ist tatsächlich in die Außenwelt gelangt.
Ich kann nur der Welt nicht helfen; oder vielleicht doch?
Indem ich bin, wer ich bin und der ich bin?
Unser aller Ende ist uns allen vorbestimmt!
Und wir können ihm alle nicht entrinnen!
NO WAY!

Es wird einen Neubeginn nach der Katastrophe geben. Einen Neubeginn auf neuem Niveau. Auf ganz neuem Niveau! Und meine Tagebücher und alles, was ich einmal gesagt und geschrieben habe, wird einmal Gold wert sein. Auch wenn es derzeit in keinster Weise danach ausschaut…
Die Welt versteht mich nicht und ich verstehe die Welt nicht. Das ist einfach eine *Kontradiktion*[5]…

Ich bin Mensch, Arzt, Künstler, Gesellschaftskritiker.
Ich werde NIE etwas anderes sein! So sehr ich mich auch bemühe…

Wie wird es mit mir weitergehen? Mit meinem Leben?
Ich werde die nächsten Tage auf mich zukommen lassen, werde Stimmungen und Eindrücke auf mich wirken lassen. Träume, Gedanken, Erinnerungen…

Zurückschauend habe ich heute etwas Tolles getan: Ich bin Mensch gewesen und war für Menschen da. Für einfache Menschen. Ich will auch weiterhin für die einfachen Menschen da sein. Für die, die meine Hilfe suchen. Die meinen Rat und meine Lebenserfahrung brauchen. Ich KANN den Kopf nicht in den Sand stecken. Ich bin Kämpfer und zum Kampf geboren.

Das Leben ist ein Kampf,
der mit jedem Tag
neu gekämpft werden muss[6]*!*
Hermann Hesse

4

Song about the Decalogue[7]!!!

Was sind unsere Gebote als Menschen und für uns Menschen?
Dazu bietet Weihnachten immer wieder Anlass, darüber nachzudenken und wenn es der einzige Sinn von Weihnachten ist! Für
mich jedenfalls bietet diese Weihnacht Zeit zur inneren Einkehr!
Zum Nachdenken darüber, wie es mit mir und meinem Leben
als Mensch und Arzt in Zukunft weitergeht.
Was ist der Sinn und das Ziel des Lebens? Darüber habe ich ge-
stern lange mit einem Freund gesprochen. Ich weiß nicht, was
der allgemeine Sinn des Lebens ist. Ich merke nur, dass ich jeden
Tag mehr dazulerne, was mein Sinn ist: Nachdenken, kommuni-
zieren, Dinge verändern, die mir und dem Leben im Weg stehen.
Das scheint in der Welt der Sinnlosigkeit im Grunde sinnlos zu
sein. Aber vielleicht ist ja der Kampf gegen die Sinnlosigkeit der
Sinn meines Daseins!
Der liebe Gott hat mir hierfür viele Talente mitgegeben:
- Empathie
- Zuhören können
- Reden können
- Nachdenken können
- Schreiben können
- Zeichnen können
- und vor allem mitfühlen können

Ich darf diese Talente nicht vergeuden! Daher der Kampf gegen
die Sinnlosigkeit als mein Lebenssinn.
Und mein Lebensziel?
Zu sagen, dass ich nach meinem Leben, im Sinne einer Grabrede,
sagen kann:
Er hat den Kampf gegen die Sinnlosigkeit gekämpft!

Ich lerne jeden Tag neu dazu, ich lerne, mit Situationen umzugehen, mit denen ich bislang nicht umgehen konnte.

Wieder ein Sinn des Lebens… und eine neue Erfahrung: Social Media.

Ich hatte heute morgen eine tolle Erkenntnis mit dem Umgang mit Social Media:

Social Media als Quelle, den Dialog zu suchen; den Dialog aber nicht über Social Media führen, sondern über Wege, die den Menschen die Möglichkeiten geben, sich selbst und die Welt zu entdecken.

In diesem Sinne: Frohe Weihnachten!

Coda zu irgendeiner Coda:

In der Tat – dicke Titten machen mich an! Da geht es mir nicht anders als jedem anderen Mann. Wahrscheinlich kriege ich auch eine Erektion, aber damit weiß ich umzugehen! Aber dicke Titten imponieren mir nicht, ebenso wenig, wie mir eine Erektion bei irgendeinem arschgesichtigen Wichtigtuer imponiert! Das wollte ich zu Weihnachten in diesem Jahr einfach einmal loswerden.

5

Ich lerne dazu, jeden Tag! Das ist ein Lebenssinn! Ich lerne durch und mit Social Media zu kommunizieren! Das birgt eine Gefahr in sich: Grenzen nicht zu erkennen! Also erkenne ich Grenzen an und sage: STOP, wenn es denn sein muss!

Mir ist ein gutes Gedicht zu *Anmache auf Social Media* eingefallen:

Dicke Titten machen mich an,
da bin ich so wie jeder Mann;
aber sie imponieren mir nicht –
denn ich schaue den Menschen
zuerst ins Gesicht!

Ich glaube, ich werde als Mensch immer gelassener. Ich bin authentisch! Wenn nicht ich, wer dann? Ich bin Mensch, Arzt, Künstler, Gesellschaftskritiker. Das ist meine Definition von mir. Denke von mir, was er/sie wolle…

Meine Waffen sind das Grundgesetz, die vier edlen Wahrheiten, der edle achtfache Pfad, der Zweck der Existenz und die Big Five For Life[8]!

Ich bin ein Kämpfer. Ich bin zum Kämpfen geboren.

Cogito ergo sum…[9]
Pugno ergo sum etiam[10]!

6

Pugno ergo sum!

Wir Menschen haben die meisten Dinge des Universums nicht in der Hand, auch wenn wir krampfhaft versuchen, alles zu kontrollieren. Wir können vieles nicht festhalten. Wir müssen lernen, loszulassen.

Wirf alles weg, so ist dir geholfen!
                                        Roshi Nagaja[11]

Wir müssen wieder lernen, loszulassen. Wir müssen wieder mehr in uns gehen.

In interiore homine veritas habitat[12].
                                        Augustinus

Wir müssen das Menschsein wieder lernen! Deswegen müssen wir auch wieder lernen, zu uns als Menschen zu stehen, mit unseren Vorzügen, aber auch Nachteilen. Mit unseren Verdiensten, aber auch unseren Fehlern. Was wir brauchen, ist eine Kultur, eine Schule der Selbsterkenntnis. Wir müssen, wir sollten lernen, zu wissen, was es heißt: Ich bin ICH!
Wenn ich auf Social Media bin, erkenne ich immer und immer wieder: Da ist NICHTS originär. Alles nur abgekupfert, übernommen, am besten noch kritiklos. Alles ohne SELBST!
Alles ohne wirkliche Inhalte…
So leben, so dümpeln 99% der Menschen so vor sich hin. Sie können nichts dafür, sie haben es nicht anders gelernt. Aber dies eine Prozent, das uns regiert und überwacht, tut auch nicht wirklich etwas dafür, dies zu ändern. Es hält uns im künstlichen Halbschlaf. *Panem et Circensess!* So will uns die Politik, der Staat, die Gesellschaft.
Poppen, ohne nachzudenken!
Der Großinquisitor bei Dostojewski hat Recht: *Wir hatten das Volk und alles in der Hand; und jetzt kommst Du…*

17

Wie kann man nur Jazz hören…? Das werde ich oft gefragt.
Wie kann man Jazz denn NICHT hören? Das antworte ich dann…
Der sexuelle Höhepunkt eines Mannes dauert nur wenige Sekunden; und das nach Minuten, ja oft Stunden harter Arbeit. Der Höhepunkt beim Jazzhören hingegen dauert vom ersten bis zum letzten Ton der Schallplatte! Das ist der Unterschied…
The cute thing with Jazz is: You need your head only while practicing it, 'cause that's hard and long-lasting work. Then, when you play it in concert or when you listen to, you don't need your head anymore. Then you only need heart, soul, balls, tits, …

Das Leben ist unglaublich und jeden Tag aufs Neue neu! Vielleicht habe ich mich wirklich gefunden: Glücklich sein durch KÄMPFEN!
Ich weiß es aber nicht und ich glaube, ich werde mich nie endgültig finden; ich werde mich aber ständig aufs Neue neu erfinden.
Macht aber nix!!!
Das Leben, die Welt, das Universum hat seine eigenen Gesetze! Wir versuchen zwar, sie zu ergründen und immer, wenn wir etwas gefunden haben, von dem wir denken, es sei endgültig, versuchen wir krampfhaft, daran festzuhalten!
…Aber es gelingt uns nicht!
Wir Menschen müssen einfach erkennen (lernen), dass wir endlich sind, das Universum aber für unsere Verhältnisse nicht. Und es werden sich ständig Dinge ändern. Sich mit Veränderungen auseinandersetzen ist ein Sinn des Lebens. Mit Situationen umgehen zu lernen, mit denen man bislang nicht umgehen konnte… schafft man dies, kann man das Leben immer besser und immer wieder aufs Neue genießen. So wie ich den Jazz und das Spiel von John Scofield[13], den ich gerade höre…!
Jazz `s life!

Das Jahr ist zu Ende. Und meine Medikamente wirken. Das ist sehr gut. Vergesse ich mein Pregabalin abends einzunehmen, bin ich kein Mensch mehr. Dann bin ich nur noch ein erschöpftes, zerrissenes Wesen voller Angst und Panik und Selbstzweifeln, immer am Rand des Scheiterns seiner Existenz. Mit Pregabalin kann ich klar leben und denken!

Soul Eruption

Die Welt ist von mir
ganz sicher nicht entzückt;
Das stimmt sehr wohl,
ich bin verrückt.

Die Welt denkt von mir:
Der hat 'nen Spleen!
…But only talking in between…
Das ist kein Spleen-
DER IST ein Spleen!

Die Welt denkt von mir:
Der ist gar toll…!
…Der ist nicht toll…
Lives only Soul, lives Rock'n'Roll!

And only high and high above-
This man is pure, eternal love!

… kann ich zurück ins Schneckenhaus der Welt? Ich glaube, es gibt kein Zurück mehr… Irgendetwas ist passiert mit mir in den letzten Monaten: Die Wut hat ihre Zelle verlassen, hat ihre Heimat in mir verloren. Nun zieht die Wut durch die Welt. Mein Innenleben ist seither ohne Erschöpfung und Depression. Seither schaffe ich die Konflikte in der Außenwelt, die Wut als ständiger Antreiber.

Früher wollte ich immer wie andere sein:

Angepasst und gleich.

Heute weiß ich, dass ich anders bin:

Angepisst und weich…

Ich bin 54 Jahre lang meinen eigenen Weg gegangen und habe dennoch versucht, mich so gut es geht mit der Welt zu arrangieren…

Aber alles in allem: Es gelingt mir nicht! Ich habe mir immer gedacht, das Leben sei *Change or Arrange!* Heute weiß ich, in mir ist es genau andersherum: *Arrange or Change!*

Ich muss noch tiefer in mich gehen und mich mit meinem Innenleben und der Außenwelt auseinandersetzen. Ich muss meine Energie, die pure Energie, akzeptieren lernen. Ich muss anfangen, meine Sexualenergie aufzuarbeiten; der Kopf als Unterdrücker der stärksten, existentiellen Triebe.

Mein Buch: *LOST IN SEX* schreiben!

Als Künstler bin ich sehr viel näher an der Sexualität als andere Menschen, da ich näher an deren Energie dran bin. Mein Kopf hat sie nur ständig ein Leben lang unterdrückt und nur heimlich rausgelassen. Die Scham als Gesetzgeber. Der moralische Regulator des Handelns. Dieser riesige, seit über 40 Jahren währende Konflikt. Diese ewige Unterdrückung!

Zum Kotzen!!!

Was wünschte ich mir als junger Mensch? Frauen aufreißen, ab ins Bett, geile Nacht und am nächsten Tag getrennte Wege gehen.

Das Tier in mir war schon immer Rock 'n' Roller…

Stattdessen: Kopf, Scham, Minderwertigkeitskomplexe, Angst vor verletzt werden. Warum war ich nicht wie andere???

Sex macht frei! Liebe macht zwar zuweilen glücklich, tut aber häufig weh!

Ich habe es selten in meinem Leben geschafft, innerlich frei zu sein. Darüber habe ich ganze Gedichtbände verfasst.

Stattdessen: Schrei nach Liebe, nach Glück, aber auch nach Anpassung und Unterwerfung! Mein Leben war ein ständiges fühlendes und sexuelles Auf und Ab! Ich habe sehr viele Möglichkeiten verpasst, weil mein Kopf dazwischenstand. Ich habe mich nicht gesehen, wie ich bin, ich habe mich nur gesehen, wie ich nicht bin. Auch darüber habe ich Gedichtbände verfasst. Gefangen im moralischen Regulator des Handelns, gefangen in der moralisch regulierten Welt des Seins. Mehrmals habe ich versucht, aus der moralisch regulierten Welt des Seins auszubrechen. Auch darüber habe ich Gedichtbände geschrieben – keiner hat sie gelesen, keiner hat sie verstanden, keiner hat je mit mir darüber geredet, warum ich empfinde, wie ich empfinde.

Mein Problem beim Anbaggern von Frauen war immer: Lass bloß keine Liebe in mir daraus entstehen…

Früher wusste ich nicht, dass jeder Mensch seine Seele hat; diese ist allerdings unterschiedlich stark ausgeprägt. Von Mensch zu Mensch. Ich wusste auch nicht, dass jeder Mensch seine eigene Biografie hat.

Heute weiß ich es:

Der Mensch als Gesamtheit der Biografie seiner Seele. Deswegen versteht man den Menschen nie ganz. Man versteht ihn allerdings mehr und mehr, je mehr man sich mit ihm auseinandersetzt. Allerdings erkennt man auch, dass das perfekte Kunstwerk Mensch seine Fehler hat, dadurch, dass man ihn immer wieder und immer länger beobachtet. Wie das Kunstwerk *Der bärtige Mann* von Tintoretto im Roman *Alte Meister* von Thomas Bernhard[14].

LOST IN SEX

Neues Jahr, neues Glück, wie in der Lotterie...
Wie eng sind Kunst und Sex verzahnt? Das gilt es in der nächsten Zeit auszuloten. Viel nachdenken, aber auch darüber sprechen in der Psychotherapie. Ich muss alle meine Karten auf den Tisch legen. Zu lange habe ich über mich und meine Gefühle geschwiegen. Es will raus. Alles will raus! Ich muss reden, reden, reden und nach außen gehen. Ich bin Mensch, Arzt, Künstler und Gesellschaftskritiker. Alles zu 100%. Also bin ich alles in allem 400%. Das sind 300% über der Norm!
Elan vital!
Ich kann nicht mehr anders. Ich lebe meine Energie aus. Entweder ich bleibe bestehen oder ich kippe um. Wenn ja, dann lasst mich liegen.
Hop oder top!

How can you tell
an Asshole
that's
an Asshole?
By telling him
that's an Asshole...!

Da wird der Mensch, der ständig müde, erschöpft und demotiviert war, zum Workaholic…

Mein Leben geht eine neue Bahn! Mein Leben kommt aus mir heraus! Es gibt kein Zurück mehr (…obwohl der Zweifel die härteste Eigenschaft ist, die ich besitze)! Ich bin ein Mann und ein Mensch.

Er ist ein guter Mensch, aber er denkt zu viel…
                                    Büchner, Woyzeck

Und ich denke über vieles nach…
- Meinen Psychiatrieroman zu Ende schreiben.
- Mein neues Buchkonzept: *LOST IN SEX.*
Über das Leben und Sterben und das Wiedererleben der Sexualität in mir. Einleitend vielleicht ein Gedicht von gestern:

Erlebter Katholizismus

Ich war jung.
Ich war wild.
Ich wollte frei sein…

…Doch der Geist Gottes schwebte über dem Wasser…
(1. Mose 1,2).

Die Katholische Kirche
verbot mir den Umgang mit mir selbst.

Sie verbot mir den Umgang
mit Heavy Metal,
denn da war der Teufel drin.

Sie verbot mir den Umgang
mit dem anderen Geschlecht,

denn Sex war Sünde sowieso.
Sie verbot mir den Umgang
mit falschen Göttern
und mit Drogen
und überhaupt mit allem, was Spaß macht...

Ich war somit in allen Anklagepunkten...
(schuldig)!

Die Katholische Kirche selbst
war aber unschuldig; denn
sie vergriff sich einfach nur
an Unschuldigen...

Es muss sehr viel hinein in diesen Roman. Alles Ungelebte, alles Unausgesprochene und dennoch Gefühlte.

Nur, wo fange ich an? Wann fange ich an?

Ist die Sexualenergie (Libido) die Energie, um Dinge in sich und der Welt umzusetzen? Warum unterdrückt man sie ständig oder lässt sie sich ständig unterdrücken? Vielleicht weil man (und man ist das meiste außer und außerhalb von ich) Ruhe haben will? Ruhe und Ordnung? Behaglichkeit, Beschaulichkeit, Bürgertum? Wieder 3-B...

Keiner will anecken!

Keiner will Energie aufwenden!

Keiner will Konflikte!

Und dennoch gibt es ständig und immer wieder aufs Neue Konflikte im Individuum und in der Welt.

Also ist das mit dem Unterdrücken der Libido vielleicht doch kein so guter Plan? Es ist nicht nur kein guter Plan, nein, es ist eine Katastrophe! Alles, was unterdrückt wird, kommt irgendwann doch einmal wieder zum Vorschein, es explodiert und platzt in einem wahren Feuerwerk der Emotionen heraus. Energie, pure Energie lässt sich auf Dauer nicht unterdrücken. Also stelle ich mich jetzt meiner Energie. Ich lasse sie heraus, indem ich tief in mich hineinschaue.

Und darüber spreche...

Libido (Sexualenergie) als Lebensenergie? Für meinen täglichen Kampf brauche ich Libido ohne Ende. Der Kampf gegen alle Moralapostel…

Moral! Das ist, wenn man moralisch ist!

Wieder Büchner, wieder Woyzeck!
Der Kampf gegen die Gesellschaft ist der ständige Kampf gegen sich selbst und mit dem Dasein. Es gibt kein Entrinnen.
Was hat das mit mir und Sex zu tun?
Nun, Unterdrückung in jedem Fall. Etwas, was ich mein Leben lang unterdrücken musste, weil man von mir verlangt hat, es zu unterdrücken. Die moralischen Instanzen waren der moralische Regulator meines Handelns. Ich war 12/13 und wollte endlich aus meiner Haut und das Einzige, was aus mir herauskam, war meine Haut.
Psoriasis. Schuppenflechte.
Der sichtbare Regulator der Moral. Im Prinzip nur sehr dezent, es gab sichtbar schlimmere Verläufe. Es gab deutlich Gekennzeichnetere als mich. Doch ich litt. Ich fühlte mich abstoßend, minderwertig. Ich war einfach nur sensibel, viel zu sensibel. Die Energie wollte aus mir heraus, meine Sexualenergie und sie blühte auf. Sie blühte auf meiner Haut. Das gab eine natürliche Grenze, eine Grenze nach außen, eine Grenze zum anderen Geschlecht. Eine Grenze dahin, wohin meine Seele und meine Sexualenergie unbändig drängten. Also blieb ich definitiv hinter dieser Grenze und versteckte mich in meiner Höhle tief in mir. Und beschäftigte mich mit mir selbst, wollte mich mit mir beschäftigen, auch sexuell, aber ich wusste ja nicht, wie es geht, denn es hat mir keiner gezeigt. Außerdem gab es ja den moralischen Regulator. Den erhobenen Zeigefinger als Gebot, als Verbot. Es gab Gott, die Katholische Kirche, meine Eltern, die Gesellschaft. Die Instanzen meines Lebens. Es gab etwas, was man als Scham bezeichnet. Schamgefühl.

Ich hatte Schamgefühl ohne Ende. Die Instanzen überwachten jeden kleinsten Winkel meiner Seele. Also versuchte die Seele schön still zu halten. Bloß nichts nach außen drängen lassen, meine Ängste, meine Gefühle, meine unbändige Wut auf alles, was mich unterdrückte, mein unbändiger Trieb nach Sexualität. Aber alles das musste in mir bleiben. *Ruhig, Wuffi, bloß nicht aufmucken, mach Platz und sei brav!* Ich war Parzival, ich durfte ja nicht fragen. Also wurde ich nicht erlöst und blieb in mir gefangen und befangen. Das Einzige, was nach außen drängte, war meine Haut. Was mir als Kind die Luft zum Atmen nahm, worüber ich noch genauer sprechen werde, wurde nach dem Erwachen meiner Gefühlssexualität meine Haut. Grenze, Barriere, Zensor meiner Energie. Die Instanzen stahlen sie mir einfach.

Zu viele Ideen, zu viele Gedanken. Wie sortiere ich das nur alles? Für mich hängt einfach nur alles mit allem zusammen. Ich bin einfach ein Kind des Urknalls.

Ein Teil von jener Kraft,
die stets das Gute will
und doch das Böse schafft[16]!

Als Künstler lebt man sein Dasein. Ich habe schon immer mein Dasein gelebt. Ich war schon immer Künstler. Alles, was in mir ist, war schon immer in mir. Und alles, was schon immer in mir war, war Kunst, pure Kunst. Kunst darf nicht die Erwartungshaltung des Zuhörers oder Zuschauers widerspiegeln. Tut sie nur das, dann ist sie keine Kunst! Kunst muss nicht nur die Aussage darstellen. Kunst IST Aussage.
Aussage pur!

Warum schämt sich der Mensch? Warum schämt sich Kreatur? Ich habe das nie so wirklich verstanden und je älter ich werde, desto weniger verstehe ich es. Also lese ich nach. Und ich lese, dass es allen Menschen gehört. Es ist ein Affekt, ein angeborener Affekt. Keiner ist frei davon. Aber alle sind wir unfrei dadurch.

Und wie bei allem mehr oder weniger. Es hat etwas mit dem Gefühl der Unzulänglichkeit zu tun, eine aversive Emotion.

Schuld und Scham sind scheinbar eng miteinander verknüpft. Fühle ich mich schuldig, schäme ich mich dafür, schäme ich mich für etwas, stehe ich in einer Schuld oder es wird mir eine Schuld auferlegt. Doch wie kann ich schuldig für etwas sein, wofür ich nichts kann? Wirklich nichts kann?

Es ist viel, was es zum Thema Scham und Schuld zu lesen gibt, vielleicht zu viel, was man lesen könnte. Und es reicht, wenn man beides, Scham und Schuld, empfinden kann, so wie es mir als hypersensiblem Etwas in die Wiege gelegt und von Gott gegeben wurde. Dann braucht man in der Tat nichts mehr darüber zu lesen. Dann weiß man alles darüber, auch ohne etwas dazu gelesen zu haben.

Was kann ich denn für meine Sexualität, für mein Empfinden, meine Gefühle, meine Triebe, der Heißhunger danach, der so schön und doch so schmerzhaft ist? Ich habe ihn mir weder gekauft noch geliehen, ihn weder angelesen noch angeeignet. Er, der Durst nach Liebe und Leben, war einfach immer da und irgendwann brach er durch. Er tat es, er durfte es allerdings nicht. Die Instanzen verboten es.

Und mir, als Hypersensiblem reichte schon das geringste Verbot und selbst die Androhung der geringsten Strafe reichte schon aus, den Trieb in mir tief, tief zu vergraben. Es sollte einfach nicht sein. Der ständige Kampf zwischen Kopf als Regulator und Bauch oder vielmehr dem Unterleib als Reguliertem. Der ständige Kampf zwischen Gott und dem Teufel, Himmel und Hölle, zwischen Gut und Böse. Dass das alles eins ist, eins war und wieder eins werden sollte, erkannte ich erst sehr viel später. Und es kam spät, sie kam spät, diese Erkenntnis.

Wie ein Gott, der Leben nur durch Lust ermöglichte, auf der anderen Seite die Lust unter Strafe stellte und stellen konnte, ist mir bis heute schleierhaft. Oder gab es diesen Gott gar nicht? Ein Gott, der sich am Leiden seiner selbst und sich seiner selbst ergötzte? Wie sollte, wie konnte das möglich sein und wie sollte dies funktionieren? War dieser Gott vielleicht gar nicht er selbst, sondern nur die, die sich für diesen Gott hielten? Die mit teuflischem Verlangen sich als Gott aufspielten? Die die eigentlich göttliche Lebenslust als Götter dieser Welt in ihre teuflisch tugendhaften Schranken wiesen? In Moral und Ordnung, kontrolliert durch Schuld und Scham?

Das verstand ich, wie gesagt, nie. Erst viele, viele Jahre später, nachdem ich vieles vom Leben und der Welt gesehen und erlebt hatte, wurde es mir klar.

12

Wenn ich eines bin, dann der Mann der 100.000 Fragen.

Also frage ich: Kann ein Mann zwei Frauen gleichzeitig lieben?

Warum frage ich das?

Weil ich mir vorgenommen habe, alles, was ich fragen will, zu fragen; das habe ich mein Leben lang zu selten getan. Ich war zu sehr Parzival und habe das Fragen in mir unterdrückt. Aus Scham und Angst vor schuld! Aber ich will mich nicht mehr schämen müssen im Leben. Und ich möchte nicht mehr schuldig sein müssen für Dinge, für die ich nichts kann. Ich möchte nicht schuldig sein für meine Gefühle, ich möchte nicht schuldig sein, Mensch zu sein.

Die Frage bewegt mich!

Ich habe mir vorgenommen, Antworten auf Fragen zu bekommen. Eine Frage ohne Antwort ist eine sinnlose Frage. Also frage ich. Und ich suche in meinen Antworten nach Lösungen auf Fragen. Denn Antworten sind Lösungen auf Fragen. Und Lösungen für unser Leben. Also suche ich nach einer Lösung für mein Leben, ob man zwei Frauen gleichzeitig lieben kann. Und wiederum muss ich fragen, Menschen fragen, ob so etwas geht. Tief in mich gehen und mein Innerstes erfragen, ob das geht. Mich mit der Frage beschäftigen heißt: Lösungen suchen und Lösungen finden! Aber nicht mit der Brechstange, sondern mit den Faktoren Zeit und Geduld!

Kann man Gefühle einfach abschneiden?

- Nein, dann wird man gefühlsarm!

Kann man Gefühle herunterdrehen?

- Nein, dann wird man gefühlskalt!

Als Mensch der Gefühle kann man nur eines: Sich seinen Gefühlen stellen! Also stelle ich mich meinen Gefühlen! Deswegen bin ich kein schlechter Mensch. Ich bin einfach nur Mensch, bin menschlich, bin Mann, bin männlich. Und Sexualität und sexuelle Gefühle sind etwas sehr Männliches, das hat die Natur so gewollt.

Ich werde das, was ich schon immer sein wollte:

Ein Kämpfer.

Ein Mann.

Ein mutiger Mann. Ein selbstbewusster Mann.

Und ich muss die Sexualität mit ins Boot nehmen. Ich habe sie so lange unterdrückt und verheimlicht. Ich bin es leid! Die Sexualenergie ist ein Teil meiner Lebensenergie, die ich zum Kämpfen brauche.

Ich will die Scham ablegen.

Die Schuld.

Das schlechte Gewissen.

Leben heißt, mit Situationen klarzukommen, mit denen man bislang nicht klarkam.

Leben

Überleben ist:
Sich in Situationen
zu befinden.

Leben ist,
mit Situationen klarzukommen,
mit denen man
bislang
nicht klarkam.

Ich bin Mensch!
Ich bin ein Mann!
Ich will sein!
Ich werde sein!

Ich lebe den Jazz und den Rock'n'Roll! Ich habe das mein Leben lang getan! Ich war schon immer ein Revolutionär des Geistes und des Lebens. Ich habe es mein Leben lang unterdrückt, mein Leben lang versucht, es nicht wahrhaben zu wollen. Irgendwie in die Ordnung dieser Welt zu passen. Es ist mir nicht gelungen…

Jetzt platzt es aus allen Ebenen aus mir heraus! Es ist draußen und es gibt keinen Weg mehr zurück, keinen Weg mehr in die Welt des Spießbürgers, in Schnürzelwelt. Mein Leben, meine Welt ist Energie, Gefühl, Sex! Ich weiß nur nicht, wo die Reise hingeht für mich. Ich muss es herausfinden, es erspüren und auf mein Gefühl achten. Zu lange hat der Kopf mein Leben terrorisiert!

Also versuche ich zu fühlen.

Nur zu fühlen.

Ich will nur eines: Mich und meine Gefühle ausleben. Und dazu gehört auch meine Sexualenergie!

Künstler sein = Künstlerdasein!

Wohin geht mein Weg? Ich bin raus aus dem Schneckenhaus. Raus aus dem Käfig. Und zurück kann ich nicht mehr. Nicht mehr zurück ins Gefängnis meines alten Lebens. Ich bin frei! Wohin die Freiheit führt? Dorthin, wohin der Weg mich führt.

Ich höre Bruckner-Sinfonien… Ausgerechnet Bruckner[17]: Der katholischste der großen romantischen Komponisten. Der Komponist des erlebten Katholizismus. Warum Bruckner-Sinfonien? Ich kenne diese seit Jahrzehnten, aber ich habe sie nie erfasst. Jetzt erfasse ich sie! Ihre Tiefe. Ihr Herz. Ihr tiefes Vertrauen. Und alles das nur, weil ich Silvester einen Brucknerabend machen wollte, den ich schließlich nicht gemacht habe. Weil ich eingeschlafen bin. Was ist davor und danach nur mit mir passiert? Die Kunst hat mich zu einem anderen Leben erweckt. Auf einmal bin ich wieder 14 Jahre alt. Damals begann die Zeit stillzustehen. Jetzt beginnt sie erneut zu schlagen!

Ich möchte reden:

Über Sex!

Über Gefühle, Emotionen!

Über körperliches Glücksgefühl!

Nicht mehr nur heimlich!

Nicht mehr nur versteckt!

Nein, offen und ehrlich!

Ich möchte es von der Kirchturmspitze HERUNTERSCHREIEN!

13

Mein Leben und mein Gefühlsleben waren gekennzeichnet dadurch, dass ich nicht über Sex reden konnte. Eingeklemmt und eingezwängt in der Zwangsjacke des moralischen Regulators kämpfte mein Kopf ständig damit, meine Emotionen und meine Triebe in Schach zu halten.

Ich hatte keinen wirklichen Sex im Leben. Ich war somit unsexy. Und mir fällt wie Schuppen von den Augen, wie unattraktiv ich war und weswegen ich unattraktiv war. Ich war ein Muster der Verklemmtheit, der situationsbedingt Lockerheit gespielt hat. Ich war niemals wirklich frei! Gefangen durch den moralischen Regulator meines Fühlens und meines Handelns. Natürlich hatte ich Sex im Leben. Sehr spät, ich war schon über 20. Sehr verklemmt natürlich, denn der Kopf war immer dabei. Sehr unprofessionell natürlich, denn ich hatte überhaupt keine Ahnung davon. Nach außen spielte ich den langhaarigen, coolen Rock 'n' Roll-Typen, der sexuelle Souveränität aus der Distanz vorgaukelte. Aber je näher man kam, desto mehr konnte man klarsehen, wie sehr das alles nur Fassade war. Man konnte es sehen und noch mehr, man konnte es spüren.

Wie gesagt, ich hatte Sex, das erste Mal mit 22. Aber es war kein Sex. Ich war nicht frei. Ich war kopfbestimmt. Ich tat etwas, was der moralische Regulator im Prinzip untersagte. Aber da ich Sex hatte mit einer Frau, die noch sehr viel unsicherer und verklemmter und regulierter als ich war, fiel das für die nächsten Monate nicht auf. Doch unser Sex war nicht frei, denn wir waren nicht frei im Leben. Ständig kontrollierten wir uns selbst und uns gegenseitig. Ständig waren wir bestrebt, die Vorgaben des moralischen Regulators mit allen Möglichkeiten, die wir hatten, einzuhalten. Ständig war ich bestrebt, eine Rolle zu spielen und nicht zu sehr aus dieser herauszufallen. Ständig war ich versucht, mich der Ordnung anzupassen. Aber ich war, ganz tief in mir, schon immer ein Rebell. Aber ich durfte nicht rebellieren. Deswegen litt ich…

Eine Rolle zu spielen ist nicht gut; zu sein, wer man ist, ist besser. Ich möchte ein kurzes Gedicht hier einfügen, das ich zu der damaligen Zeit geschrieben habe:

Sinn des Lebens

Nicht sein, was man ist.
Sein, was man nicht ist.
Obwohl man nicht sein will…

Leben heißt:
INSICHHINEINFRESSEN!

Nichtkotzen
ist richtig leben.

Ich war 20 Jahre alt, als ich das schrieb. Ich wusste nicht warum; es wollte aus mir heraus. Es stellte mich dar, ganz genau dar. Es stellt mich dar, bis in die Gegenwart; aber ich bin dabei, es abzulegen.

Ich wollte aus mir heraus.

Aber ich konnte nicht.

Das Einzige, was aus mir herauskam, als ich 12 Jahre alt war, war meine Haut.

Ich kann die Dinge am bezeichnendsten darstellen in Gedichten.

Also schreibe ich ein Gedicht hierzu:

Song 'bout me

I was fourteen,
I was young and wild
and I wanted to be free.

But the moral regulator
hang over me like haze…

So I couldn't be free…

I wanted love.
I wanted sex.
But the moral regulator
thwarted my plans:

He gave me
itchy, red and flaky skin!
He gave me
a natural distance
to all the girls I desired.

This was Gods natural selection.

And locked me up
deep inside myself
with all my feelings and emotions.

But I wanted to be free
and I am free:
Lupus fugit et
redire non potest!*

(* The wolf has escaped and cannot go back)

Wohin führt der Weg?

Warum wusste ich nie, wohin er führt? Meine Wege, meine vielen Wege, haben immer nur irgendwohin geführt. Reine Aleatorik[18]! Gerne hätte ich einmal einen Weg gehabt, der genau dorthin führt, wo ich hinwollte. So habe ich zumindest die meiste Zeit meines Lebens gedacht. Heute weiß ich, dass das immer falsches Denken war. Ein Denken, was uns von Gesellschaft, Moral und Medien immer vorgegaukelt wird und wurde. Lebenswege in Wirklichkeit sind nie geradlinig. Sie sind immer verschlungen und weichen von dem, was normal sein soll, ab.

Ich habe lange gebraucht, das zu verstehen. Vielleicht habe ich es auch heute immer noch nicht verstanden, ich lasse mich immer noch zu sehr und auch immer wieder blenden. Auch ich bin nur ein Mensch. Auch ich hätte es immer wieder gerne einfach im Leben.

Aber dem ist nicht so!

Ich bin Künstler!

Und in der Kunst ist nun mal der Mittelweg der einzige, der nicht nach Rom führt[19].

Wahre Liebe	*True Love*
Ich liebe Dich!	*Why am I suspicious?*
Habe Dich immer geliebt	
und werde immer	*Cause I wanna know*
zu Dir zurückkehren.	*that the mind,*
	thinking about me,
Aber ich weiß:	*is real.*
Ich lebe den Rock'n'Roll!	
	Cause I wanna feel
Also ziehe ich durch die Welt.	*that the body I feel,*
Und wenn mir	*is real.*
die Liebe begegnet,	
werde ich sie nicht ablehnen.	*Cause I wanna see,*
	the eyes, that I see,
Zu lange habe ich das getan.	*are real.*
Und den Rock'n'Roll	
In mir begraben.	*Cause I wanna feel*
	that the heart,
Aber wahre Liebe bedeutet,	*that's beating for me,*
zu sein, wer man ist.	*is real.*
Und ich bin ich!	*Cause I wanna feel*
	that the love that I feel
	and that's felt about me
	is true.
	That's me.
	That's Rock'n'Roll!

Ich bin so viel, weil ich so viel fühle. Und ich renne nicht hinterher. Trotzdem habe ich das Gefühl, es zu tun. Das ist die ewige Suche nach Liebe und Anerkennung. Aber ich werde mich definitiv nicht entscheiden! Es wird entschieden werden:
Für mich oder gegen mich.
So wie ich bin.

Cry for love

When I was a young man
anytime I was running after women
cause I was so thirsty,
I was beggin'
for love and attention.

And I was running and running
and never came to an end
and never reached the goal.

Cause I felt myself
inferior, unattractive
and not adorable.

But I grew up
and was getting older
and more mature.

Now,
I ain't any more…
It's me who I am!

Kann man die Liebe, die Sexualität neu erlernen? Ja, in jedem Lebensalter, man muss nur offen dafür sein. Ist man frei geworden, ist alles so viel leichter. Manchmal braucht es verschiedene Voraussetzungen für neue Freiheit. Neues Denken, neue Einstellung und vor allem das Ablegen von überkommenen Mustern.

Gefängnisse und Ketten haben noch nie dazu beigetragen, das Leben voranzubringen. Vielleicht haben sie vor Schaden bewahrt. Aber sie haben auch die Möglichkeit zur Weiterentwicklung unterbunden. Ich erkenne gerade wieder ein solches Muster. Das Muster der ständigen Suche nach Liebe und Anerkennung. Das Muster des fehlenden Selbstvertrauens, des fehlenden Selbstwertgefühls, des fehlenden Selbstseins. Das ist alles altes Leben! Aber ich arbeite an mir, die alten Zöpfe abzuschneiden. Ich renne nicht mehr hinterher. ICH gebe die Möglichkeit! ICH bestimme! Ich bin das Alphatierchen und nicht mehr die anderen Pseudoalphas um mich herum!

Ich bin, wer ich bin!
Ich bin, was ich bin!
Ich bin, wie ich bin!
Ich bin ich!

Man in Love

For a long time
I've been asking myself
if I could…
…love two women…

Now I know:
Yes I can!
Cause I'm a Man in Love!
…And I need the Love
to consolidate my Heart
to fight the Fight
for Love and Life!

Now I ask myself:
Can two Women
love me?
…Well, that's not my problem…

Exploring Man

Once there was a man
in midlife crisis.
But it was not midlife crises
cause all his life
to the middle
was a crisis…

And he felt so sad…

Cause he was a prisoner
caught in the prison
of bornism.

But for once in his life
his heart exploded
and soul came out.

And for once in his life
he felt free!
And he knew:
How to live a life
out of all conventions…

Ich bin 54 Jahre alt. Und die meiste Zeit meines Lebens wusste ich nicht, wohin mit mir, weil ich mich nicht in all meinen Facetten geliebt fühlte. Seit heute weiß ich: Ich liebe die zwei schönsten Frauen dieser Welt. Und die zwei schönsten Frauen dieser Welt lieben mich. Und ich bin happy und dankbar. So happy, dass ich auf meiner Terrasse tanzen kann! Und ich träume! Ich träume davon, als Mensch, Arzt und Künstler mit meinen zwei Frauen zusammenleben zu können. Ihre Liebe und Zuneigung zu spüren für sie da zu sein! Ich träume! Ich träume den Traum von einem Leben, den ich niemals zu träumen gewagt habe. Ich lebe und liebe für meinen Traum.

15

Ich bin 54 Jahre alt und bin ein Mann.

Ich fühle mich erstmals im Leben so.

Und ich schreibe ein Buch über Sex und meine Sexualität. Weil es die schönste Sache der Welt ist. Und weil es die Seele frei macht. Endgültig frei. Das wusste ich nie. Jetzt weiß ich es, weil ich es empfinde. Erstmals im Leben empfinde ich meine Gefühle wirklich. Ich höre und empfinde den Jazz und den Rock `n' Roll, den ich mein Leben lang in mir gehört und gespürt habe, nicht nur mehr, nein, ich kann ihn jetzt endlich leben. Das ist ein tolles Gefühl. Denn Jazz und Rock `n' Roll handeln von Sex und Liebe. Und wie soll man beides empfinden, wenn man nicht offen dafür ist? Klar, man kann es hören, aber empfinden? Ich hörte und empfand es aber trotzdem immer, nur fand ich keinen Weg nach draußen. Die Liebe und die Entdeckung meiner Sexualität haben mir nun den Weg nach draußen gezeigt, sie haben die Pforte ge-öffnet, die so fest verschlossen war! Jetzt liebe ich den Jazz, den Rock `n' Roll und ich lebe und liebe zwei Frauen. Und ich stehe dazu, weil ich das empfinde!

Ich war 17 und hatte meine erste Freundin. Und ich war so ver-kopft, so verkrampft, alles, was mit *ver-* beginnt, ja das war ich. Trotzdem war es ein erster Einblick in eine Spähre, die mir bis dahin unerkannt geblieben war. Es war eine Zufallsbekannt-schaft... Aber sind nicht alle Bekanntschaften Zufallsbekannt-schaften? Wie dem auch sei! Wir trafen uns zuerst auf einer Party, wir blieben im Gespräch hängen und meine Fassade hat scheinbar viel erzählt... Meine Seele konnte ja nicht, sie war ein-geschlossen und vom moralischen Regulator gefangen gehalten. Trotzdem war es ein tolles Gefühl, einen Partyabend mit einem netten Mädchen im Gespräch zu verbringen. Sie war ebenfalls 17, aber eine Klasse unter mir, da ihr mein unbändiger Zwang zum Perfektionismus in allen Belangen fehlte. Später wurde mir klar, auch deswegen, weil sie mit anderen Problemen als ich kämpfte, was ich damals, mit 17, als Mensch, der nur sich selbst und sein Innerstes kannte, noch nicht wissen konnte. Ich wusste ja kaum was und von der Liebe wusste ich ja gar nichts. Es war trotz allem ein tolles Gefühl, diese Talknight. Aber sie war irgendwann vorbei, diese Talknight und unsere Wege trennten sich wieder, wir verloren uns wieder aus den Augen. Erstaunt war ich allerdings über die Einladung zu einer kleinen Silvesterfeier, die sie veranstaltete. Kleiner Rahmen, sehr kleiner Rahmen. Nur sie und eine Freundin, mein damals bester Kumpel und ich. Ich dachte, da wäre etwas zwischen meinem Kumpel und ihr. Aber falsch gedacht. Denn mein Kumpel war schwul, was er allerdings damals noch nicht wusste, keiner wusste es, sein Coming-out kam erst einige Jahre später! Dennoch war nichts damals. Und auch die Fete war nichts. Die Freundin wirkte sehr verschlafen und ging auch schon früh schlafen nach dem Silvesterfeuerwerk. Mein Kumpel war damals schon betrunken. Also blieben wir beide übrig, sie und ich. Und da uns nichts Besseres einfiel, redeten wir einfach den Rest der Nacht. Ich, der schlechteste Talker, der Verstecker vor dem Herrn, redete, ohne von sich preiszugeben, und malte einfach seine Fassade. Aber auch diese Nacht ging vorbei und nach dem gemeinsamen Frühstück gingen wir wieder getrennte Wege. Zufällig trafen wir uns kurz darauf auf einem Kinoabend, der von der Schule veranstaltet wurde. Da mein Kumpel aus unerklärlichen Gründen der Veranstaltung fernblieb und auch sonst keine mir bekannten Gesichter da waren, setzten wir uns im Kino nebeneinander. An den Film kann ich mich nicht mehr erinnern. Aber trotz meiner unglaublichen Schüchternheit und Verkopftheit spürte ich: Da ist etwas, da kann etwas werden. Und mein Kopf neigte sich trotz der anstrengenden Haltung immer mehr auf die Seite, und irgendwann lag er auf ihrer Schulter. Und lag einfach da. Und blieb einfach liegen. Doch irgendwann war die Vorstellung vorbei und es war nicht mehr, als wieder getrennte Wege zu gehen. Allerdings trafen wir uns von da an nun öfter. Zusammen mit meinem Kumpel, der, so glaube ich, in ihrer Klasse war, zogen wir an den Wochenenden durch die Kneipen. Irgendwann spürte ich, da könnte sich etwas entwickeln. Aber ich war schüchtern. Ich traute mich einfach nicht, die Initiative zu ergreifen. Gefangen in meiner Fassade, gefangen vom erhobenen

Zeigefinger, irgendetwas falsch machen zu können. Dem moralischen Regulator meines Denkens und Handelns treuer Untertan. Dennoch kam es, wie es kommen sollte. Nachdem wir an einem Samstagabend von einer Kneipentour zu ihr zurückkamen, lag mein Freund betrunken auf ihrer Couch. Wir beide lagen davor. Irgendwie kamen sich unsere Köpfe näher, dann die Gesichter. Und irgendwann trafen sich unsere Lippen. Und aus einem Kuss wurde schnell ein Zungenkuss, und es wurde leidenschaftlich. Mich störte noch nicht einmal ihr Tabakgeschmack, obwohl ich bis dahin noch nie eine Zigarette in der Hand, geschweige denn im Mund gehabt hatte. Nur sie störte es anscheinend. Also verließ sie mich kurz, um sich von der Zahnbürste helfen zu lassen. Zurückgekehrt, zu mir zurückgekehrt, ging es weiter mit der Zunge und der Leidenschaft. Es folgten zaghafte Berührungen und im weiteren Verlauf Umarmungen. Zu mehr traute ich mich nicht in diesem Moment. Und ich weiß auch nicht mehr, ob sich zwischen meinen Beinen etwas bei mir tat. Der moralische Regulator wollte sich mir diese Peinlichkeit ersparen. Ja, das wollte er! Und ich gehorchte. Und irgendwann erwachte mein Kumpel auf der Couch, sah von dieser herab auf unser Tun und meinte nur:
Ich glaube, ich bin besoffen!
Und so endete die erste Nacht der Liebe und einer Ahnung der Sexualität. Einer allerdings sehr leisen Ahnung.
Wir trafen uns täglich, immer kam ich zu ihr. Und ich war ein Gefangener meiner Emotionen und meines über mir schwingenden erhobenen Zeigefingers. Nur nichts falsch machen. Nur nicht die Peinlichkeit offenlegen, nichts zu wissen. Und ich wusste nichts. Und von Liebe und Sex schon gar nicht. Scheiß Fassade, aber ich konnte sie ja nicht so einfach wegwerfen, wohinter denn sonst verstecken? Meine Hauterkrankung verstecken, mich verstecken. Wohin mit mir? Was hätte ich dafür gegeben, innerlich und äußerlich frei zu sein! Meinen moralischen Regulator über Bord zu werfen und meine Bedürfnisse und Triebe frei herauszusagen und zu lieben. Aber ich war unfrei! Gebrieft dazu, bloß keine Peinlichkeit aufkommen zu lassen.

Anständig sein, anständig bleiben. Dem Über-Ich einfach nicht zu widersprechen.

Und sie war in so vielen Dingen so viel weiter als ich, nur in anderen Dingen so weit hinterher. Sie rauchte wie ein Schlot. Wohingegen der moralische Regulator mir die Zigaretten verbot. Sie trampte, und ich machte mit, obwohl ich das noch nie zuvor getan oder mich getraut zu tun hatte. Ich fühlte mich weltfremd und unattraktiv, einfach unsexy.

Sie war auf ihre Art schön und sexy, wenn sie auch kein Vorzeigegirl und kein Alphafrauchen war. Sie kämpfte mit sich und ihrem Körper, den sie als unsexy empfand, was ich damals allerdings nicht begriff, da ich zu sehr mit mir und der Einhaltung meiner Normen beschäftigt war. Dennoch lag ich fast jeden Nachmittag neben ihr auf ihrem Bett in ihrem Zimmer. Und es kam der Tag, an dem zu den leidenschaftlichen Zungenküssen mehr dazu kam. Berührung, die ich mich nie zuvor getraut hatte: I touched her Tits!

Ja, ich berührte sie! Ich schob meine Hand unter ihr T-Shirt und berührte sie zunächst sanft. Dann drückte ich die weiche, softe Masse, die größer als meine Hand war, erst weich, dann etwas härter, und der Nippel stellte sich auf. Irgendwie glaubte ich, ein Stöhnen von ihr zu vernehmen. Das war das geilste Gefühl, was ich bis dahin in meinem Leben gehabt hatte. Nur war es nach wenigen Minuten wieder vorbei. Leider! Wie gerne hätte ich Sex gehabt. Frei sein, frei darin zu sein, zu tun, was man will. Aber ich glaube, dass mir der moralische Regulator selbst in diesem Moment untersagte, dass sich zwischen meinen Beinen etwas regte. Oder doch nicht? Ehrlich gesagt, weiß ich es nicht mehr…

You`re dreaming, my dear! Ich erwache aus meinen Gedanken und bin wieder in der Jetztzeit. The voice is coming from the Off. Sie ist tausende Meilen von mir entfernt. *Yes, my love, I'm dreaming, about my life and what has happened in. I've been dreaming, all my Life about me and my life. Now I'm dreaming about you and my other Wife. That's the Dream of my life. You both are the Dream of my life and I love you both!* Diese Antwort sende ich tausende Meilen weit, über den großen Teich, nach Westen, in eine andere Tageszeit.

Und ich spüre, ich mache jemanden glücklich damit. Das bin ich heute! Ich mache die Menschen glücklich, ich gebe und sende Ihnen Liebe und wenn es nur direkt neben mir oder 1000 Meilen von mir entfernt ist.

Ich mache mit dem Versenden meiner Liebe glücklich. Und das bin ich heute! A Man in love, who can give and take Love!

Wie gesagt, ich weiß nicht mehr, ob sich bei mir etwas regte, dort, wo sich bei einem Mann etwas regen sollte, wenn er zum ersten Mal die Titten seiner Freundin berührt. Und ich glaube, es war auch das einzige Mal, dass ich sie direkt, Hand auf Haut, berührte. Unsere Unterschiede waren einfach zu gewaltig, als dass sich mehr als dieses Erste und eine Mal hätte ergeben können. Und ich trauerte dem, tief in meinem Herzen noch Jahre nach… Trotzdem empfand ich diese einmalige Berührung dieses weichen und erregten Hautanhangs als etwas unglaublich Wertvolles für mich und die weitere Entwicklung meines Lebens. Die erste Ahnung von Sexualität, der erste körperliche Zugang zum anderen Geschlecht, das ich so sehr begehrte. Sie hielt nicht lange, unsere Beziehung, nach sechs Wochen war schon wieder alles vorbei. Irgendwann war es aus, aus und vorbei. Und es war nicht wegen Sex oder dem, dass er fehlte, es war nicht wegen meiner Verkopftheit, meiner grenzenlosen Unsicherheit, meiner moralisch regulierten Schamhaftigkeit. Zumindest nicht aus meiner Sicht. Es war wegen meiner Sturheit, wegen meiner tiefen Gekränktheit, aufgrund meiner fehlenden Lebenserfahrung, aufgrund des fehlenden Umgangs mit dem Feuer, mit dem fehlenden Übertreten von Normen und Regeln, die ich versuchte, zwanghaft einzuhalten. Und war ich einmal gekränkt, war der Zugang zu mir, zumindest für den Moment, definitiv verbaut. Kurz: Es war wegen des Kiffens.

Auf dem Rückweg von einer Kneipe zu Fuß zu ihr nach Hause an einem Samstagabend unterhielten sich mein Kumpel und sie erregt über das Kiffen und ihre bisherigen Erfahrungen damit. Es war ein für sie witziger Dialog, aber ich blieb außen vor. Hatte ich als Regulierter und Einhalter von Normen und Geboten doch überhaupt keine Erfahrung damit. Zu sehr untersagte mir der moralische Überbau meines Seins deren Übertreten, oder hatte er es mir bis dahin untersagt. Ich fühlte mich schwach, als Außenseiter, als ein Weichei und ich projizierte meine, durch mich und meinen gekränkten Stolz aufflammende Wut auf die beiden Glücklichen, obwohl sie nichts dafür konnten. Sie waren einfach jung und in gewissem Sinne frei, ich war es nicht. Und durch diese Gekränktheit, durch dieses kaputte Ego, raubte ich ihr und mir unser weiteres Glück. Ich verließ sie in dieser Nacht tief verletzt und ohne Kuss und Zuneigung. Und verletzte sie damit tief. Damit war es vorbei. Die Woche darauf war ich krank und musste der Schule fernbleiben, konnte sie somit auch nicht besuchen. Sie besuchte mich aber auch nicht. Es blieb nur das tägliche Telefonat, um die Kommunikation aufrecht zu erhalten. Nach meiner Genesung, am folgenden Montag, in der Schule auf dem Pausenhof, entzog sie sich meiner Umarmung. Es war klar: Das war es gewesen, ich hatte keine Chance mehr. Die Stunde nach der Pause hatte ich frei, daher ging ich in die Szenekneipe. Ich war innerlich tief zerrissen, als hätte man mir meine Seele gewaltsam auseinandergezogen. Meine Gefühle fuhren Achterbahn. Bei einem Kaffee hörte ich *Through the Barricades* von Spandau Ballet[20], was der Typ hinter der Theke aufgelegt hatte. Ich ging an diesem Morgen nicht mehr in die Schule zurück, sondern fuhr mit dem Rad nach Hause. Dort angekommen, versuchte ich, den Song *Through the Barricades* auf der Gitarre nachzuspielen. Es tat so weh, trotzdem spielte und übte ich den Song wieder und wieder. Schlafen konnte ich die nächsten Tage nicht mehr. Mit wem darüber sprechen? Meinen Eltern, der Instanz des moralischen Regulators? Mit meinem Vater hatte ich sowieso keinen Zugang zum Sprechen über Gefühle. Mit meiner Mutter, die mich in ihrer Allgewalt ihrer eigenen Emotionalität in ihren Klauen hielt, konnte ich beim besten Willen nicht über den Schmerz meiner enttäuschten Liebe sprechen. Also blieben nur ich und der Weg in mich hinein übrig. Sonst gab es nichts und niemanden, dem ich mein Leid hätte anvertrauen können.

Sie und ich, wir gingen nun auf dem Pausenhof aneinander vorbei. Sie auf dem Weg zur Raucherecke, ich blieb stehen bei meinen Klassenkameraden, zu denen ich keinen emotionalen

Zugang hatte. Sie sah zu mir her, ich sah von ihr weg. Es tat mir einfach zu weh. Trotzdem überwand ich mich und traf mich noch einmal zu einem Gespräch mit ihr. Es war Frühling und warm und wir trafen uns in einem Szenecafe draußen auf der Terrasse. Mit ihrem Angebot, doch Freunde bleiben zu können, konnte ich nichts anfangen. Erstmals versuchte ich im Zusammensein mit ihr, den moralischen Regulator zu überwinden. Ich sprach über meine Gefühle, zumindest versuchte ich es. Sie sagte abschließend nur: *Du bist, wie du bist und ich bin zu fett!*

Schade, denn sie war zwar füllig, aber nicht fett. Dass mich dieses Füllige bei Frauen so anmacht, erkannte ich erst sehr viel später. Dass das aber nicht alles ist, was mich anmacht, erkenne ich heute, als Mann.

Doch noch einmal kurz zurück zu ihr. Es war definitiv vorbei. Die folgenden Jahre trafen wir uns sporadisch, auch aufgrund meines Kumpels, der weiterhin einer ihrer besten Freunde war. Und der Schmerz, die Gefühle für sie saßen immer noch sehr tief und fest. So tief und fest, dass ich ein paar Jahre später, nach einem Wodkaabend bei ihr mit meinem Kumpel und einem anderen Freund, mich schwer besoffen auf dem Bürgersteig vor dem Haus ihre Eltern legte und tief in die Nacht schrie, ich wolle nicht mehr leben. Meine Gefühle, meine Emotionen saßen schon immer gewaltig fest. Nur war der moralische Regulator, wie hier durch Alkohol, überwunden, kamen sie unbändig zum Vorschein und brüskierten alle Umstehenden um mich herum. Mit dem Kater danach kam jedoch die alte Peinlichkeit zurück. Diese Nacht ist mir als *Wodka-Nacht* in Erinnerung geblieben, bis heute. Und danach war definitiv alles vorbei. Denn ich sah sie niemals wieder. Selten hörte ich etwas von meinem Kumpel über sie, bis auch dieser Kontakt, durch das Leben bedingt, so nach und nach verloren ging. Die Gefühle für sie erloschen mit den Jahren mehr und mehr, aber bis heute nie ganz. Die stärkste Erinnerung, die mir aber von damals geblieben ist, ist die zu diesem ersten und einzigartigen Griff unter ihr T-Shirt und dem phänomenalen Tasten dieses so weichen Hautgebildes und seiner Erregung. Und für mich die Erregung pur, die mir bis heute erhalten geblieben ist.

16

Confessions

Sex without love is not possible!
Love without sex is not possible!
For me.
Cause I'm a real man in love!
And my desire for love is
without any boundaries.
Like the universe…

I love two women.
I really love them.
And, in fact, without hiding it,
my desire for both and
either of them is
without any boundaries.
Like the universe…

People say:
This is unconventional love!
And they damn it.
But this is their problem…
Cause I,
I'm a man in true love.
And my desire is
without any boundaries!
Like the universe…

Sex ohne Liebe?
Liebe ohne Sex?
Ist das möglich? Ich dachte mein Leben lang, das sei möglich, zumindest die zweite Variante. Die erste Variante schied für mich als superkontrollierten Kopfmenschen sowieso aus.

Heute weiß ich allerdings, dass das eine nicht ohne das andere geht. Sie gehören einfach zusammen. Es würde gewaltig etwas fehlen, fehlte denn eines von beiden. Also musste ich den Sex kennenlernen, um die Liebe richtig zu erkennen. Und erst als ich meine Sexualität befreit hatte, lernte ich die wahre Liebe kennen. Seltsam, dass mir das so lange verwehrt geblieben war. Die einfachste aller Erkenntnisse, die Erkenntnis der Erkenntnisse!

Irgendwie bin ich schon sehr alt, als mir diese Erkenntnis kam, 54 Jahre, im besten Midlifecrisis-Alter. Aber ich fühle mich nicht alt. Ich fühle mich innerlich so jung wie nie zuvor. Ich fühle mich zeitlos. Als Teil des Universums. Zeitlos. Von Anfang an bestehend und unbegrenzt in die Zukunft. Die Liebe lehrt mich, nachdem ich den Zugang zu meiner Sexualität gefunden habe, wie zeitlos sie ist. Sie ist das höchste Sein des Alls, ein Kind des Urknalls sozusagen. Und wenn man sie im Herzen gefunden hat, währt sie ewig.

Seltsam, dass ich als Mensch, der ich bin, das nun sagen kann. Ich, der sich sein Leben lang vor sich und anderen versteckt hat. Der sein Leben lang auf der Suche war nach dem, was war, was ist, was bleibt, dem Zufriedenheit mit sich und der Welt ein Fremdwort, ja, ein verfehltes Thema war. Der sich im Vergleich mit den Starken und Selbstbewussten dieser Welt immer unterlegen fühlte. Der nicht war, nicht sein durfte, was er sein wollte. Ich habe es geschafft. Die Liebe, die schon immer in mir war, hat es geschafft. Sie hat mir freien Zugang zu meiner Sexualität gewährt und sich dadurch selbst befreit. Seitdem fühle ich mich frei und selbstbewusst. Als Mann, als Mensch!

And I thank God for all Days that me are given in Love!

Nur für Dich

Ein Gedicht. Nur für Dich!

Denn Du bist endlich,
endlich in mein Leben
eingetreten.
Nach so vielen Jahren
des Nebeneinanderlebens
in denen Dir der Zugang
zu meiner Höhle versperrt
geblieben ist.

Nun hörst Du endlich den Free Jazz in mir!
Du hörst ihn nun nicht nur,
Du spürst ihn auch,
Du hast eine Ahnung
von seiner und meiner
Authentizität.

Endlich bist Du angekommen!
Endlich liebst Du mich.
Und kannst Du mich wirklich lieben,
so, wie ich bin!

17

Immer Dein

Nah, ganz nah
hängt mein Ohr an Deinen Lippen
um die Wahrheit zu hören,
die Du für mich empfindest.

Weich, ganz weich
liegt mein Kopf an Deiner Brust,
die mir
sanft, ganz sanft
Leben und Liebe spendet.

Fest, ganz fest
halte ich Dich umschlungen,
auf dass Du mir
nicht mehr entkommst.

Tief, ganz tief
dringe ich in Dich ein,
um immer Dein zu sein.

Das ist
wahre Liebe.

Authenticity

What makes life life?
Authenticity!

What makes love love?
Authenticity!

What makes art art?
Authenticity!

What makes death death?
Authenticity!

…Everything else
is false, bogus
and a lie…

Ich gehe meinen Weg, ich lebe mein Leben und liebe meine Liebe. Es ist und wird richtig so sein. Ich mache hierdurch Entdeckungen und Erfahrungen, die mir bisher verborgen waren und nicht zum Vorschein gekommen sind. Seit ich mich innerlich geöffnet habe, meinen Kopf mehr und mehr abschalte und alle Konventionen und Moralvorstellungen, die nichts taugen, über Bord geworfen habe, seitdem sich meine Sexualität, meine Wünsche und Träume ausleben können, bin ich ein anderer Mensch. Ich bin endlich frei.

Aber es war ein langer Weg bis dahin, mich frei zu fühlen. Es begann damals, als sich die Sexualität erstmals in mir bemerkbar machte. Und der moralische Regulator überwachte mein Sein von Anfang an. Ich war zwölf, als sich zum ersten Mal der Wunsch in mir regte, die nackte Haut des anderen Geschlechts wahrzunehmen. Frauen nackt zu sehen, Brüste zu sehen, ein Anblick, der mir bis dahin immer verstellt geblieben war, mich vielleicht, bis zum Erwachen der Triebe, auch nicht sonderlich interessierte. Ich durfte es ja auch nicht sehen, der moralische

Regulator verbot es einfach. *Sex ist Sünde!* Sagte die Katholische Kirche in Form des Priesters von der Kanzel. *Schaut nicht hin!* Sagte die Mutter in Gegenwart von Nacktheit. Also: No Chance. Das Verbot forderte, nicht hinzusehen und erwirkte in mir die Vorstellung, nicht hinsehen zu dürfen. Der Einstieg in die Sexualität war somit schon zu deren Beginn zum Scheitern verurteilt. Tugend, Scham und Gehorsam gegenüber der Übermacht waren die Gebote. Dass diese und die diese fordernde Übermacht falsch und unsinnig waren, erkannte ich erst viele Jahre später.

Ewig miteinander

Wir haben uns
schon so lange. Doch
wir haben uns
nun endlich gefunden.

Wir halten uns
schon so lange. Doch
wir halten uns
nun endlich wirklich.

Wir spüren uns
schon so lange. Doch
wir spüren uns
nun endlich ganz tief.

Wir lieben uns
schon so lange. Doch
wir lieben uns
nun endlich unsterblich.

Und sollte
der Mond die Erde
eines Tages zerstören,
werden wir uns
dennoch lieben.

Die Zeiten ändern sich, die Zeiten haben sich geändert. Der Einstieg in und die Entwicklung meiner Sexualität war schwierig, steinig und lang andauernd.

Heute bin ich angekommen. Ich schreibe Liebesgedichte an meine Frau, an meine Frauen. Ich schreibe sie auf Deutsch für die erste von beiden und übersetze sie dann ins Englische für die andere, oder ich verfasse sie sofort in Englisch, so haben beide etwas davon.

Ich habe einfach genug Liebe, beide zu lieben, dank meiner Sexualität, die endlich aus mir herauskommen kann.

Daran war allerdings mit zwölf Jahren, mit der Morgendämmerung meiner Sexualität, noch nicht zu denken. Und obwohl mich dieser Trieb fast schlagartig überfiel, war dessen Entwicklung doch sehr, sehr langsam. Es sollte ja nicht sein, weil es nicht sein durfte. Trotzdem war die Gier nach dem, was man sehen wollte und nicht sehen sollte, riesig. Nackte Haut, nackte Frauen. Das Medium Fernsehen zeigte sie sehr, sehr selten. Und wenn es sie zeigte, waren meine Vorfahren wenig begeistert davon, wenn sie gezeigt wurden und ich sie sah. Und die Gelegenheiten, dass ich sie sehen konnte und meine Erzeuger meiner Gene nicht zugegen waren, waren extrem selten und ein weiterer moralischer Regulator, der im Beichtstuhl danach fragte, machte zudem noch ein schlechtes Gewissen daraus. Es mutet schon seltsam an, dass ein von Gott gegebener Trieb so verteufelt wurde und wird. Aber die Wahrheit über die Dinge, ist nicht von Gott gegeben, sondern liegt einzig im Menschen selbst begraben, das weiß ich zumindest heute. Nackte Haut war, wie gesagt, im Fernsehen für mich selten zu bekommen. In Zeitungen und Zeitschriften, die vorlagen, noch seltener. Die katholischen, die legitim waren, behandelten das Thema nicht, für sie war es, erklärlicherweise, nicht existent. Andere Printmedien, die das Thema in Wort und Bild behandelten, lagen nicht vor und wenn sie, zufälligerweise, einmal zugänglich waren, so waren sie gleich mit dem schlechten Gewissen der Prediger behaftet. Ein Dilemma eben, denn die Gier, nach dem Schauen der nackten Haut des anderen

Geschlechts war riesig, weil sich dabei etwas an mir und in mir regte, was mir große Lust und Befriedigung verschaffte. Dass sich dies aber nicht an und in mir regen sollte, regte sich etwas anderes an und in mir. Meine Haut. Sie wurde schlagartig heiß, rot, juckend und war mit silberglänzenden Schuppen besetzt. Und sie entstellte mich. Ich konnte gewissermaßen nicht aus meiner Haut. Und ich konnte auch nicht dahin gelangen, mir durch Spiel mit mir selbst Lust und Befriedigung zu verschaffen. Ich wusste ja auch nicht, wie es geht. Denn Trial-and-Error, Versuch und Irrtum also, waren mir untersagt, ebenso das Fragen und darüber sprechen mit anderen. Der moralische Regulator hatte einfach etwas dagegen und mir als hypersensiblem Pubertierendem war es nicht möglich, mich seinen obersten Geboten und Regeln *Du sollst dir kein Bild machen und dich schon gar nicht berühren* zu widerstehen. Andere Jugendliche, die nicht hypersensibel waren, fuhren einfach mit den Mofas und Fahrrädern in den Wald und wichsten sich auf einer stillen Lichtung gegenseitig einen vor, oder sie taten es in den leeren Zugabteilen letzter Eisenbahnfahrten und wenn sie vom Schaffner dabei überrascht wurden, waren sie zwar für den Moment peinlich berührt, danach und untereinander konnte man es jedoch kommunizieren und als witzige Leistung preisgeben. Ich jedoch blieb außen vor und mit meiner Sexualität allein zu Hause. Für andere Jungs aus meinem Bekannten- und Freundeskreis war deren Penis nicht nur scheinbarer Teil ihres Lebens, für mich allerdings nur ein Teil, der eben nicht dazugehören sollte. Viele Jahre später sah ich den Film *Amarcord* von Fellini[21] und fand mich im Dargestellten wieder. Mit zwölf Jahren konnte ich allerdings, wie gesagt, sexuell nicht aus meiner Haut, deshalb tat es meine Haut für mich von selbst und kam aus mir heraus. Und sie tat es für viele Jahre. Meine gesamte Pubertät und mein junges Erwachsenenleben hielt sie mich in mir selbst gefangen. Erst als erwachsener Mann, der ins Berufsleben und seinen Beruf eingestiegen war und nach einigen sexuellen Erfahrungen hörte sie endlich damit auf.

Ich bin wieder in der Gegenwart angekommen und überlege, ob ich weiter am Zeitalter meiner beginnenden Befangenheit mit dem Leben schreiben soll. Ja, denn mein Leben war nicht nur immer Schmerz und Erniedrigung, mein Leben war einfach auch geil, es gab Zeiten des überschwänglichen Glücks und der tollen Gefühle. Denn ich begann auch mit zwölf Jahren, mich zu fühlen, mich als Typen wahrzunehmen. Und ich entdeckte etwas, was mich dabei ungemein unterstützte, etwas, was ein großer Teil meines Lebens sein sollte und von dem ich heute weiß, dass ich es durch und durch bin und dass es mein Leben ist. Ich entdeckte die Musik in Form des Rock 'n' Roll. Und Rock 'n' Roll ist Sex, ist Leben pur. Und ich empfand ihn, den Rock 'n' Roll tiefer, viel tiefer als jeder andere um mich herum. Ich entdeckte ihn in Form einer Ferrochromkassette von BASF, die ein Gefährte von mir bei mir vergessen hatte. Und auf dieser Kassette war die Platte *Highway to Hell* von AC/DC aufgenommen, zwar in schlechter Qualität mit viel Rauschen, aber immerhin. Und diese Kassette war in der Tat mein *Highway to Hell* des Rock 'n' Roll. Ich hörte sie rauf, ich hörte sie runter, Tag für Tag, da konnte selbst der moralische Regulator nicht daran rütteln, denn weder er noch ich konnten verstehen, worum es in den Texten ging, um Sex und Rock 'n' Roll-Lifestyle natürlich. Wir beide verstanden die Texte einfach nicht, da wir deren Sprache nicht mächtig waren. Das kam für mich erst sehr viel später, obwohl ich die Sprache des Rock 'n' Roll mit zwölf Jahren bereits erlernte. Und dieses Nichtverständnis der Sprache und des Inhalts dieser Platte und somit des Rock 'n' Roll war gut für mich, hielt es mich doch vom schlechten Gewissen der moralischen Regulatorfuzzies gegenüber ab. Denn Gott, so wie man ihn mir beibrachte zu dieser Zeit, in Form der Katholischen Kirche und Rock 'n' Roll waren nicht miteinander vereinbar, waren eine Kontradiktion. Vielleicht war es mir auch egal und wäre es mir auch scheißegal gewesen, hätte ich die Sprache und Inhalte des Rock 'n' Roll zu der Zeit verstanden, denn allein die Musik war so geil, so voller Leben, so voller Abenteuer, so voller Entdeckungslust! Da konnte die Katholische Kirche mit ihrem moralischen Regulatorismus einfach nicht mithalten. Und ich begann, im Rock 'n' Roll der Musik nach Inhalt zu suchen, nach purer Lebensfreude. Ich kaufte mir sofort die neue AC/DC-Platte *Back in Black*, nachdem sie im Prinzip auf den Markt gekommen war und ich es mitbekommen hatte. Der Sound auf unserem einfachen Kassettenrekorder, den wir als Kinder hatten, war natürlich obermies, dennoch war die Platte eine Offenbarung für mich und ich hörte die Kassette tagaus, tagein. Und wieder hatte der Big Brother, der mein Leben überwachte, Glück, dass wir beide die Texte nicht verstanden, denn schon im Plattentitel und im ersten Song ging es um die Hölle und den Teufel. Und ansonsten geht es auf der Platte um Sex und alles, was mit Rock 'n' Roll-Life zu tun hat. Glück gehabt durch Unwissen muss man heute sagen. Die Musik war einfach obergeil, ich entdeckte meine Liebe zur Rockgitarre und zu den Soli von Angus Young. Das war einfach der Wahnsinn! Und Wahnsinn in Form von Rock 'n' Roll und Sex, zelebriert durch Riffs und Gitarrensoli auf der Bühne war etwas, was die Katholische Kirche auf keinen Fall wollte. Nein, das wollte sie wirklich nicht und predigte das von ihren Kanzeln. Sex ist Sünde. Was hatte die Katholische Kirche, was hatte der liebe Gott, der Herr über alle Gebote und Verbote nur gegen Sex? Ich verstand es einfach nicht. Aber da ich ein Schisser war vor dem Überbau und tierische Angst vor Strafe und Liebesentzug und der ewigen Verdammnis hatte, die man mir offenbarte, gehorchte ich einfach oder versuchte es zumindest. Ich hörte natürlich weiter Rock 'n' Roll, ich lebte ihn nur nicht. Dass die Katholische Kirche mehr Hölle und Verletzung des eigenen Gewissens vorzuweisen hatte als der Teufel und der Rock 'n' Roll zusammen, dass das, was der Rock 'n' Roll propagierte, im Gegensatz zu dem, was die Katholische Kirche im Geheimen tat, um ihre eigenen Gebote zu verletzen, eine Lappalie war, kam erst viel später ans Tageslicht. Davon gibt es noch viel zu erzählen.

Was ich gegenwärtig zumindest nicht mehr möchte, ist ein schlechtes Gewissen haben wegen meiner Sexualität. Ich möchte meine Sexualität leben und es sind zwei Frauen, die ich begehre und mit denen ich Sex habe und haben möchte. Ich möchte nur kein schlechtes Gewissen deswegen haben, keinen moralischen Regulatoronkel, keinen mich strafenden Gott, aber auch keine mich deswegen strafenden Menschen. Ich bin der, der ich bin, und der möchte ich nun einmal sein und auch bleiben. Ich möchte einfach nur einmal sein und an mich denken dürfen mit aller Begierde und Emotionalität, was mir die meiste Zeit meines Lebens untersagt worden und mir verborgen geblieben ist.

Es sind nun einmal zwei Frauen, die ich begehre. Eine, die ich vor kurzem durch Zufall oder Schicksal gefunden und eine andere, die ich schon lange besessen habe, zuletzt verloren glaubte, sie aber dann mit *Elan vital*[22] wiedergefunden und erstmals mit voller Emotionalität aufgenommen habe. Sie sind nun beide Teile meines Lebens, meines Seins als Mann und Mensch, Teil meiner Seele, Teil meiner Begierde, Teil meiner Liebe. Ich teile meine Liebe aber nicht auf, denn meine Liebe ist nicht teilbar. Ich gieße sie aus, meine Liebe und so können beide daran teilhaben, wenn sie denn möchten. Ich entscheide mich nicht mehr in Sachen Liebe, ich lasse für mich entscheiden. Diese Verantwortung für und über mich habe ich definitiv abgegeben. Aber vielleicht können die, die sich für mich entscheiden, dies auch gemeinsam für sich und mich tun. Ich fühle mich, wie gesagt, nicht mehr teilbar in Sachen Liebe und auch sonst nicht mehr teilbar in Sachen Mensch. Ich bin, wie ich bin und ich bin ich nur in meiner Ganzheit.

Nun, Sex und Leben sind eng miteinander verzahnt, denn Sex ist Leben und Leben ist Sex. Und im Alter von zwölf Jahren kam der Sex in mein Leben und verzahnte sich mit diesem. Ich konnte nicht aus meiner Haut, daher kam diese aus mir heraus. Ich wurde ein schüchterner Jugendlicher mit vielen Problemen, und ich war ganz einfach hypersensibel. Das war ich allerdings als Kind auch schon gewesen. Aber was nun aus mir herauswollte, nun in Form meiner Haut aus mir herauskam, das war als Kind die Luft zum Atmen, die mir wegblieb. Regelmäßig, so ein- bis zweimal im Jahr hatte ich als Kind, beginnend mit meiner Schulzeit, nächtliche Erstickungsanfälle, die mich in Todesangst versetzten. Auslöser waren in der Regel seelische Akuttraumen, heftige Streitereien zwischen meinen Eltern, die offen und mit sehr viel Lautstärke und Emotionalität vor uns Kindern ausgetragen wurden, oder die Vorstellung, dass jemand Schmerzen erleiden musste, Gewaltszenen wie zum Beispiel die Darstellung von Prügelstrafen im Fernsehen und noch so vieles mehr. All das führte bei mir als Kind immer wieder dazu, dass ich von Zeit zu Zeit heftige, anfallsartige Atemnot bekam, die in der Regel nachts und aus dem Schlaf heraus akut auftrat. Es war kein Asthma, denn die Luft ging ja aus mir heraus, sie wollte in diesen Momenten, die mir immer wie eine Ewigkeit vorkam, nur nicht in mich hinein, sie blieb einfach weg. Die Anfälle waren allerdings nach wenigen Minuten, nach Eintreffen des Arztes und Verabreichung einer Spritze auch rasch wieder vorbei und Luft und Erleichterung konnten wieder in mich hinein. Eine Bezeichnung für das, was da war, eine medizinische Diagnose, hatten wir nicht und auch der Arzt hatte mir nie eine mitgeteilt, zumindest habe ich keine Erinnerung daran. Auslöser waren allerdings immer seelische Traumata.

Ja, mit Eintritt in die Pubertät, mit Eintritt in das Zeitalter der erwachenden Sexualität waren diese Anfälle auf einmal weg. Daher blühte meine Haut auf, aus der ich nicht hinauskonnte. Sie entstellte mich, machte mich unattraktiv und in mir gefangen und befangen, minderte sie doch meine Erfolgsaussichten beim anderen, von mir so sehr begehrten Geschlecht. So sah ich, so empfand ich das damals. Und, in der Tat, über viele Jahre hinweg. Ein Ausweg, ein Ausweg aus den Ketten der Befangenheit war zum Glück der Rock `n' Roll, den ich, wie schon gesagt, damals entdeckte. Und er war so pure Energie, so pure Lust, einfach nur geil. In einer Jugendzeitschrift hatte ich damals etwas über die Band Whitesnake gelesen, die, als Vorband von AC/DC, auf der damaligen Tour aufgetreten waren. Deren Auftritte wurden im Gegensatz zu denen von AC/DC im Artikel hochgelobt. Ich dachte WOW! Und ich wollte einfach nur deren Musik hören. Also fuhr ich in den nächsten Plattenladen und kaufte mir die aktuelle Whitesnake-LP *Come an' get it*. Auch diese Platte war Rock `n' Roll pur. Schon das Plattencover, die Schlange im gläsernen Apfel, der ganz dezent zersprang, war Sex pur. Diese Zusammenhänge verstand ich zur damaligen Zeit allerdings noch nicht, das war noch alles zu weit von mir weg. Macht aber nix, denn ich konnte mich mehr auf die Musik konzentrieren. Ich konnte zwar die Texte auf der Plattenhülle mitlesen und auch übersetzen, da mein Englisch schon recht gut war, aber die wahren Inhalte der Texte, Sex, Sex und Rock `n' Roll, konnte ich weder verstehen noch empfinden. Hätte ich sie damals wahrhaft verstanden und empfunden, so hätte ich es nicht gedurft. Denn es gab ja den moralischen Regulator, der das alles unterbunden hat. Aber zum Glück konnte der, wie schon gesagt, kein Englisch. Das alles machte mir damals nicht das Geringste aus, denn ich konzentrierte mich ausschließlich auf den musikalischen Anteil des Rock `n' Roll. Und die Platte *Come an' get it* war der Hammer! Ich hörte sie rauf und runter, rauf und runter, *Till the Day I die*, wie es im letzten Song der Platte heißt. Und ich musste Gitarre spielen lernen, ich musste selbst Rockstar werden, ich musste es, um diese geile Musik, wie sie AC/DC und Whitesnake spielten, auch selbst spielen zu können. Auf der Bühne stehen, Musik machen, ein Rockstar zu sein, das erschien mir der Sinn des Lebens. Rauszukönnen aus mir und meiner Haut, jemand zu sein, den andere, vor allem die Mädchen, beneideten und anhimmelten, das erschien mir das Ziel meiner Existenz zu sein.

Es ist vorbei und ich bin wieder in der Gegenwart angekommen. Und es ist definitiv vorbei. Aus und vorbei. Aus Love for Two wurde wieder Love for One, the Only One, the One and Only Love of my Life. Der Bauchpinsel ist weg und das sich am Bauch gepinselt fühlen auch. Das Gefühl des mittelalterlichen Mannes nach Sex und Zuneigung der jungen, gutaussehenden Frau gegenüber ist ebenfalls weg. Es war ein Fake, und selbst wenn es in der Tat Reality gewesen war, so war es dennoch ein Fake. Das Internet, Liebe und Sex im Internet, im Chat auf Social Media können nicht wahrhaft zwischen Gut und Böse, zwischen wahr und unwahr, zwischen Himmel und Hölle unterscheiden. Ich bin darauf hereingefallen, auf die Liebe und Sex im Social Media Chat. Auf das Darstellen und Teilhaben am Cybersex. Es tat gut, dieses mich fühlen lassen von unsterblicher Liebe, von Kompliment über Kompliment, mir, dem mittelalterlichen Mann mit dem zeitlebens schwachen Selbstwertgefühl seiner eigenen Attraktivität gegenüber. Es tat gut, sehr gut, dieses Bauchpinseln. Junge Schönheit liebt mittelalterlichen Mann, der sich seiner Schönheit alles andere als gewiss ist. Es war einfach ein Traum die letzten Wochen, ein Traum, der eine Illusion war.

Truth

I wanna find the truth.
I wanna feel the truth.
I wanna touch the truth.

I wanna see
that you are
reality.

I wanna see your body and mind,
I wanna feel your body and mind,
I wanna touch your body and mind.

I don´t wanna have
a sex toy
opening her holes
when I throw
money into the slot.

Truth.
All I want
is truth.

Und plötzlich war er aus, dieser Traum, über Nacht, nach der Nacht sozusagen. Und der Traum wurde beendet durch einen Traum. Ich träumte, über einen Steg über einen See zu laufen, einen vereisten See. Plötzlich brach der Steg unter mir durch und ich in den See durch das Eis. Das Eis war gebrochen, sozusagen. Und obwohl ich glaubte, ein guter Schwimmer zu sein, kam ich dennoch nicht am Ufer an. Und ich sah um den See herum eine Leuchtbande wie in einem Fußballstadion. Und die Beleuchtung der Bande lief einmal um den See, lief immer wieder um den See und kam immer wieder am Ausgangspunkt an. Schließlich erwachte ich aus diesem Traum. Und es fühlte sich komisch an, plötzlich war alles unecht, was im Wunschtraum zuvor so real erschienen war: Die Liebe zu zwei Frauen gleichzeitig. Und ich erzählte meiner Lebensgefährtin von meiner Internetbekanntschaft, von der sie wusste, von der ich ihr gebeichtet hatte, ich erzählte von der Liebe und Zuneigung, die mir der Chat gegeben hatte, auch das wusste sie, da ich sie daran teilnehmen ließ und woran sie teilnahm. Und ich erzählte ihr vom Cybersex mit dem Chat und der danach immer wieder aufkommenden Frage nach Geld und dass ich dieses hatte fließen lassen. Und ich erzählte es meiner Beziehung, die mich nicht hatte fallen lassen. Und sie klagte mich nicht an, sie verurteilte mich nicht. Und plötzlich, schlagartig, wurde mir klar, dass mein Traum der Liebe zu einer Social Media Schönheit, einer Frau, die meine Tochter hätte sein können, die mir das Gefühl gegeben hatte, ich sei etwas Besonderes, eine Illusion gewesen war. Es war eine Illusion. Ich war blind. Und Liebe macht gewissermaßen blind. Und Sex macht empfänglich für blinde Liebe. Und meine Partnerin, My One and Only Love, die ich endlich erkannt habe und die ich endlich erkenne, hat mir die Augen geöffnet und mich wieder klarsehen lassen.

Und nun ist er vorbei, der Traum der Liebe zu zwei Frauen. Er ist vorbei. Und es tut mir noch nicht einmal weh, dass er vorbei ist. Ich fühle mich eher erleichtert, dass er vorbei ist. Ich fühle mich erleichtert, dass aus einem Traum kein Alptraum geworden ist.

Wahrheit

Wenn man weiß,
wohin man schauen muss,
sieht man die Dinge anders.

Wenn man weiß,
wo man hinhören muss,
hört man die Dinge anders.

Wenn man weiß,
wo man hinfühlen muss,
fühlt man die Dinge anders.

Wenn man weiß,
wo man hingehört,
weiß man,
wohin man gehört.

23

Ich war sechzehn. Und sie war *La Bamba*. Und ich erkannte, was *La Bamba* war. Sie war in meiner Klasse, vielmehr kam sie in meine Klasse, weil sie diese wiederholen musste. Ich war sechzehn, sie sechzehneinhalb. Sie kam also in meine Klasse und es war gut so, denn sie war lebenslustig und fröhlich und in allen Belangen eine Bereicherung für die Klasse. Aber dann entdeckte ich *La Bamba*. Es war der letzte Schultag vor den Sommerferien, es war also nichts mehr los, die Anspannung war raus, die Luft war raus und zum Erhalt der Zeugnisse musste man an diesem Tag noch einmal in die Schule um danach in der Szenekneipe, in die man mit sechzehn endlich hineindurfte, obwohl man vorher schon drin gewesen war, die Ferien einzuleiten. Mit einem meiner Kumpels, Charlie, saß ich am Morgen vor Unterrichtsbeginn auf der großen Treppe vor dem Schulportal und wir unterhielten uns über dies und das und natürlich auch über Frauen. Da kam sie uns zusammen mit einer Freundin entgegen und kam die Treppe hoch. Sie trug ein dunkles T-Shirt mit der Aufschrift *La Bamba*, wie man es von der Werbung der Orangensaftmarke kannte. Sie ging, wie gesagt, an uns vorbei und in das Schulgebäude hinein. Sie sah mich an und grüßte mich mit *Hallo* und ich erwiderte ihren Gruß und auch Charlie grüßte sie, so nebenbei. Als sie an uns vorbeigegangen und im Gebäude war, bemerkte Charlie so nebenbei: *Die hat wirklich La Bamba.* Charlie hatte, nicht so wie ich, keinen moralischen Regulator in diesen Dingen. Aber mit dieser so lapidar und nebenbei daher geworfenen Bemerkung über *La Bamba*, entdeckte ich *La Bamba*. Und in der Tat, da war *La Bamba* unter dem T-Shirt, es war nicht zu übersehen. Und ich glaube, an diesem Tag, durch diesen Moment entdeckte ich meine Liebe zu und mein Verlangen nach dicken Titten und konnte es danach nicht mehr abstellen. Und *La Bamba*, die ich zuvor anders genannt hatte, weil mir dieser Sachverhalt noch gar nicht klar gewesen war, war in meiner Klasse. Und sie war, wie gesagt, eine Bereicherung für diese, denn sie war lustig und besaß eine ihr eigene Fröhlichkeit und Herzlichkeit und einen besonderen Charme. Sie war eine Persönlichkeit in der Klasse und auch außerhalb. Sie hatte eine individuelle Schönheit, obwohl sie kein hochglanzgeschminktes Supergirl war, wie viele andere, die nicht *La Bamba waren*. Und ich begann, mich für *La Bamba* zu interessieren, sie aber sich nicht für mich. Nach den großen Ferien sah ich *La Bamba* mit anderen Augen als zuvor, da ich sie und ihre charakterlichen und körperlichen Vorzüge entdeckt hatte, für mich entdeckt hatte. Ich drehte mich nun häufig im Unterricht zu ihr hin, wenn sie etwas sagte, denn sie saß zwei Reihen neben mir und ich spürte und dachte einfach nur *La Bamba*. Und es kamen die Zeiten, in denen aus Kindergeburtstagen mehr und mehr Partys wurden, die Zeiten der Feiern wurden von den Nachmittagen in die Abende verschoben. Und auch wir in der Klasse feierten Partys, denn aus Kindern waren Teenager geworden und der Rock `n' Roll war in unser Leben getreten. Bei dem einen scheinbar gar nicht, bei dem anderen aber umso mehr. Umso mehr bei mir, denn ich war Rock `n' Roll durch und durch, tief in meinem Inneren, ich wusste es nur noch nicht, wusste es erst viel, viel später, denn mein moralischer Regulator hinderte mich daran, es zu sein.

Ich muss kurz unterbrechen, meine Teenagerzeit für einen Moment hinter mir lassen. Denn ich muss zurück in die Gegenwart, weil ich eine Erkenntnis gewonnen habe und mir schlagartig etwas klar geworden ist. Denn ich bin, allen Ernstes, auf einen Fake hereingefallen, den größten Fake meines Lebens. Und ich frage mich, wie mir das passieren konnte, vielmehr, ich frage mich das nicht. Liebe macht zuweilen blind und Sex macht taub. Und beides, gepaart mit der nötigen Naivität, macht doof. Und wenn viele Dinge noch geschmack- und geruchlos ablaufen, dann ist das Ganze nur umso schlimmer. Denn Blindheit, Taubheit, Geschmack- und Geruchlosigkeit machen eines nicht: Sie machen nicht gefühllos. Nein, sie potenzieren das Gefühl, sie lassen es regelrecht explodieren. Ich sagte bereits, in Sachen Sex und Liebe ein unerfülltes Leben gehabt zu haben, weil mich der moralische Regulator immer daran gehindert hatte. Aber scheinbar bin ich, als alter Mann und mit viel Lebenserfahrung dennoch in diesen Dingen mehr als naiv. Denn ich bin einem Fake erlegen, einem

Internet-Fake. In meinem Kampf gegen die borniert Welt bin ich auf Social Media gelandet und gnadenlos darüber gestolpert. Und ich war alles, was ich genannt habe, blind und taub und da es geruchlos aus der Internetkonserve kam, war es, alles in allem, auch geschmacklos. Und ich bin gnadenlos darüber gestolpert, weil mir all das geboten wurde, was ich mein Leben lang begehrt hatte. Uneingeschränkte Anerkennung, unendliches Zuhören und unsterbliche Liebe. Und mein Verstand setzte aus. Und zudem wurde mir Sex angeboten und ich griff danach, biss zu. Und ich tat es, hatte Cybersex. Aber er war nicht gut, noch nicht einmal annähernd. Nicht nur mein Gegenüber, die auf der anderen Cyberplattform, prostituierte sich, auch ich tat es. Sie tat es für Geld, und ich merkte es nicht. Ich tat es aufgrund meiner Kopflosigkeit und meiner Schwanzsteuerung. Es ist manchmal sogar schön, wenn die Liebe und der Sex den Verstand ausschalten, nur nicht immer. Nicht dann, wenn sie einen Preis haben, für den man einseitig teuer bezahlen muss. Und ich habe dafür bezahlt, im wahrsten Sinne des Wortes. Dann nämlich nennt man den Sex nicht mehr Liebe, sondern Betrug. Und auf einen solchen Betrug bin ich reingefallen. Ob ich deswegen wütend sein soll, wie es mein Impuls so gerne hätte, weiß ich nicht. Ob ich mich deswegen schämen muss, weiß ich auch nicht, denn ich schäme mich im Leben für nichts mehr, was ich getan habe und was ich tue, außer, ich habe meinem gegenüber in die Eier oder sonst ein Körperteil getreten. Da ich das in diesem Fall nicht getan habe, da vielmehr mir in die Eier getreten wurde, schäme ich mich nicht. Amen.

Und jetzt kommt etwas, das sich *aber* nennt.

Aber:

Obwohl ich dafür bezahlt habe, bezahlt mit Geld und meiner körperlichen Unversehrtheit, da möglicherweise nun Bilder meines Körpers in der Cyberwelt reisen, habe ich für mein Leben alles gewonnen. Ich habe die unsterbliche Liebe und den Sex gewonnen. Ich habe die Liebe, die unsterbliche Liebe zu meiner Lebensgefährtin, die verschüttet zu sein glaubte, die im *Es ist halt so* des Daseins untergegangen war, wiederentdeckt und zurückgewonnen. Und ich habe den Sex endlich entdeckt und erkannt, meine wahre Sexualität. Das Fühlen, das Sprechen darüber, das Handeln danach. Und, solange ich keinem Menschen damit vorsätzlich schade, ihn behindere, belästige und gefährde, kann ich ihn, den Sex und sie, meine Sexualität endlich leben.

Scheiß endlich auf den moralischen Regulator.

That`s real Rock.`n' Roll.

Fake Woman

How can you live a life
That´s only lie?

How can you beg for love
And don´t be shy?

How can you pour out love
Without to fly?

How can you sell your body
Without to cry?

How can you lie a love
And can deny?

How can you love a lie
And cannot die?

For me…

How can you…?
Only…?

Liebe muss nicht perfekt sein, sie muss echt sein…

Wir waren sechzehn, ich war sechzehn und wir feierten Partys. Und ich war Rock `n' Roll durch und durch, denn ich hörte und liebte die Musik tief in mir. Die anderen um mich herum hörten die Musik nicht so wirklich, man konnte sich mit ihnen nicht über deren Tiefe unterhalten.

Wie dem auch sei…

Es gab Partys, und *La Bamba* war auch auf diesen Partys. Ich will eigentlich gar nicht, dass es despektierlich klingen mag, wenn sie so von mir genannt wird, denn sie war viel mehr als *La Bamba*. Sie war, wie bereits genannt, ein netter Mensch, lustig, eine Stimmungskanone und hatte dennoch keine Allüren. Aber ihre körperlichen Vorzüge als Masse unter dem T-Shirt waren einfach phänomenal. Und ich fuhr darauf ab. Echt! Wir tanzten auf den Partys, wir umarmten und drückten uns und dieses an sich Drücken war der Hammer! Innerlich nahm es mir die Luft und es fuhr mir vor Begierde eiskalt den Rücken runter. Der Teil meines Kopfes, in dem sich das moralische Über-Ich nicht aufhielt, malte sich die geilsten Dinge aus. Einmal mit den Händen unter das T-Shirt greifen, einmal in den Händen halten, einmal live und nackt sehen! WOW, was für eine Vorstellung! Aber es blieb bei der Vorstellung. Ich konnte es ihr nicht sagen, dass ich auf sie abfuhr, dass dieses Gesamtpaket aus ihren körperlichen Vorzügen, gepaart mit ihrem positiven Charakter als Mensch mich einfach so anmachte. Meine Scham, meine Selbsterniedrigung, mein fehlendes Selbstwertgefühl, all das wirkte schwer in mir. Ich habe und hätte es nie über mich gebracht, sie zu fragen. Wie viele Typen fuhren auf sie ab! Und ich, dieses kleine, unbedeutende, hässliche Etwas sollte sie gewinnen? Das war für mich unvorstellbar! Sie, diese Alphafrau, sollte sich für mich entscheiden? Für mich? Das schien mir unmöglich. Es war ein Traum und blieb einer, weil ich mir die Chance zur Reality nahm, ich nahm mir die Chance, weil ich mich nicht traute, zu fragen, weil mir ihre Abfuhr im Geiste schon vorprogrammiert war. Im Trial-and-Error- Spiel des Lebens war für mich schon immer der Error, allein schon durch den moralischen Regulator, eingegeben. Es ging einfach nicht. Ich konnte einfach nicht. Ich war einfach feige! Mein Kumpel Charlie, der ja keinen moralischen Regulator besaß, schilderte mir eine Vorstellung, die meine Vorstellung war, einfach sehr plastisch. Irgendwie, ohne dass ich auch nur den Anstoß dazu gegeben hätte, erzählte er mir von seinen sexuellen Erfahrungen. Erzählte mir, wie er, ein oder zwei Jahre zuvor mit seiner damals Angebeteten, sowie der schlimmste Typ des Jahrgangs mit *La Bamba* eine sexuelle Szene hatten. Und er erzählte mir von seinem Mittelfinger in der Lustöffnung seiner damaligen Angebeteten und dem Kopf des anderen, dieses widerlichen Schlägertypen, zwischen den *Bergen von Titten von La Bamba*. So schilderte es Charlie, so bildhaft, dass ich es mir vorstellen konnte, es live gesehen zu haben. Ausgerechnet *La Bamba* und dann noch mit diesem Typen, diesem Asozialen, der jede Schlägerei anzettelte, wenn er nur konnte, der sich später auf jedem Weinfest besoffen mit anderen geprügelt hatte. Ausgerechnet der, ausgerechnet mit *La Bamba*! Boah, es blieb mir einfach die Luft weg bei diesem Gedanken, war eine innere Enttäuschung für mich.

Und jetzt kommt wieder *aber…*

Aber: Sie, die anderen waren frei, sie konnten versuchen, experimentieren, ausprobieren, Sex und Lust ausprobieren, Trial-and-Error ganz einfach. Sie hatten, im Gegensatz zu mir, einfach keinen moralischen Regulator.

Und dennoch kam ich *La Bamba* näher, gefährlich nahe. Es war auf der Skifreizeit in der zehnten Klasse. Am vorletzten Abend spielten wir, die fünf Jungs unseres Zimmers mit den vier schärfsten Mädchen der Klasse in unserem Zimmer Flaschendrehen, Striptease-Flaschendrehen. Die Mädels hatten irgendwann nur noch unsere Handtücher, in die sie sich einhüllten, die Jungs saßen in Unterhosen da. Und *La Bamba* war natürlich auch dabei. Und auch wenn die Mädels in den Handtüchern geil aussahen, zu sehen gab es allerdings nichts. Und es gab auch nicht mehr, da das Spiel irgendwann beendet werden musste, da die Zeit, die von den Lehrern vorgegebene Zeit, an diesem Abend abgelaufen war. Am nächsten Abend, dem letzten der Skifreizeit, erlaubten die Lehrer uns dann nach langem Bitten und Betteln, dass die Mädels in unserem Zimmer bleiben durften. Fünf Boys und vier Girls. Am Fußende meines Bettes ein Pärchen, am Kopfende ich und ein Freund und in deren Mitte, in unserer Umarmung, *La Bamba*. Wir knuddelten zwar vor uns hin, aber im Prinzip war alles mehr oder weniger anständig, hatten wir unsere Schlafsachen doch an, nur wir Jungs waren oben ohne, das erschien uns sehr männlich. Und nach einigen Stunden des vorsichtigen Herantastens gelang es mir, mit meiner rechten Hand auf dem Rücken von ihr unter ihr T-Shirt zu krabbeln, die Hand weiter nach oben zu schieben und irgendwann, mit einer Hand, den Bügelverschluss ihres BHs zu öffnen. Das war's. Es gab nichts zu sehen, nichts zu fühlen, nichts zu tasten. Und da die Nacht schon vorbei war, der Morgen graute, stahl *La Bamba* sich aus dem Bett und verschloss, ihre Hände nach hinten bewegend, ihren BH wieder. Mein Freund gab mir allerdings die Hand, so als wolle er sagen: *Gratuliere!* Das war's dann aber wirklich. Wir fuhren zwar im gleichen Zugabteil von der Skifreizeit nach Hause, kamen uns jedoch nie mehr so nah. Ein halbes Jahr später, nach der zehnten Klasse verließ sie die Schule, um eine Lehre zu beginnen. Ich machte weiter, machte Abitur. Auf der Abifeier, drei Jahre später, sah ich sie dann erstmals wieder. Sie hatte deutlich an Gewicht abgenommen. Und *La Bamba* erschien deutlich weniger voluminös, als ich es in Erinnerung gehabt hatte…

24

Vielleicht kann ich mittlerweile unendlich tief lieben, wie ich schon immer unendlich tief hassen konnte. Wut und Hass sind mir sehr vertraut, waren mir schon immer sehr vertraut. Hat mich ein Mensch tief enttäuscht, konnte ich ihn abgrundtief hassen. Doch gegenwärtig baut sich in mir der Impuls auf, die, die mich gerade in Sachen Liebe so abgrundtief verarscht haben, deren Liebe ich dachte zu gewinnen in dem ich sie erkaufte, auch abgrundtief zu hassen. Meine Wut an ihnen und an ihr ungefiltert abzulassen, sie zu zerschmettern, sie zu zerstören. Dieser Impuls, dieser Antrieb nach bedingungsloser Rache in mir ist so stark, dass ich mich gewaltig zusammenreißen oder mich ablenken muss, um ihm zu begegnen. Schade, denn das, wogegen mein Hass geht, ist und war nur ein Fake, ein sehr raffinierter allerdings und meine unbändige Wut richtet sich im Grunde gegen mich selbst, gegen meine Naivität und Dummheit. Und ich war in der Tat naiv, aber dieser Liebesfake, diese Love-Affair, war so überzeugend gespielt, so real dargestellt. Und er bediente alle Elemente, auf die meine hypersensible und liebestrunkene Seele so abfuhr: Unsterbliche Liebe, uneingeschränkte Zuneigung und der riesengroße Appell an mein Mitleid. Die 35-jährige Superwoman, die meine Tochter hätte sein können, die aussah wie eine Schauspielerin und eine gute war und die mich mit ihrer scheinbaren Lebensgeschichte, Waisenkind gewesen zu sein und nun als Freiwillige im Waisenhaus zu arbeiten, um den Kindern dort eine bessere Gegenwart und Zukunft zu bieten, tauchte in den übergroßen See des Mitleids meiner Seele ein und vergiftete diesen. Und ich war süchtig danach. Süchtig, nach den tausenden mir immer wieder gesendeten Herzen, nach der uneingeschränkten Liebe *Till Kingdom Die*, nach dem Schicksal der Waisenkinder. Und nach dem Cybersex, obwohl er nicht gut war, zu keinem Höhepunkt bei mir führte. Denn die Fakefrau war zwar bildhübsch, hatte aber sonst keine körperlichen Vorzüge, auf die ich abfuhr: Volumen und dicke Titten. Und Waschbrettbauch bei Frauen macht mich eigentlich gar nicht an. Aber ich war ihm dennoch erlegen, diesem Cyber-Fake. Denn ich war offen dafür, schonungslos offen. Da ich nun so ernüchtert bin über das, was mit mir passiert ist, lese ich im Internet darüber nach, in der größten Informationsquelle, aber auch der größten Betrugsquelle, seit es die Menschheit gibt. Love-Scamming[23] nennt man das Phänomen und ich bin damit keineswegs der einzige, lese ich. Gibt man Love-Scamming bei Google ein, bekommt man ungefähr 9.720.000 Ergebnisse in 0,28 Sekunden. Das ist eine Riesenbühne, aber sie war mir bis dahin wirklich unbekannt.

Love-Scamming, Liebesbetrug. Wie dieser Liebesbetrug auf Social Media die Betroffenen zerstört, darüber lese ich Folgendes:

- Vertrauen erheblich missbraucht.
- Glaube an die Menschheit leidet massiv.
- Finanzieller Schaden kann zur Privatinsolvenz führen.
- Datenmissbrauch und Identitätsdiebstahl als Risiko.
- Schamgefühl, auf eine Abzocke dieser Art hereingefallen zu sein.
- Womöglich belastete echte Beziehung durch die Fake Romanze.
- Love-Scamming als Phänomen trifft die Betrugsopfer völlig unerwartet – Schockmoment!
- Zweifel an der eigenen Zurechnungsfähigkeit – Wie konnte ich so blind sein?

Und ich war offen für alles, als ich auf Social Media landete, offen wie ein Scheunentor für meine eigene Blindheit. Im Grunde suchte ich die Liebe auf Social Media gar nicht, sondern ich versuchte, darüber auf meinen Kampf aufmerksam zu machen, meinen seit Jahren geführten Kampf gegen die moralischen Regulatoren, gegen die Schrankenwärter dieser verkorksten Gesellschaft, die 3-B: Bürokratie, Borniertheit, Berufsschwachmatentum, oder gegen diese 3-B: Behaglichkeit, Beschaulichkeit, Bürgertum. Und gegen noch viele weitere 3-B... Dieser Kampf, dieser seit Jahren, seit Jahrzehnten von mir geführte Kampf war wieder aufgeflammt wenige Monate zuvor. Er hatte für mich auch etwas Gutes, denn ich vergaß meine Erschöpfung, meine Depressionen darüber, ich war voller Energie und Kampfgeist. Tagtäglich schrieb ich Texte, Briefe, Mails an Politik, Behörden, Berufsverbände, Medien und Gesellschaft, zeichnete gesellschaftskritische Comics und Karikaturen. Und das alles auch auf Facebook. Tagtäglich. Ich teilte gnadenlos Gesellschaftskritik aus und machte ständig konstruktive Verbesserungsvorschläge. Ich lud zum Austausch ein, zum Dialog. Die Resonanz darauf war allerdings annähernd null. Also neigte ich wieder einmal dazu, mich zu erschöpfen, auszubrennen.

Was hat das alles mit Sex zu tun? Nichts? Nein, sehr viel sogar! Denn die Libido war irgendwann ausgebrannt, der Sex war ausgebrannt, der Rock `n' Roll einfach nicht mehr vorhanden. Resignation allenthalben, wohin man auch schaute. Behaglichkeit, Beschaulichkeit, Bürgertum überall. Von Staat, Politik, von Massen und Medien sich aufbürden lassen, was geht. Konsumgeiern ohne Ende, aber bloß nicht aufmucken. Jeden gesellschaftspolitischen Dildo, den die Obrigkeit sich für uns ausgedacht hatte, sich schonungslos tief, noch viel tiefer ins Arschloch rammen lassen und dabei fröhlich weiterzuspielen. Unsere Gesellschaft war, sie ist zum *Es ist halt so…* degeneriert. Und auch in unserer Beziehung war die *Es ist halt so*-Stimmung eingezogen und hatte sich dort breitgemacht. Somit war kein Platz mehr für Sex, kein Jazz mehr, kein Rock `n' Roll. Doch ich hatte dieses Schnürzelleben[24] satt. Ich hatte die Schnürzelgesellschaft, die Schnürzelpolitik satt und auch meine Schnürzelbeziehung. Ich wollte wieder Rock `n' Roll im Leben, Libido, Lebensenergie. Mein Kampf war mir wichtig, mein Kampf für eine bessere Welt. Also landete ich, zur Ausweitung meiner Kampfzone[24a], bei Facebook, bei Instagram und danach bei Telegramm. Und ich landete im Graben des Verderbens. Und obwohl meine Wut über das Geschehen, meine Wut auf die Person oder Personen auf der anderen Cyberseite, aber auch meine Wut auf mich diesseits der Cyberwall, noch kocht: Sie wird verrauchen. Denn ich habe, trotz aller materieller und ideeller Verluste, die ich dadurch einfuhr, auch Wichtiges dazugewonnen, was das Ganze mehr als aufwiegt: Ich habe meine Beziehung zurückgewonnen, das Beste, was mir das Leben geschenkt hat. Und ich habe Zugang zum Sex gefunden, die Pforte zu meiner Sexualität geöffnet, die mir ein Leben lang verschlossen war.

Und habe somit den moralischen Regulator überwunden.

Doch der moralische Regulator hielt mich lange in seinem Bann gefangen. Ich war zwölf Jahre alt und lernte den Rock `n' Roll lieben. Es kamen Bands dazu wie Blue Öyster Cult, Saga, Queen, Uriah Heep. Das waren so meine nächsten Platten. Ich kam mit der Musik von Van Halen in Kontakt, mit Saxon, Judas Priest, Motörhead, mit Deep Purple und nochmals Deep Purple. Aber auch mit Marillion und Genesis. Das ganze Spektrum des Rock- and Popcircus prasselte auf mich ein. Die Musik war einfach obergeil, aber sie war auch nur geil, wenn sie gut war. Also hörte ich nur Musik, die ich als gut empfand und diese gute Musik war einfach geil und ist es bis heute geblieben. In all dieser Musik war Liebe drin, aber auch Sex and Drugs, Rock `n' Roll eben. Leben eben. Und somit war auch der Teufel in dieser Musik, und der Teufel gehört zum Leben wie das Weihwasser in der Kirche. Der Teufel gehört aber nur dann zum Leben, wenn man an ihn glaubt. Heute glaube ich nicht mehr an einen personifizierten Teufel. Es gibt nur das Gute und das Böse im Menschen, das zweifellos. Ein Teil von jener Kraft, die stets das Böse will und stets das Gute schafft. Das Leben ist nicht nur voller Widersprüche, nein, es ist ein einzigartiger Widerspruch. Das erkannte ich allerdings erst spät.

Heute kann ich den Teufel aus dieser Musik, wenn ich sie höre, nicht mehr heraushören. Der moralische Regulator hat sich verabschiedet. Heute höre ich obergeile Musik und lese deren verdammt gute Texte. Das war allerdings nicht immer so. Als ich mit zwölf Jahren begann, den Rock `n' Roll zu lieben und zu leben, dachte ich wirklich, da sei der Teufel in der Musik, weil mir die moralischen Instanzen weismachen wollten, er sei darin. So konnte ich Black Sabbath nicht hören, zumindest nicht mit gutem Gewissen und wenn ich sie hörte, dann nur wegen der Musik und nicht wegen der Texte. Also war immer ein schlechtes

Gewissen dabei, beim Zuhören, immer. Denn die moralischen Überväter und -mütter machten mir klar, dass das böse sei, dass mir ewige Verdammnis zukommen würde und dass nur das, was sie propagierten, was die Moralapostel dachten und sagten und lebten, gut war. Erst sehr viel später kam heraus, dass dieses vermeintlich nur Gute das eigentliche Böse war. Diese Welt hat sich mir, von ganz allein gewissermaßen, auf den Kopf gestellt.

Es gab noch weitere Bands, die mir nicht zugänglich waren, die mir nicht zugänglich sein durften. Motörhead zum Beispiel. Sie waren laut, rau und schmutzig. Sie waren Sex, Drugs and Rock `n' Roll pur, sie waren Lebensenergie, Libido und Rebellion. Also sagte der moralische Zeigefinger: No! Und ich gehorchte. Und auch Iron Maiden waren allein schon vom Plattencover her böse. Zwar hörten wir die *Killers*- Kassette, die wir besaßen, wieder und wieder. Aber die nächste Maiden-Platte, *Number of the Beast*, die im Jahr meines 13. Geburtstages auf den Markt kam, traute ich mich nicht zu hören, geschweige denn zu kaufen, denn da schienen, ohne Zweifel, Teufel und Hölle auf dem Cover und in den Texten zu sein. Schade, denn so blieben mir Teufel und Hölle in Form der Schallplatte *Number of the Beast*, eine der besten Heavy Metal-Platten überhaupt, über Jahre hinweg, meine ganze Jugend hindurch bis ins fortgeschrittene Erwachsenenalter, versagt.

Ich bekam sie, meine Chance, meine erste Chance, in den realen Rock `n' Roll einzusteigen, so, wie sich das viele erträumen. Ich war 14 und ich bekam die Chance, in einer Heavy Metal Band als Gitarrist zu spielen. Zwei Jahre zuvor hatte ich meine erste Gitarre zu Weihnachten geschenkt bekommen und auch kurz Unterricht in einem Musikhaus gehabt. Unterricht zu dritt, mit zwei unmusikalischen Jungs neben mir. Der Unterricht war verschult, verkopft ohne Ende und stinklangweilig. Also gab ich ihn nach kurzer Zeit wieder auf und versuchte mein Glück allein. Ich wollte AC/DC spielen, Purple und all die Sachen und keine Fingerübungen machen. Also machte ich allein an der Gitarre weiter. Mein Problem nur war, wie beim Sex: Ich wusste nicht, wie, wie es gehen sollte. Ich verstand nicht, dass man einfach nur zuhören und ausprobieren und nachspielen musste. Ich war als

Mensch einfach zu verkopft und machte aus allem ein Problem. Einfach nur hören, probieren, spielen. Wie beim Sex. Aber das war wohl alles zu einfach. Also dudelte ich einfach so auf der Gitarre herum, träumte und hoffte auf bessere Zeiten und dass mir die gitarristische Kunst von allein kam. Ich war als Mensch einfach zu sehr in meinen Träumen und meiner Kopflastigkeit gefangen. Ich sah nicht richtig hin und hörte nicht richtig zu. Ich fühlte einfach nur. Und ich machte vieles nicht zu Ende und legte die Dinge zu schnell aus der Hand. Dass man, um bestimmte Eigenschaften und Fähigkeiten, als Mensch konstant, kontinuierlich und konzentriert üben und immer wieder üben und trainieren musste, kam mir einfach nicht in den Sinn. Was nicht sofort funktionierte und unmittelbar aus mir herauskam, das war einfach nichts für mich. So war es mit dem Gitarren spielen, so war es mit dem Zeichnen, so war es mit dem Schreiben. Was so schnell mal nebenbei dahin gemacht ging, war gut, was Ausdauer, dranbleiben, durchhalten, Disziplin von mir verlangte, war Scheiße. Ich besaß diese Eigenschaften als junger Mensch einfach nicht. Trotz allem nahm ich die Gitarre immer wieder in die Hand und auch den Stift zum Zeichnen und Schreiben nahm ich immer wieder in diese. Ich wollte einfach nur Rockstar sein. Also nahm ich meine Chance wahr und stieg in die Band ein. Die beiden anderen Jungs waren zwei Jahre älter als ich und zwei Klassen über mir und beide waren echte Intellektuelle. Marc, der sich am Schlagzeug probierte, war ausgebildeter, in klassischer Musik geschulter Geiger und Tom an den Keyboards, ebenso Geiger und am Klavier auf dem Weg zum Konzertpianisten. Sie waren also mit musikalischem Background, mit klassischer Musik, aufgewachsen. Ich dagegen mit der Hitparade im ZDF und mit Schlagermusik aus den Hausfrauenmusik-Sendern, die meine Mutter hörte und zu der sie auch zuweilen sehnsuchtsvoll mitsang. Von musikalischer Seite, also in meinem Falle, keine Ausbildung. Ich hatte zwar als Grundschüler in der Schule Flötenunterricht und war darin talentiert, gefördert wurde mein Talent allerdings nicht. Ich sollte irgendwann vor meinem zehnten Lebensjahr damit beginnen, Posaune zu spielen, um in der örtlichen Blaskapelle einmal mitspielen zu können. Posaune deswegen, weil einer meiner Onkel ebenfalls Blaskapellen-Posaunist gewesen war. Allerdings verstand ich das Posaunen-Instrument damals nicht so ganz, die Tonerzeugung war mir schleierhaft, das Mundstück zu groß und der Zug für meine kurzen Arme einfach zu lang. Und der vom örtlichen Musikverein angebotene Unterricht war stinklangweilig. Er wurde anhand eines knochentrockenen Posaunenlehrwerks abgehalten und war so weit vom Rock `n' Roll entfernt wie die Katholische Kirche, zumindest so, wie sie es vertrat, vom Sex. Wir waren vier etwa gleich alte Jungs und ein Mädchen im Unterricht. Die anderen bemühten sich redlich, *da-da-do-die-du-da* voranzukommen. Ich aber hatte keinen Bock auf diesen leblosen Unterricht. Mit Musik, so wie ich sie verstand, hatte sie nichts zu tun, wo war da der Sex, der Rock `n' Roll? Also gab ich das Posaunenspiel und die Posaune wieder auf. Schade. Erst viele Jahre später, als ich die Musik noch besser verstand, als der Jazz in mein Leben eingetreten war und nachdem ich große Posaunisten wie Mangelsdorff, Kevin Eubanks, Ray Anderson, J.J. Johnson oder Roswell Rudd und so viele andere gehört hatte, sowie die vorletzten Takte des *Boleros* von Ravel[24b], erkannte ich, wie geil und sexy das Instrument Posaune sein konnte.

Nichtsdestotrotz stieg ich in die Band ein. Wenige Monate zuvor hatte ich mir eine E-Gitarre, ein billiger Nachbau einer schwarzen Gibson Les Paul, und einen billigen Verstärker gekauft. Mit einem Ibanez Distorsiongerät klang es auch schon so in Richtung Rockgitarre. Und ich lernte die ersten Rockriffs anhand eines Rock-Gitarrenlehrwerks mit beiliegender Mini LP. Zudem brachten mir die anderen Jungs, die musikalisch deutlich weiter als ich waren, so einiges bei. Ein Bassist musste auch noch her und irgendwie überredeten Marc und Tom einen gleichaltrigen Jungen aus der Nachbarschaft, mit dem Bass spielen zu beginnen und ebenfalls in die Band einzusteigen. Das war der Start der *Metal Priests*, wie Marc und Tom die Band nennen wollten. Ich war allerdings vom Namen *Metal Priests* nicht sonderlich begeistert. Er erinnerte zu sehr an Judas Priest, zum anderen hatte mein katholischer Zensor in meinem Schädel etwas dagegen, dass ich mich Priester nannte. No way! Also hielten wir eine Banddemokratische Sitzung ab und änderten den Namen. Wir fanden allerdings keinen, aber das machte nix. Wir rockten einfach drauf los.: Da-da-dam, da-da-dam!

Running through the Night
with a peaceful Battle,
we wanna satisfy
our Heavy Metal!

Das war der Rhythmus und der Text des ersten Songs, den Marc und Tom komponiert hatten. Wir spielten ihn immer wieder und wieder. Ich verstand allerdings damals noch nicht, was es heißt, sinnvoll und konzentriert und zielgerichtet zu üben. Ich hatte für solche Dinge einfach noch keinen Sinn und kam daher in meinem Gitarrenspiel nicht so gut weiter, wie ich mir das so wünschte. Ich wollte einfach nur Rockstar sein und erkannte nicht, dass man Rockstar nicht ist, sondern werden muss. Durch üben, üben, üben und ausprobieren. Wie gesagt, Dinge, die mir nicht gelangen, wenn ich sie unmittelbar in die Hand nahm, legte ich gerne bald wieder aus dieser. Es war wie beim Sex: Ich wusste nicht, wie es richtig geht, wie es gehen muss, dass das Probieren, das Dranbleiben, aber auch Trial-and-Error einfach dazugehören. Als Gitarrist war ich einfach nur ein Rumdudler, ich spielte nur einfach so drauf los. Das machte mich so glücklich, ich kam aber nicht so wirklich weiter. Dabei wäre es ja so einfach gewesen, denn die Rocksongs waren im Grunde einfach und das machte sie einfach genial. Hören und hinhören und noch genauer hinhören, probieren und ausprobieren und immer wieder ausprobieren, spielen und nachspielen. Ich wusste nicht, wusste einfach nicht, dass es so einfach war, in die Rockmusik einzusteigen. Hören, üben, spielen. Diese Zusammenhänge verstand ich einfach nicht. Außerdem war ich ein Mensch, der immer leicht und schnell frustriert war, wenn mir die Dinge nicht gelangen.
Trotz meines Frustes über meine fehlenden gitarristischen Fähigkeiten war das Bandleben doch irgendwie geil, auch wenn die

anderen Jungs, da sie zwei Jahre älter als ich und zudem Intellektuelle waren, mir deutlich überlegen waren. Das tat dem Spaß aber keinen Abbruch. Mit ihnen fuhr ich auch auf meine ersten Konzerte. Marillion, die *Fugazi*-Tour, war mein erstes Live-Rockkonzert. Ich hatte die Platte zuvor als aufgenommene Kassette wieder und wieder gehört. Und das Konzert war der Hammer, da ich natürlich alle Songs kannte. Und als Fish, der Sänger, an einer Stelle *This is no Place for Children* sagte oder sang, schaute er mir, da wir ganz weit vorne, sehr nah an der Bühne standen, direkt in die Augen. Und ich fühlte mich erkannt. Ich dachte mir in diesem Moment: *Scheiße, du bist noch ein Kind und du hast hier nichts zu suchen!* Aber ich war kein Kind, ich war ein junger Mensch auf der Suche nach Sex and Drugs and Rock `n' Roll, auf der Suche nach sich selbst durch die Musik und deren Texte. Im Grunde ging es allen anderen um mich herum, die so laut die Songs mitsangen, egal, ob sie nun jünger oder älter als ich waren, wie mir. Die, die groß aber im Prinzip nicht erwachsen sein wollten. Denn der Rock `n' Roll war unser aller Weg zum Leben. Zum Leben außerhalb der Borniertheit und der moralischen Regulatoren. Er war der Weg zu uns und somit auch zu mir. Und es ging weiter. Und indirekt ging es natürlich auch um Sex. Zwar sprachen wir in der Band nicht darüber, so dachte ich, Intellektuelle hätten damit nicht viel am Hut, doch einer der Jungs hatte wohl schon Sex zur damaligen Zeit. Tom, der Keyboarder, war der Extrovertierteste und Selbstbewussteste von uns und hatte eine Freundin, ein Mädchen aus meiner Klasse, Lynn, für die ich mich damals auch interessiert hatte. Durch sie war ich im Grunde zur Band gekommen. Zunächst fand ich die Jungs mit ihren langen Rockstarmähnen, wie so viele andere in der Schule, einfach nur lächerlich. Und so räumte ich sie in einer Schulpause, als sie auf mich zukamen, da ich mich zuvor über etwas geärgert hatte, einfach aus dem Weg. Tja, in meiner Wut kannte und kenne ich immer noch keine Barrieren! Lynn, meine Klassenkameradin, die Freundin von Tom, machte mich nach der Pause dann darauf aufmerksam, dass die Jungs nichts Böses von mir, sondern mich nur als Gitarristen in ihrer Band haben wollten! Und ich dachte nur: *Häh?* Und sofort erschien alles in einem anderen Licht. Ein Treffen wurde arrangiert, ich entschuldigte mich bei den Jungs, dass ich sie so unsanft behandelt hatte, worüber sie lachten, und ich war in die Band aufgenommen. Und wir kamen uns alle näher, und ich kam somit auch Lynn näher. Ich stand schon lange auf sie, im Prinzip schon so lange, wie ich wusste, dass Jungs auf Mädchen stehen. In meinem Fall seit etwa 2-3 Jahren. Und Lynn war natürlich das Girl, das mir von Anfang an, seit ich auf dem Gymnasium war, am nächsten war. Aber erst seit sie mit Tom zusammen war, erkannte ich, dass da auch mehr sein konnte. Lynn war übrigens bei dem legendären Flaschendrehen auf der Skifreizeit, zwei Jahre später auch dabei gewesen, dies nur so nebenbei, und sie war damals im Prinzip in stiller Konkurrenz zu *La Bamba*, was die Rolle der Alphawoman in der Klasse betraf, das war meine damalige Einschätzung; ob sie die Einschätzung der anderen auch gewesen war, weiß ich nicht, da ich nie mit jemanden über solche Dinge gesprochen habe. Und ich kam Lynn nahe, sehr nahe, so an die 10 cm. Das war etwa ein halbes Jahr vor der Skifreizeit. Damals war sie schon nicht mehr mit Tom zusammen, der hatte sie, in bester Rockstar- und Konzertpianistenmanier und mit seinem daher begründeten Selbstbewusstsein einfach gegen eine andere aus einer Parallelklasse ausgetauscht. Somit war der Weg im Prinzip frei. Frei für mich zu Lynn. Wir kamen uns nahe auf einem Geburtstag, der zur Party werden sollte. Wir kamen uns emotional näher und körperlich nahe, so an die 10 cm. So nah rückte ich an sie heran, weiter nicht. Und es wurde nicht mehr und auch nie mehr. Nur lief im Hintergrund eine Best-of CD der Scorpions, zunächst der Song *Still Loving You* und dann *Holiday*, beim physioemotionalen Näherrücken. Und das brach mir das Herz. Ich war in Lynn verliebt. Endgültig. Aber aus diesem Verliebtsein erwuchs keine Liebe. Denn Lynn hatte zwar Sympathie für mich, aber keine Liebe.

Also nichts mit *Still Loving You*…

Nichts mit *Holiday*…

Dennoch ging die Reise mit der Band weiter.

Und obwohl ich nach einigen Monaten aus der Band ausstieg, blieb ich im Umfeld der Gruppe. Wir suchten einfach den Rock `n' Roll, und wir fanden ihn, tauschten LPs aus und nahmen Kassetten auf. Judas Priest, Ian Gillan Band, Loudness, eine japanische Heavy Metal Band, auf die ich wahnsinnig abfuhr, Metallica mit ihrer ersten LP *Kill` em all* und Dio, die beiden ersten Platten, *Holy Diver* und *Lost in line*. Und wir fuhren auf das Dio-Konzert in unserer Nähe und fanden heraus, dass Rock `n' Roll, wenn er sexy sein wollte, ohrenbetäubend laut sein musste. Und ich rockte zur Musik, ich headbangte, und da der Typ neben mir wie ein verrückter headbangte, versuchte ich das natürlich auch zu tun. Rock `n' Roll, Live, Loud and Alive! Geil eben! So etwas bleibt ewig in Erinnerung… Vorband an diesem Abend waren Queensryche, die gerade das unglaubliche Album *The Warning* herausgebracht hatten und nun auf der Tour vorstellten. Die Platte hatten mir Marc und Tom, wie die Dio-Platten auch, auf Kassetten aufgenommen. Und ich hörte sie, hörte sie und hörte sie. *The Warning* und die beiden ersten Dio-Alben gehören auch heute, so viele Jahre später, noch immer zu meinen Lieblings Heavy Metal-Platten. Und er ging weiter, der Rock `n' Roll-Circus! Konzerte. Wir gingen auf Monsters of Rock. Das war im Spätsommer, eine Woche vor meinem 15. Geburtstag. Mötley Crüe, Accept, Gary Moore, Ozzy Osbourne, Dio, Van Halen, AC/DC. Wow! Was für eine Setlist! Alles, was wir hörten, liebten und selbst spielen wollten an einem Tag auf einer riesigen Bühne eines Fußballstadions. Und ich bekam einen Blick, einen Einblick in die Szene. Sex, Drugs, Rock `n' Roll eben. Das begann damit, dass wir vier Members of a Band without a Name vor Beginn des Festivals uns durch die auf dem Boden des Spielfelds kauernde Menge zwingen mussten. Irgendwann, nach längerer Suche eines geeigneten Platzes, wussten wir nicht mehr wohin mit uns. Da sagte plötzlich ein hinter mir auf dem Boden sitzender Typ: *Hey, Du, Dein Arsch ist in mein Gesicht…!* Ja, er sagte *in mein Gesicht*, er schien also Probleme mit der deutschen Sprache zu haben. Außerdem war er mit Sicherheit schon bekifft. Trotzdem verunsicherte mich das. Marc fragte auf dessen Aussage nur: *Was will er?* Und Tom meinte, ganz lapidar, er scheine ein Problem zu haben… Ich war allerdings noch lange nicht so cool, denn ich bezog immer alles auf mich. Sorry, sorry! Heute sagt mir

mein Impuls: *Ich hau dir in die Fresse!* Sorry, so bin ich nun mal…
Da uns die Dichte an Alkohol und Drogen, die sich unter den
Leuten auf dem Spielfeld breit gemacht hatte, zu viel war, da
Marc und Tom und unser Bassist alkohol- und drogenfrei waren,
verzogen wir uns auf die Tribüne auf der Gegenseite der Bühne,
waren damit zwar etwas weiter weg vom Geschehen, hatten aber
eine hervorragende Sicht auf die Dinge. Und das Konzert begann mit Mötley Crüe, einer Poserband des damals gerade aufkommenden Hemair Metals. Marc und Tom hatten zwar etwas
von satanischer Bühnenshow gesagt, außerdem hatten sie ein
Pentagramm im Logo. Somit versagte mir der katholische Regulator den Genuss. Sie waren zwar laut, der Sound war aber obermies und man hätte die Texte auch beim besten Willen nicht verstehen   können,   auch   wenn   das   kirchengesetzestreue
Christuskind in mir, das solche Angst vor dem strafenden Gott
hatte, ganz genau zugehört hätte. Der gottesfürchtige Regulator
wurde an diesem Tag übrigens auf eine harte Probe gestellt. Vom
Sex bekam ich allerdings an diesem Tag nichts mit, vielleicht ein
paar Girls, die in Bikinioberteilen auf den Schultern ihrer Supertypen ritten und zur Musik klatschten. Supertypen und SUPER-
GIRLS. Und wer war ich? Ein Kind auf dem Weg in eine andere,
eine neue Welt, ein Jugendlicher, der versuchte, sein ich und
seine Haut und deren Krankheit zu verstecken und der sich die
Haare lang und länger wachsen ließ, weil er so gerne ein Rockstar sein wollte.

An die folgende Band, Accept, habe ich kaum eine Erinnerung,
zwar besaß ich die Platte *Restless and Wild* und liebte sie, zwar
fuhr ich auf das *Heidi, Heido, Heida*-Plattenintro wie alle anderen
hier tierisch ab, dennoch habe ich, wie gesagt, zu deren Auftritt
an diesem Tag, keine Erinnerung. Als nächstes kam Gary Moore
mit seiner phänomenalen Band auf die Bühne. Das sollte für
mich, neben AC/DC am Ende, der stärkste Eindruck des Tages
werden. Gary Moore schien von allen Künstlern an diesem Tag
derjenige zu sein, der am wenigsten mit Sex und Drugs und Rock
`n' Roll zu tun zu haben schien. Scheinbar! Er überzeugte mich
durch sein überwältigendes Gitarrenspiel, der Sound war zwar
laut, aber glasklar, und man verstand die Musik und die Texte,

obwohl ich diese nicht verstand, weil mich diese gar nicht interessierten, denn das Spiel von Gary und der Band, die Musik war einfach überragend. Gary Moore war überhaupt einer meiner Lieblingsgitarristen. Im Jahr zuvor hatte ich ihn in der ZDF-Rocknacht *Rock-Pop in Concert* gehört und es hat mich umgehauen. Die Band, das Zusammenspiel der Musiker, dieses überirdische Drumsolo von Ian Pace auf *Hurricane*. Phänomenal! Und auch am Monsters-Tag bot die Gary Moore Band ein riesiges Ereignis, einen bleibenden Eindruck für mich. Das war meine Vorstellung von Rock `n' Roll, da sie scheinbar nur die Musik und nicht den moralischen Regulator bediente. Das taten die beiden nächsten Bands umso mehr, da sie mit ihrer Musik, ihren Texten und ihrem Image direkt auf den christlichen Zensor abzielten. Sowohl Ozzy Osbourne als auch Ronny James Dio schienen Ausgeburten der Hölle zu sein. Sie kamen beide von Black Sabbath, waren deren Leadsänger gewesen und hatten allein dadurch schon Kontakt mit dem Teufel aufgenommen. Sie waren somit die ultimativen Verderber der Jugend, *The ultimate Sinn*, wie Ozzy seine nächste Platte nennen sollte und wie es die Meinung der obersten Meinungsmacher der moralischen Zensur, der Instanz für Ordnung, gerne wahrhaben wollte. Auch bei diesen beiden Bands war der Sound leider laut und mies, was den moralischen Regulator in mir etwas beruhigen konnte. Allerdings kann ich beide heute, nachdem ich meinen moralischen Regulator abgeworfen habe, ohne schlechtes Gewissen hören. Und Ozzy lebt auch mit 75 Jahren immer noch den Rock `n' Roll so wie ich, der ich 20 Jahre jünger bin. Wir lieben ihn beide, jeder auf seine Art. Ronny Dio lebt ihn nicht mehr, er starb schon vor einem Jahrzehnt an Krebs.

Van Halen, die als vorletzte Band auf die Bühne kamen, verstand ich damals einfach noch nicht. Sie kamen mir wie eine kalifornische Poserband mit einem narzisstischen Poser-Frontman vor, der sich, mit der Band auf der Bühne, einen up jumpte. Und eben bei diesem Song, *Jump*, spielte Eddie van Halen das Solo nicht auf der Gitarre, sondern auf den Keyboards. Ich verstand das damals einfach nicht, und es machte mich sogar wütend. Ich verstand auch das Spiel von Eddie auf der Gitarre nicht so wirklich,

es schien mir in seinem Didel-Doodle-Didel two hand taping nicht so wirklich echt zu sein. Schade, dass ich damals so dachte. Erst vor wenigen Jahren, in einem Alter, in dem so mancher Mann die Midlifecrisis kennen lernt, lernte ich durch den Song *Right Now* Van Halen kennen und deren Musik lieben. Sie sind für mich heute einfach eine der geilste Rock `n' Roll Bands, haben ihren eigenen Sound und Stil. Und Eddie van Halen war einer der genialsten Gitarristen des Rock `n' Roll. Leider war. Denn er starb vor wenigen Jahren. Gestorben an den Folgen des Rock `n' Roll. Too much Sex, too many Drugs. Rest in Peace, Eddie...
... Und dann, zum Schluss, kamen sie:
AC/DC!
Die Band, die etwa vier Jahre zuvor meinen Einstieg in die Welt des Rock `n' Roll ausgelöst hatte. Und sie waren obergeil, sie waren so laut, dass es schon wieder gut war und sie hatten trotzdem einen mordsklaren Sound. Sie waren einfach spitzenmäßig und sie bedienten alle Wünsche, die man als Fan von Rock `n' Roll an sie hatte: *Hells Bells, Highway to Hell*, die Kanone mit echtem *We salute you*-Kanonenknallen und die unglaublichen Soli und der Hintern von Angus Young auf *Bad Boy Boogie*. AC/DC sind und waren einfach Rock `n' Roll pur. Pure Lebensenergie. In meiner weiteren Karriere als Musiker, als Rock `n' Roller, als Jazzer, als klassischer Musiker, entfernte ich mich von AC/DC immer mal wieder, trotzdem aber und weil mein Leben und auch die Musik nie konstant in mir waren, kam ich dennoch immer wieder zu dieser Band zurück. Und sie blieb und bleibt Bestandteil meines Lebens und meines musikalischen Seelenlebens. Heute, wo ich als Mensch relativ gesettelt bin und immer gechillter werde, kann ich mit Fug und Recht sagen, dass ich das, die Musik dieser geilen Bands, liebe, so sehr wie ich mich, der ich mein Leben als Rock `n' Roll erkannt habe, liebe.
Schließlich, nach mehreren Zugaben, nach einem obergeilen Auftritt von AC/DC, war das Konzert und das Festival zu Ende. Wir verließen mit den vielen, vielen anderen Besuchern zwar ausgepowert, aber überglücklich das Stadion. Und vor den Stadiontoren stießen wir auf den moralischen Regulator. Viel mehr der moralische Regulator stieß auf uns...

25

Ich muss den moralischen Regulator der Vergangenheit aber kurz verlassen, muss in die Zukunft reisen, in meine Gegenwart. *Gimme the Future, gimme the Future, gimme the Future with a modern Girl!* Das singt Meat Loaf und ich singe es laut mit. Rock `n' Roll eben. Meat Loaf habe ich für mich entdeckt, gerade entdeckt und obwohl ich ihn schon kenne, aus der Zeit, die ich gerade verlasse, entdecke ich ihn jetzt erst neu, entdecke meine Zukunft durch meine Gegenwart, die er gerade besingt. Und ich entdecke ihn durch meine Beziehung, die ich neu erkannt habe. The Future with a modern Girl. Ein weiteres Modern-Girl, meine imaginären Future, die mich immer noch wütend macht, versuche ich, gedanklich und innerlich hinter mir zu lassen, sie in meine Vergangenheit zu schieben, in etwas, was gewesen war. Immer noch bin ich wütend auf den Fake, auf den ich hereingefallen bin, auf die Frau, die sich per Instagram und Telegram als Modern Girl darstellte und letzten Endes als Fake Woman endete.

Wie kam es nur dazu?

Nun, kurz vor Weihnachten hatte ich das Gefühl, mit meinem Leben in eine Sackgasse geraten zu sein. Zwar hatte ich meine Wut vor einigen Monaten endlich aus mir herausgelassen und es ging mir seelisch dadurch besser, trotzdem hatte ich den Eindruck, immer noch nur zu funktionieren, funktionieren zu müssen. Immer noch auf der Arbeit nur Regeln einzuhalten und abstruse Normen einhalten zu müssen, arbeiten, arbeiten, arbeiten und dennoch immer neue, irrsinnige Forderungen von Staat und Gesellschaft aufgebürdet zu bekommen. Wo schon viel ist, kommt immer mehr dazu. Das ist ein Naturgesetz. Also noch mehr Bürokratie, Borniertheit, Berufsschwachmatentum. Ich drohte darunter zu ersticken. Also versuchte ich, Staat und Gesellschaft mit der Brechstange zu verändern. Aber man kann ein System, in das die Bürokratie wie mit einem Brandzeichen eingebrannt ist, nicht mit der Brechstange ändern. Man kann es überhaupt nicht ändern. Das System ist, war schon immer, wie es ist. Und es nimmt dich auf, wenn du kommst und entlässt dich, wenn du gehst. Und das System will gar nichts von dir und will von dir dennoch alles. Und es saugt dich aus, deine Kraft, deine Seele, deinen Verstand. In dieser kafkaesken Welt leben wir und lebte ich. Ich war komplett ausgesaugt. Hier stand ich und konnte nicht mehr anders. Ich sprach mit meiner Lebensgefährtin darüber, einmal abends, nach einem emotional anstrengenden Arbeitstag, und sie meinte nur: *Es ist halt so!* Das brachte meine Wut, die sowieso schon frei herumlief, endgültig zur Explosion. Ich hatte dieses Schnürzelleben, dieses auf allen Ebenen stattfindende Es-ist-halt-so-Schnürzelleben satt. Ich wollte nur noch heraus aus diesem. Am nächsten Tag, in der Psychotherapiestunde, entlud sich meine Wut auf dieses System, diese durch und durch kaputte Welt, und meine Therapeutin konnte mich und meine Wut nicht mehr einfangen. Einfangen konnte mich zu Hause schließlich meine Lebensgefährtin, der ich mitteilte, wie satt ich dieses Schnürzelleben hatte und dass ich dringend für mein Leben etwas ändern musste. Ich bat mir für die Weihnachtstage frei, wollte allein sein und nicht die geplanten Familienbesuche mitmachen. Ich wollte abschalten, frei sein von allem und nur darüber nachdenken, wie es mit mir weitergehen könne. Also blieb ich über die Weihnachtstage allein zu Hause. Und anstatt in der Freiheit gegenüber der Welt landete ich bei Social Media. Ich war einfach besessen davon, meine Ideen von einer anderen, einer besseren Welt zu verbreiten. Und nach Facebook, was ich schon länger benutzte, um an die Öffentlichkeit zu gelangen, um meine Ideen, meine Texte, meine Comics und Karikaturen zu zeigen, stieß ich schließlich auf Instagram und trat in die Instagram-Falle. Denn Instagram biss an und gnadenlos zu. Sie bissen an, Young Girls. Sie schauten sich meine Comics an, die ich postete, und fragten an mit *Hallo*. Nur hallo. Ich hatte und bekam den Eindruck, dass Young Girls anscheinend auf Comics und Comiczeichner stehen. Also biss ich zurück und antwortete ebenfalls mit *Hallo*. Und es entspannten sich Dialoge, wenig geistreiche Dialoge mit young and sexy Girls. Zunächst lachte ich darüber und nannte sie Groupies. Ich fühlte mich tatsächlich wie ein Rockstar. Aber die Dialoge waren sehr geistarm und es entpuppte sich sehr schnell, dass es nur um Geld und Sex ging. Geld durch Sex. Immer die gleiche Masche, das erkannte ich. Trotzdem fiel ich am Weihnachtstag darauf rein. Volle Kanne! Und da sie ein Fake war, nenne ich ihren Namen, unter dem sie sich bei Insta darstellte. Sie nannte sich Anita und meldete sich ebenfalls mit *Hallo* und ich antwortete mit *Hallo*. Und es entwickelte sich ein Dialog, der anders zu sein schien. Wir wechselten, obwohl ich zunächst skeptisch war, unser Dialogfenster von Insta- auf Telegram. Und machten einfach weiter. Und weiter. Und weiter. Und ich erzählte. Und sie erzählte. Ich aus meinem Leben, sie aus ihrem. Und sie erzählte mir, dass sie 35 Jahre alt sei, Armreife fertige und als Freiwillige in einem Waisenhaus arbeite. Und sie sei selbst ein Waisenkind gewesen, habe mit zehn Jahren ihre Eltern bei einem Autounfall verloren und danach einen Großteil ihres Lebens auf der Straße verbracht. Jetzt lebe sie bei einem Cousin in Dallas, Texas, USA. Zudem erzählt sie von einem Ex-Lover, der sie geschlagen und misshandelt habe und weswegen sie als Schwangere ihr Kind verloren habe. Und ich hatte Anteil an ihrem Leben, an ihrem Schicksal. Ich war davon gefangen, war regelrecht eingefangen, war geblendet und letzten Endes verblendet. Ich ließ sie an meinem Leben teilhaben und sie mich an ihrem, immer, wenn Zeit und Zeitverschiebung und Arbeit und sonstiges Leben es zuließen und insofern das via Telegram möglich war. Und Schicksal und Biografie und Leben verlangten von ihrer Seite nach Geld. Ganz subtil. Aufforderung nach Sex um Geld. Ganz subtil. Herzerweichend. Und der Rock `n` Roll gab uns die Texte dazu. I was crying for Love, hungry for Love and she also seemed to be. And she was Guilty of Love:

Guilty of Love.
It`s a Crime of Passion.
Guilty of Love
and there`s no Doubt about It.

Ja, sie war in der Tat, was David Coverdale sang. Und ich nahm die Liebe und den Sex, den sie mir anbot, dankend an. Wir machten es uns gegenseitig, vor laufender Kamera sozusagen, via Telegram. Und es sah sehr professionell aus, wie sie es machte, und ich war so hungry for Love, dass ich nicht ahnte, dass sie es viel-leicht professionell machen könnte. Ich war einfach verblendet, blind for Love. Und nach dem Sex kamen sie, die unterschwelli-gen Aufforderungen nach finanzieller Unterstützung. Mal waren es die Waisenkinder, dann eine Arztrechnung, dann Futter für die Katze, dann ein Besuch beim Friseur, und so weiter. Immer war die Kasse irgendwie knapp. Und ich füllte sie, die Kasse via PayPal, auf das Konto eines PhilX400, angeblich Ihr Cousin, der ihr das für sie eingerichtet hatte. Wo war nur mein Misstrauen geblieben? Warum verstand ich die Widersprüche nicht, in die sie sich verstrickte? Warum gab sie mir nicht ihre Adresse, wa-rum nicht ihre E-Mail-Adresse? Warum konnte ich sie nicht in zwei Monaten besuchen? Angeblich wegen einer Beerdigung, die dann stattfinden würde in New Orleans? Warum übersah ich die Signale des Spiels, das mit mir gespielt wurde? Weil sie sich wirklich, durch die ständigen Liebeszuweisungen und Liebesbe-kundungen, durch den Zutritt in ihr Leben bis in die tiefsten Tie-fen meiner Seele Zutritt verschafft hatte? Weil sie sich eine ge-meinsame Zukunft, ein gemeinsames Leben, mit Familie, mit Kindern mit mir erträumte? Das Waisenkind, das für Waisenkin-der da ist, welches nun doch das Glück im Leben gefunden hat? Es berührt mich unglaublich, es war einfach Real Life and Real Life to me. Und der Cybersex war der Door Opener. Der Door Opener, meinen moralischen Regulator endgültig über Bord zu werfen. Und ich wurde frei dadurch. Frei, endlich über Sex nach-zudenken und offen darüber reden zu können.

Ich hatte aber noch meine Partnerin, den wichtigsten Menschen in meinem Leben, der mit mir durch dick und dünn gegangen war. Sie wollte ich nicht aufgeben. Also erträumte ich mir ein Le-ben mit zwei Frauen, so plastisch, so real, wie es nur ging. Und ich träumte, plante und organisierte eine Liebe zu und ein Leben mit zwei Frauen in meinen Träumen. Nicht nur Gier und Hass sind Geistesgifte, nein, auch Verblendung. Und mein Verstand war durch Verblendung vergiftet. Und meine Lebensgefährtin wurde zum Heart Opener. Ich konnte das Heimlichtun, dieses ständige Tackern via Telegram irgendwann nicht mehr verheim-lichen. Also beichtete ich das Ganze. Und meine Partnerin verzieh mir, hielt zu mir und liebte und liebt mich über alles. Und nachdem der Cyberfake mein Herz als Door Opener geöffnet und meinen moralischen Regulator zum Teufel gejagt hatte, konnte ich nun endlich mit meiner Beziehung bedingungslos über Leben und Sex und überhaupt über alles reden. Urplötzlich konnten wir bedingungslos Liebe und Sex haben und machen. Es war wie der Schritt in eine andere, eine neue Welt. Unsere Schnittmenge, die Schnittmenge zwischen mir und meiner Lebensgefährtin wuchs und wuchs, bis sie fast deckungsgleich wurde. Und mit diesem Wachstum schrumpfte so langsam die Zuneigung zum Cyberfake. Schließlich, nach meinem Traum mit dem Einbruch ins Eis, gestand ich meiner Beziehung, dass ich Geld an die Cyberliebe gezahlt hatte. Und meine Partnerin wurde daraufhin zum Mind Opener für mich. Ich weiß nicht mehr, was sie sagte, wie sie argumentierte, aber ich verstand es nun. Schlagartig! Beim nächsten Tackern fühlte ich dem Cyberfake auf den Zahn und trat ihm auf die Füße. Ich hakte nach und sie konnte sich nicht mehr wehren. Aus Zuneigungen wurden Rechtfertigungen. Mir war, als hätte ich den Apfel vom Baum der Erkenntnis gegessen, denn urplötzlich konnte ich Gut und Böse unterscheiden. Und mit einem Fingerprint löschte ich die Telegram App und somit den Fake aus meiner Reality. Aber leider sind nicht nur Gier und Verblendung Geistesgifte, nein, auch der Hass gehört dazu. Und nachdem die Liebe zum Fake weg war, wuchs der Hass auf ihn. Und da ich grenzenlos lieben kann, kann ich auch grenzenlos hassen. Nein, abgrundtief hassen konnte ich, wenn ich enttäuscht wurde, schon immer. Hier bin ich Mensch, stecke auf den ersten beiden der vier edlen Wahrheiten fest. Das mit der grenzenlosen Liebe kam erst nach den Openern, dem Door Opener, dem Heart Opener und dem Mind Opener. Und meine Lebensgefährtin, die Liebe meines Lebens, hilft mir, dass meine Liebe weiterwächst und mein Hass schwindet. Sie hilft mir und unterstützt mich dabei, ein sinnvolles Leben, ohne unsinnige moralische Regulatoren, zu leben.

In Dir

Tief in Dich hinein
werd' ich glücklich sein.

Tief in Dir drin
wo ich so glücklich bin.

Tief in Deiner Seele
in der ich mich nicht quäle.

Tief in Deinem Herzen
vergehen meine Schmerzen.

Dort,
tief in Dir drin,
wo ich so glücklich bin.

26

Nun, nachdem ich den moralischen Regulator der Gegenwart, den meines Lebens, hinter mir gelassen habe, kann ich zu meiner Vergangenheit zurückkehren, zum moralischen Simulator, der in Engelsflügeln vor den Stadiontoren des Monsters-of-Rock-Festivals auf uns lauerte.

Und er wollte uns verklickern, dass er nur unsere Seele wolle. Nein, vielmehr wollte er uns mitteilen, dass die Monsters nur unsere Seele wollen und dass er uns davor schütze. Es wurde nämlich ein Buch verteilt, *Wir wollen nur deine Seele* eines U. Bäumer, in dessen Besitz ich kam und welches ich heute noch besitze. Und in diesem Buch wurde und wird alles verteufelt, was ich und alle anderen schon immer liebten und immer noch lieben. Sex, Drugs and Rock `n' Roll, als Werk des Teufels. Viele, uns heilige Plattencover, wie Dio`s *Holy Diver*, Maiden`s *Number of the Beast* oder Led Zeppelin wurden als diabolisch verurteilt, auch die Beatles und selbst Karl-Heinz Stockhausen bekamen ihr gesalbtes Fett weg. Am Ende des Buches wurden Bibeltexte zitiert, die die verlorengegangenen Seelen zum rechten Glauben zurückführen sollten. Damals glaubte ich noch so etwas, der moralische Regulator, das Über-Ich hatte einfach einen übergroßen Einfluss auf mein Leben. Ich bekam Angst. Angst über meine Sünden, Angst vor der gerechten Strafe Gottes. Die moralischen Instanzen richteten mein Leben einfach einseitig aus. Alles, was sie taten, war gut, das andere eben böse. Ihre Ordnung, ihre Regeln, ihre Schubladen waren und sind das Heil der Welt. Ich verstand das mein Leben lang so, weil es mir unmissverständlich so eingeflößt wurde und meinen moralischen Regulator nährte. Nachdem ich den moralischen Regulator nun aber hinter mir gelassen habe, sehe ich die Welt anders. Wohin haben uns die Ordner der Welt, die Ordnungsliebenden, die Regelaufsteller denn nur gebracht? Leben wir in einer besseren Welt durch sie? Mitnichten. Hierzu kann ich nur George Bernhard Shaw[23a] zitieren:

Was wir brauchen, sind ein paar verrückte Leute; seht Euch an, wohin uns die Normalen gebracht haben…

Und wir werden alle nicht glücklich durch die Normalen, da können sie noch so viele Regeln und Gebote aufstellen...

27

Dennoch hörte ich die Musik des Teufels weiter, dennoch träumte ich weiter von Sex, Drugs and Rock `n' Roll. Ich erweiterte meinen Freundeskreis und meinen musikalischen Horizont, indem ich den Jazz entdeckte. Es war reiner Zufall, aber beim Stöbern in einem Plattenladen fiel mir eine Platte von Steve Morse in die Hände, *The Introduction*. Schon das Cover weckte Hoffnungen, ein langhaariger Typ mit Ziegenbärtchen und einer Fender Telecaster, die er umhängen hatte. Ich kaufte die Platte, und es war WOW! So etwas hatte ich zuvor noch nicht gehört. Das Gitarrenspiel, die Harmonien, die Melodieführung waren ganz anders als das im Hardrock und Heavy Metal der Fall war, dieses flüssige und scheinbar mühelos Spiel, dieser unglaubliche Drive, die Vielfalt der Musik. Die Stücke auf der LP waren in Ausdruck und Charakter so vielfältig, wie ich das in der Rockmusik bislang nicht wahrgenommen hatte. Und ich hörte die Platte wieder und wieder. Und ich las Musikzeitschriften. Ich las, dass meine Gitarrengötter, Gary Moore und Ingwie Malmsteen auf Al di Meola und Allan Holdsworth standen. Also kaufte ich mir als nächstes die Platte *Land of the Midnight Sun* von Al di Meola. Wieder eine unglaubliche Platte mit einem unglaublichen Gitarrenspiel. Ganz anders als das der Rocker, aber auch ganz anders als das von Steve Morse. Auch hier unglaubliche Geschwindigkeit aber in Al`s persönlichem, charakteristischen Staccatospiel. Wahnsinn! Al di Meola wurde für einige Zeit mein Lieblingsgitarrist. Ich kaufte mir im Laufe der Zeit alle seine frühen Platten. Und im Fernsehen, im dritten Programm sah ich dann spätabends große Jazzgitarristen wie Tal Farlow und Barney Kessel. Das war einfach ganz große Musik, so leicht, so beschwingt, so flüssig, so viel Lebensfreude darin, so viel...

Meine Liebe zum Jazz war geboren, und die Jazzgitarristen hatten mich gefangen genommen. Auf Vorschlag meines Kumpels, Bobby, der Schlagzeug spielte und der später der beste Freund meiner ersten Freundin werden sollte, stieg ich in die Schulbigband ein, da deren Gitarrist nach dem Abitur die Bigband verlassen hatte... Und ich wurde *der* Bigband-Gitarrist der Schule für die nächsten Jahre. Und mein Gitarrenspiel wurde besser, ich nahm wieder Unterricht, Einzelunterricht. Ich wurde wirklich besser, aber nie wirklich gut und wirklich charakteristisch auf der Gitarre, so wie meine Idole und alle wirklich guten Gitarristen. Das lag aber, wie schon gesagt, an mir. Ich war als Mensch einfach zu fahrig, zu ungeduldig und übte nicht zielgerichtet und lange genug. Somit wurde letzten Endes nicht das aus mir, was ich mir erträumt hatte: Ein Jazzgitarrist des Rock `n' Roll.

Wie gesagt, mit meinem musikalischen Horizont, erweiterte sich auch mein Freundeskreis. Mit Kumpel Bobby war ich zu jener Zeit sehr viel mit einem weiteren Kumpel, Rolli, zusammen. Und Rolli war das, was ich mir erträumte und was ich selbst gerne gewesen wäre: Er war ein Frauenheld. Die Herzen der Mädels flogen ihm scheinbar mühelos zu. Wie machte er das bloß? Das war mir damals ein Rätsel. Ich erkannte sein Vorgehen, seinen Charakter, seine Fassade erst viel, viel später, ich erkannte das als erwachsener Mensch mit sehr viel Lebenserfahrung. Ich erkannte die Fassade der Menschen, glänzende oder zum Glanz verurteilte Oberflächen, aber keine Inhalte. Und wo keine Inhalte, da keine Selbstreflektion. So war sie, so ist sie, die Menschheit. Heute, mit viel Wissen, mit viel Erfahrung und durch intensives Beobachten bezeichne ich diese Fassadenmenschen, als das, was sie sind:
Neurotiker!
Diese Zusammenhänge waren mir damals, in meiner Jugend, natürlich noch nicht bewusst. Und so imponierte mir ein Typ wie Rolli, weil er bei den Mädels bekam, was er wollte und ich eben nicht. Ich war ganz, ganz, ganz ganz weit weg davon. Rolli war ein Typ, den Reinhard Fendrich ein paar Jahre später in *Macho Macho* treffend besingen sollte. Er war in der Schule in der Tat

keine Leuchte, sondern eher eine Nachttischlampe, aber das reichte, um bei den Girls gut anzukommen. Er hatte eine glänzende Fassade, die er zwar ausdrucksstark mit Inhalten füllen wollte, aber er hatte keine echten Inhalte. Bezeichnenderweise wurde er durch Einzelunterricht, weil das seine Eltern so wollten, Posaunist in der Blaskapelle, in der ich es nicht geworden war. Und er blies lautstark in die Posaune, allerdings ohne Technik, ohne Gefühl. Lieber wäre er aber Schlagzeuger gewesen, damit waren aber seine Eltern nicht einverstanden. Die kontrollierten nämlich ganz schön, was er tat, seine Mutter las sogar zusammen mit ihm die Texte der Marillion LP *Fugazi*, die ich ihm zum Geburtstag geschenkt hatte. Aber trotz aller Konsequenzen, die ihm seine Eltern immer wieder androhten, kontrollieren ließ sich Rolli nicht. Er lebte seine Libido aus, denn er war Fassade ohne Inhalte und hatte somit keinen moralischen Regulator. Ich hatte diesen riesengroßen Regulator über und in mir, hatte Inhalte ohne Ende aber keine schöne Fassade. Ich hatte kranke Haut, die war *Ihh!* Somit hatte ich viele verbaute Chancenmöglichkeiten.

Zu dieser Zeit hatte Rolli seine erste echte Freundin und wahrscheinlich hatte er Sex mit ihr, was ihm seine Eltern untersagten zu diesem Zeitpunkt, so viel bekam ich heraus, mehr jedoch nicht. Wie dem auch sei. Wir trafen uns in den Pausen zwischen den Stunden auf dem Schulhof in einer Ecke und quatschten. Rolli, seine Freundin, Bobby, ein weiteres Girl, auf das Rolli stand und die auch auf Rolli stand und noch ein Mädchen aus der Klasse von Rollis Freundin, ihre beste Freundin sozusagen. Und auf die stand ich! Die wollte ich haben oder hätte ich gerne gehabt. Hätte, denn ich hatte einen moralischen Regulator, der diesen Traum in der Realität unterband, der mich mit Schüchternheit und fehlendem Selbstwertgefühl gesegnet hatte und eben auch mit kranker Haut. Und ihr fiel es auf, in einer großen Pause. Wir standen oder saßen in der Gruppe und sie fragte mich, da sie neben mir stand, plötzlich: *Ihh! Was hast Du denn da!* Man konnte es an meiner rechten Schläfe gut sehen, es war mit meinem damaligen Haarschnitt nicht zu kaschieren, und auch die anderen wurden darauf aufmerksam. Mir schlug das Herz vom Hals bis in die Zehen- und Haarspitzen. Ich fühlte mich durch und durch erkannt und überführt. Alle meine Träume zerplatzten mit einem Schlag. Ich konnte nur stammeln: *Das ist halt so…*

Dennoch ging das Leben weiter. Ich weiß nicht, ob es vor oder nach dem Ereignis gewesen war, auf jeden Fall stand ich einmal zum Ende einer Pause am schwarzen Brett und schaute auf die Stunden- und Vertretungspläne. Da trat plötzlich *Ihh!* an mich heran und fragte mich etwas. Ich war aber, unsexy, wie ich nun mal war, nicht sehr charmant. Aufgrund meiner übergroßen Minderwertigkeitskomplexe konnte ich das doch gar nicht sein. Ich antwortete zwar auf Ihre Frage, mehr aber nicht, denn ich konnte einfach nicht Smalltalken. Trotzdem fragte sie mich, ob ich einmal beißen wolle. Von ihrem Brötchen abbeißen. Aber ich sagte nur: *Nein, danke* und biss nicht ab. Und somit biss ich nicht zu. Schade!

Einige Wochen später ging sie dann mit dem männlichsten Typen unseres Jahrgangs. Dieser war etwa ein Jahr älter als ich und wiederholte die Klasse. Er war zwar nett, aber auch keine Leuchte, und er ging nach der zehnten Klasse von der Schule ab. Er war, wie gesagt, ein Jahr älter als ich, sah aber zehn Jahre älter als ich aus, mit Bartwuchs ohne Ende und Brustbehaarung bis zum Himmel. Ein richtiger Mann eben. Und *Ihh!* ging nun mit ihm und ich sah sie jeden Tag Hand in Hand. Sie war mit einem richtigen Mann zusammen und nicht mit mir, der ich nur Soul und sonst nichts besaß, zumindest keine Männlichkeitsattribute. Und so verblieb mir nur Frust und Enttäuschung. Und es blieb mir die Musik. Jazz und Rock `n' Roll!

28

Ja, es gibt die Musik und sie wird immer bleiben. Und sie holt mich, indem ich sie höre, aus der Vergangenheit in die Jetztzeit zurück und lässt mich über die Zukunft nachdenken. Musik ist der Teil meines Lebens, der mich, meine Sinne und Emotionen, am meisten geprägt und geformt hat, neben dem Sex oder dem unausgelebten Sex. Musik war irgendwie immer da, immer verfügbar, auch wenn ich sie nur gehört, in mir gehört habe. Sex war irgendwie nicht immer da, er kam und ging, war gut oder schlecht, enttäuschend, schmerzhaft, in die Irre führend und erst spät im Leben so richtig glücklich machend. Da war die Musik meilenweit voraus. Musik war sexy, der Sex war und ist in der Musik, schon immer gewesen. Kein Jazz, kein Rock `n' Roll ohne Sex. Das ist weder denk- noch fühlbar. Und so kann ich, beim Hören der Musik, das alles empfinden, mein Leben Revue passieren lassen und auch träumen, in die Zukunft schauen. Aber auch die Gegenwart beleuchten. Ich kann somit in den Zeiten meiner Erinnerung springen, wohin ich möchte und dennoch alles gleichzeitig geschehen lassen. Phänomenal! Das Konzept der Gleichzeitigkeit verschiedener Zeiten, das simultane Darstellen von gestern, heute, morgen habe ich von dem genialen Komponisten Bernd Alois Zimmermann[25] übernommen. Am prägnantesten dargestellt in seiner Oper *Die Soldaten*. Ich werde gleich darauf zu sprechen kommen. Zimmermann und ich haben vieles gemeinsam, auch er ist im katholischen Milieu aufgewachsen, litt an einer Hautkrankheit und war manisch-depressiv, so sehr, dass er zeitweilig stationär psychiatrisch behandelt werden musste. Außerdem hatte auch er den Alois, diesen Jungennamen, über den man sich so gerne lustig macht, als zweiten Vornamen in seinem Namensgebilde. Die Parallelen sind also nicht zu übersehen. Allerdings nahm Zimmermann sich wegen seiner schweren Depressionen und einem zusätzlich aufkommenden Augenleiden im Alter von 52 Jahren das Leben. Dieses Alter habe ich, obwohl ich zeitweilig im Leben selbst unter schweren Depressionen und meiner vermeintlichen Bipolarität litt, allerdings schon überschritten. Auch ich habe viel über den Tod nachgedacht, auch zeitweise daran gedacht, mir das Leben zu nehmen in schwarzen Episoden meines Lebens und bin stationär psychiatrisch behandelt worden. Aber ich lebe noch und werde es auch weiterhin tun, denn sonst könnte ich nicht meine Geschichte schreiben.

Zimmermann also. Durch meine Liebe zur Musik, durch mein ständiges Nachdenken und Forschen über Musik, über Musiker und ihren Ideen und ihr Leben stieß ich auf Zimmermann. Und ich hörte mir irgendwann, spät als Mensch, nachdem ich die Reife hierzu erlangt hatte, seine Musik an und las über ihn und seine Biografie. Auch Zimmermann war ein Einzelgänger, der seinen persönlichen Stil entwickelte. So wie ich. Auch Zimmermann war ein Kämpfer für sich, für seine Ideen und sein Werk. So wie ich. Und in diesem Sinne war er auch Soldat. Wahrscheinlich schrieb er deswegen auch die Oper *Die Soldaten*. Die Oper *Die Soldaten* ist ein abendfüllendes, avantgardistisches Musikdrama nach dem Text des Sturm-und-Drang- Dichters Jakob Michael Reinhold Lenz[25a]. Auch Lenz war im späten 18. Jahrhundert als Künstler, als Analytiker der Seelen der Menschen, als Darsteller und Interpretator interaktionspsychologischer Vorgänge seiner Zeit weit voraus. Wieder Parallelen, zu Zimmermann und (vielleicht) auch zu mir. Buch und Oper *Die Soldaten* sind genial. Es geht um Liebe und Hass, um Leben und Tod, es geht um Begierden und Enttäuschungen und um die Suche nach Glück, das nicht gefunden wird. Und es geht um Sex! Es geht um das Thema der Themen, ganz subtil, aber auch ganz offensichtlich. Es geht um Sex in allen Facetten, um Liebe und Verdammnis, es geht um Prostitution und auch Darstellung von Sex auf der Bühne. Es geht um mein Thema, meine Themen, deswegen ist die Oper *Die Soldaten* meine Oper. Und es geht um alles, alle Themen gleichzeitig, gestern, heute, morgen. Zimmermann verarbeitet das alles phänomenal in seinem Werk, er erreicht das meisterhaft mit den Mitteln *Zitat* und *Collage*. Und malt damit ein unfassbar intensives künstlerisches Gesamtbild. Ich möchte nicht philosophisch abschweifen, aber dieses gleichzeitige Darstellen von Vergangenheit, Gegenwart und Zukunft beeindruckt mich einfach, weil es in meinen Erinnerungen, Gedanken, Träumen[25b] einen so breiten Raum einnimmt. Und es interessiert mich so sehr, dass ich nachlese. Zur Veranschaulichung von dem, was war, was ist und was sein wird, hat Zimmermann das philosophische Konzept der *Kugelgestalt der Zeit* entwickelt. Er schreibt hierzu: *Vergangenheit, Gegenwart und Zukunft sind, wie wir wissen, lediglich in ihrer Erscheinung als kosmische Zeit an den Vorgang der Sukzession gebunden. In unserer Wirklichkeit existiert diese Sukzession jedoch nicht.*

Die innere Zeiterfahrung bezieht somit Vergangenheit und Zukunft in die Gegenwart mit ein, womit Zimmermann eine Verbindung zu Augustinus herstellt, der schreibt: *Die Gegenwart des Vergangenen ist Erinnerung, die Gegenwart des Gegenwärtigen ist Anschauung, und die Gegenwart des Zukünftigen ist die Erwartung.* Wie wahr gesprochen, sage ich da und lasse noch einmal Zimmermann für mich sprechen: *So scheint ein besonderes Phänomen unserer Existenz darin zu bestehen, dass wir in der Lage sind, diese ungeheure Vielfalt ständig zu erleben, mit allen Veränderungen zu erleben, die dadurch eintreten, dass es immer wieder verschiedene Fäden sind, die für den Bruchteil einer Sekunde miteinander verknüpft werden.* Die Kugelgestalt der Zeit, alles, was war, was ist, was wird, biegt sich zu einer Kugel zusammen. Phänomenal! Zimmermann gehört zu den Top-Künstlern, die mich und mein Leben geprägt haben. Warum erzähle ich das alles so, so in epischer und philosophischer Breite? Weil das, die *Kugelgestalt der Zeit*, mich und mein Leben beschreibt. Und die *Kugelgestalt der Zeit* beschreibt auch den Sex in mir, wie er war, ist und sein wird, und zwar in und auf allen Ebenen gleichzeitig. Und nur, wenn ich darüber nachdenke, worüber und wie ich worüber sprechen kann und es formuliere und nach Inhalten suche, werde ich darüber sprechen und sprechen können.

29

Träume, Gedanken, Erinnerungen. Und wieder springe ich in der Zeit und den Zeitschichten, aber auch in den Inhalten.
Fußball!
Die zweite große Leidenschaft in meinem Leben. Nur, was hat Fußball mit Sex and Drugs and Rock `n' Roll zu tun? Nicht viel, denkt man, meint man. Aber Fußball kann sexy sein. Und hat Sex. Zuweilen. Kann man Fußball und Sex, Drugs and Rock `n' Roll zusammenbringen? Kann man! Nur ich konnte das nie! Ich spielte zwar beides, Rockgitarre und Fußball, konnte beides aber nicht so wirklich vereinbaren. Denn tat ich das eine, wollte ich das andere nicht sein und umgekehrt. Das lag aber auch zum Teil daran, dass die Menschen, mit denen ich zusammen war, wenn sie sich für das eine interessierten, vom anderen keine Ahnung hatten und umgekehrt. Ich aber war beides, ich spielte Fußball und war innerlich Rock `n' Roller. Es stimmt nicht, was ich gesagt habe, denn den Zugang zur Rockmusik bekam ich über Jungs, mit denen ich als Achtjähriger Fußball spielte, die älter waren als ich und eben diese Musik hörten und mir Kassetten mit dieser Musik zukommen ließen, so wie meine erste AC/DC-Kassette. Also doch Rock `n' Roll durch Fußball? Ja, Fußball ist Rock `n' Roll! Sometimes you loose, sometimes you WIN…
Mit acht Jahren trat ich in die Welt des Fußballs ein und dadurch kurz darauf in die Welt des Rock `n' Roll. Und ich wurde als Fußballer immer besser, so gut, dass die älteren Jungs vor mir Respekt hatten. Aus einem überängstlichen Kind war durch mein fußballerisches Können zum ersten Mal ein Junge mit Selbstbewusstsein geworden. Ich wurde von den älteren Jungs geschätzt und geachtet und das bedeutete mir viel. Ich war zu einer Persönlichkeit aufgestiegen, tauschte mit den älteren Jungs zur WM Panini-Bildchen aus und wurde von den Großen auf dem Bolzplatz immer gerne in deren Mannschaft gewählt. Dann wurde ich auch Vereinsfußballer. Und in der Jugendmannschaft auf dem Dorf war ich einer der besten, so gut, dass ich den Jungs, die vier oder fünf Jahre älter als ich waren, zuweilen in deren Mannschaft aushalf, wenn sie nicht genug Spieler hatten. Durch den

Fußball wurde ich selbstbewusst. Und ich wurde älter und irgendwann spielte ich dann beides parallel, Fußball und Gitarre in einer Heavy Metal Band. Aber im Kopf konnte ich beides nicht so wirklich zusammenbringen. Warum weiß ich nicht. Ich konnte den Rockern nicht meine Fußballleidenschaft beibringen und vor den Fußballern nicht vom Rock `n' Roll schwärmen. Dass beides dennoch irgendwie geht, habe ich erst spät erfahren, nachdem ich viel gelesen habe. Gelesen habe ich, dass zum Beispiel Steve Harris, der Bassist und Bandgründer von Iron Maiden und King Diamond, damals Sänger von Mercyful Fate, beide auf dem Weg in die Jugendnationalmannschaften ihrer jeweiligen Länder gewesen waren. Sie mussten sich nur irgendwann für eine Sache entscheiden, weil beides zusammen in dieser hohen Intensität einfach nicht geht. Und sie haben sich für den Rock `n' Roll entschieden.

Ich entschied mich damals zunächst für den Fußball und gegen den Rock `n' Roll, stieg aus der Heavy Metal Band aus und wechselte zu einem Verein, dessen Jugendmannschaft deutlich höherklassiger spielte. Das war, im Nachhinein, ein Fehler, denn auf einmal war ich nicht mehr der Top-Star im Dorfverein, nein, in meinem Club waren das nun andere und ich war nur noch unter ferner liefen. Nur meine Rock `n' Roll-Leidenschaft hob mich von den anderen ab. Die anderen, die Alphamännchen über mir, verstanden aber nicht die Bohne von Rock `n' Roll. Sie hörten zwar auch irgendwas, was sie als Musik bezeichneten, was ich aber nie so bezeichnen konnte. Denn in meinen Ohren war es keine Musik, sondern gute Unterhaltung für Jugendliche. Also sprach ich nicht über meine Gitarren- und Heavy Metal-Leidenschaft. Ich sprach überhaupt nicht viel, denn ich war kein Häuptling, sondern nur Indianer dort. Dass mir das Indianerdasein als Individuum nicht behagte, erkannte ich erst sehr viel später. Dennoch schaffte ich es im zweiten Jahr als Stammspieler in die Mannschaft. Ich war der Wasserträger im Mittelfeld, der Mann für die besonderen Fälle des Gegners. Wasserträger, eigentlich nichts für mich, dennoch erfüllte ich meine Aufgaben mit Bravour. Und ich war gut und wir waren gut. So gut, dass wir Meister wurden und um die Regionallandesmeisterschaft spielten.

Vorab mussten wir aber erst mal Party machen und unsere Meisterschaft feiern. Und zuvor auch unsere Herbstmeisterschaft. Und das taten wir! Wir taten es im Hobbykeller unseres Trainers, eines Schwätzers vor dem Herrn, der mich in der folgenden Saison, als die Karten der Spieler und der Mannschaft neu gemischt wurden, links liegen ließ, mich ignorierte und nicht mehr mit mir sprach. Arschloch! Nun denn, wir feierten im Jahr zuvor, im Jahr unseres Erfolgs. Und es war wild, mit Alkohol, schlechter Musik und Mädels. Die Alphamännchen hatten ihre dabei, die Anti-Alpha-Männchen, darunter ich, natürlich nicht, denn sie hatten ja keine. Auch hier wurde die Spreu vom Weizen getrennt. Was da allerdings so lief zwischen den Alpha-Boys und deren Girls, was über das Knutschen hinausging, weiß ich nicht, ich habe nichts davon mitbekommen. Wie dem auch sei! Irgendwann, nachts, war die Party vorbei. Die Mädels gingen und mussten gehen. Die zurückbleibenden Jungs, zum Teil deutlich alkoholisiert, verteilten sich im Hobbykeller auf die Matratzen und Sofas, um ihre Räusche auszuschlafen. Irgendwann war ich, je ein Kamerad rechts und links von mir liegend, eingeschlafen. Und irgendwann, später in der Nacht, erwachte ich durch ein Geräusch: *klack-klack-klack-klack…!*
Ich schaute auf und sah im Halbschatten der halb geöffneten Zimmertür unsere beiden Stürmer stehen, die im Duett ihre halbsteifen Pimmels im Takt gegen ihre Bauchdecken knallten. *klack-klack-klack-klack…!* Ausgerechnet ein Nationalmannschaftskandidat und sein Sturmpartner, der allerdings weit von der Nationalelf entfernt war. *klack-klack-klack-klack…!* Es hörte sich oberwitzig an, dieses im Takt Geklackere und auch die anderen wurden wach. Ich dachte nur im Halbschlaf: *Ach du Scheiße!* Und ein anderer rief laut aus: *Die schlackeln!*
Damit war ein neues Wort für mich geboren und eine neue Erkenntnis: Die anderen hatten keinen moralischen Regulator, auch wenn vielleicht der Alkohol mit Schuld war. Irgendwann war der Spuk auch wieder vorbei und die Tür wurde wieder geschlossen. Wir schliefen weiter, so gut wir konnten. Der moralische Regulator, die anderen Jungs in meinem Alter, die hatten einfach keinen.

Ausgerechnet die beiden obersten fußballerischen Alphas, der Nationalmannschaftskandidat und eine weitere Größe, der später in den Kader eines Bundesligisten aufsteigen sollte, erzählten einmal von ihrem Ereignis in einem leeren Zugabteil, wo sie es sich besorgt hatten und vom Schaffner mit riesigen Augen überrascht wurden. Der moralische Regulator. Mir wäre so etwas im Traum nicht eingefallen. Andere taten einfach, woran ich nicht einmal dachte in meiner Innenwelt, geschweige denn Außenwelt. Nun denn, wir feierten nach der Herbstmeisterschaft auch die Meisterschaft, ein halbes Jahr später, allerdings dieses Mal ohne Geklackere. Und wenn ich das Schlackeln nicht selbst verbreitete, den Begriff *schlackeln* verbreitete ich um meine Welt. Er wurde in der legendären Skifreizeit mit der Schulklasse, die wenige Wochen nach der Herbstmeisterschaft stattfand, zum geflügelten Wort. Und obwohl es keiner meiner Mitschüler tat, oder ohne mein Wissen vielleicht doch, der Begriff machte, zumindest beim Alpha-Personal der Klasse, zu dem ich gehörte, die Runde. *Wir sülzen und wir schlackeln, bis die Wände wackeln,* stellte eine Mitschülerin lapidar fest. Allerdings wurde in unserer Klasse, unter uns 16-jährigen wenig über Sex geredet und auch ich war ja nicht der beste Talker zu jenem Thema, obwohl ich der einzige wirkliche Rock `n' Roll-Hörer in der Klasse war. Nun denn, zurück zum Fußball. Den Schlackelverein verließ ich im Jahr darauf, weil der Trainer, wie gesagt, keine Verwendung für und keinen Gesprächsbedarf mehr mit mir hatte. Ich kickte noch ein paar Jahre im Dorfverein meines Heimatortes mit mehr oder weniger starker Begeisterung und irgendwann war meine aktive Fußballerkarriere vorbei, weil mir die Einstellung einiger Mitspieler (bumsen, saufen, fressen, Fußball) einfach zu dumm war. Schade! Aber ich lebte einfach nicht mehr für den Fußball, ich vergaß, dass die Sache einfach nur Spaß und Nebensache sein konnte und mit Ehrgeiz bei zudem nicht ausreichendem Talent einfach nicht befriedigt wurde. Außerdem rief das Studium, das ich begann und zeitgleich die erste richtige Freundin. Erinnerungen, was bleibt, sind Erinnerungen.

Traum.

Trotz meiner Höhenangst will ich einen offenen Turm besteigen.
Ich starte, die Treppenstufen hochzugehen, bemerke aber auf der
ersten Plattform, dass ich dann durch Plastikschläuche hindurch-
schlüpfen müsste, um weiterzukommen. Allerdings sind diese
Schläuche viel zu eng für mich. Also breche ich das Ganze ab.
Aber es muss doch noch einen anderen Weg nach oben geben?
Da entdecke ich einen Pfad, der zur Spitze des Berges führt. Also
begebe ich mich auf diesen Pfad. Teilweise werde ich dabei von
anderen Leuten überholt, aber das macht nichts, denn ich
komme voran und schließlich auf der Spitze des Berges an. Oben
habe ich eine herrliche Aussicht. Ich bemerke nun, beim Blick
über eine Brüstung, dass die Aussichtsplattform, auf der ich mich
nun befinde, die Spitze des Turms, den ich hochsteigen wollte,
überragt. Ich bin also wirklich oben angekommen.

Den moralischen Regulator überwinden…

Das wird mein schwierigstes aller Kapitel, weil es das ist, das am tiefsten in mir drin ist. Das ist so, ich kann es leider nicht abstellen, weder im Kopf noch in meinem Trieb, wo auch immer überall sich dieser in meinem Körper befinden sollte. Und wieder bitte ich die Kugelgestalt der Zeit, mich in die Gegenwart zurückzurollen, meine Aufmerksamkeit auf die Dinge zu lenken, die mich bewegen und schon immer bewegt haben. Es geht in der Tat um Kugeln. Und obwohl diese weich sind, treffen und trafen mich diese in mir, meinem Kopf, meinem Körper und meiner Seele äußerst hart. Stimulierend, seltsam und manchmal auch irgendwie scheiße zugleich. Es geht um das Tittenkapitel…

Es ist schwierig für mich, darüber zu reden und zu schreiben und es kostet mich eine Riesenüberwindung des riesigen inneren Schweinehundes. Ich führe den Kampf gegen den moralischen Regulator über mir. Aber ich werde ihn besiegen, wie einst Siegfried den Drachen besiegt hat. Also schreibe ich, wie aus einer Begierde eines fehlenden, nicht zugänglichen Objektes, einer fehlenden Possession eine Obsession wird, die mich mein Leben lang quält. Und wie ich, indem ich mit dem Regulatordrachen kämpfe und ihn besiege, meine Confession ablegen kann.

Es beginnt früh, sehr früh. Ich wurde als Säugling nicht gestillt, hatte also keinen Zugang zum frühesten Objekt meiner Begierde und Lust. Diese extreme körperliche Nähe hat einfach gefehlt. Warum ich nicht gestillt wurde, kann ich nicht sagen, ich kann es nur vermuten. Möglicherweise hängt es mit der Anschauung der damaligen Zeit zusammen, in der man dem Stillen wenig Bedeutung zumaß. Vielleicht war die Vorstellung der Effektivität von industriell hergestellter Ersatznahrung, wie die Werbung und die damalige Wissenschaft den Menschen vorgaben, einfach größer als die Natur.

Vielleicht.

Vielleicht und auch das vermute ich, hing es aber auch mit der übermäßigen Schambehaftung meiner Mutter zusammen, die eine hysterische Abneigung gegen die Darstellung nackter Menschen hatte. Emotional forderte sie uns immer auf, weg zu schauen, wenn sich Menschen nackt präsentierten oder darstellten. Also nicht nur körperlich keinen Zugang zum Objekt meiner Begierde, nein, auch optisch war mir diese durch den moralischen Regulator verbaut. Aber warum nur? Was war, was ist so schlimm am Nacktsein? Ich kapiere es nicht, kapierte es nicht. Aber es war so. Ich als hypersensibles Kind saugte diese Schambesessenheit natürlich wie ein Schwamm auf und verinnerlichte diese. Und die Rollläden der Augen fielen wie auf Befehl herunter, wenn sich ein Körperteil, welches ich nicht sehen sollte, nicht sehen durfte, vor mir darstellte und selbst wenn es nur ein Versehen war. Und ich glaube, meine Mutter hatte diese Anti-Nacktheitsneurose von ihrer Mutter und diese wiederum von…(?)! Wie krank ist das denn, frage ich mich heute, wo ich weiß, dass Neurosen gewissermaßen vererbt werden. Und wenn der Pfaffe an Sonntagen noch *Sex ist Sünde* von der Kanzel predigte, war es ganz aus. Mehr moralischer Regulator ging einfach nicht.

Mein erstes optisches *Hallo-Titten*-Erlebnis hatte ich, glaube ich, im Alter von etwa fünf Jahren. Es war Sommer und sehr heiß und ich spielte mit einer Freundin in deren Garten. Weil wir irgendwann durstig waren, gingen wir durch die Terrassentür in die Küche. Da kam ihre Mutter durch die Küchentür herein, und ich sah sie zum ersten Mal bewusst live: Baumelnde Dinger! Sie kam in die Küche und hatte vorher ihr Bikinioberteil gelöst, was sich nach oben verschoben hatte, und die Brüste wackelten darunter munter umher. Sie waren recht groß, heller als die sonstige Haut des Oberkörpers, mit großen, dunklen Mamillen und kräftigen Warzen. Als die Mutter mich sah, blickte sie mir in die Augen und sah wahrscheinlich instinktiv meine unglaubliche Verlegenheit, die dieser ultrakurze Augenblick des Anstarrens in mir ausgelöst hatte. Sie zog auch sofort das Bikinioberteil über ihre Titten, ja, just in dem Moment, in dem ich reflektorisch meine Augen verschlossen hatte. Ich weiß nicht, wie sie das empfand und ob sie das überhaupt registrierte. Mir jedoch war sofort bewusst, etwas Verbotenes gesehen zu haben, also, *klack!* schnell die Augen zu und ab in den Garten, wo ich meine Freundin durch die Terrassentür bat, mal schnell nach draußen zu kommen, weil ich ihr etwas zeigen wolle.

Das war mein Initiationsritus zum Thema Titten. Und meine Tittensucht, Tittengeilheit, Tittenmanie, Tittenphobie war geboren und irrt seither ziellos durch meine Welt und mein Leben.

Aber keine Angst: Der moralische Regulator hatte außerhalb meiner Ich-Schale immer alles bestens im Griff. Nur meine Innenwelt war zerwühlt wie ein Kinderzimmer, das nie aufgeräumt werden sollte.

Und ich frage mich: Bin ich normal? Und ich will es wissen!
Und ich lese nach…

Ich gebe einfach einmal die oben genannten Tittenbegriffe bei Doktor Google ein und bekomme folgende Ergebnisse:

1. Bei *Titten* allein: 67.100.000 Ergebnisse in 0,26 Sekunden.
2. Bei *Tittensucht*: 110.000 Ergebnisse in 0,18 Sekunden.
3. Bei *Tittengeilheit:* 3700 in 0,17 Sekunden.
4. Bei *Tittenphobie:* 195 in 0,23 Sekunden.
5. Bei *Tittenmanie:* 9 in 0,25 Sekunden.

Ich gehe nun also absolut analytisch und wissenschaftlich vor und konstatiere hierzu: Titten finden irgendwie fast alle gut und viele sind auch süchtig danach, aber wenige geben ihre Geilheit danach zu. Die krankhafte Angst davor (Phobie) ist jedoch selten und die Psychose hierzu (Manie) eine Rarität. Ich kann mich jedoch überall irgendwie einordnen. Nur, was will das heißen? Denn das sind nur von mir interpretierte Zahlen, sie haben nichts mit meinem innerweltlichen Bezug, meiner Empfindsamkeit, meiner Erlebnisfähigkeit und Emotionalität zur Brust der Frau zu tun.

Wie dem auch sei.

Nach dem Initiationsritus war der innere Bann gebrochen und die lebenslange Suche und Sucht nach Brust ausgegeben. Allerdings nur heimlich, nie öffentlich, weder in Wort und Tat, hartnäckiges Verleumden und Verheimlichen war angesagt, auch wenn der Pfaffe im Beichtstuhl noch sehr danach bohrte.

Es gab auch in meiner Welt keinen Zugang zu Titten. Nur die BH-Werbungen und Darstellungen in den Versandhauskatalogen, die ich heimlich gierig aufsaugte. Ich kann mich daran erinnern, wie mir ein Freund im frühen Schulalter einmal bei sich zu Hause ein Sex-Blättchen seiner Eltern zeigte und darüber lachte, weil er das witzig fand. Und obwohl man in den damaligen Sexheftchen nicht allzu viel sah, 3, 4 Frauen mit Tittchen, nicht mehr und auch keine lasziven Darstellungen, wand ich mich ab und fand das Ganze peinlich. Wieder trat der moralische Regulator einseitig auf den Plan, mein Freund fand es witzig, ich sündig. Zumal der Pfaffe in einer Sonntagspredigt die herumliegenden Sexblättchen in manchen Haushalten als sündig und amoralisch verteufelt hatte. Aber über diesen Pfaffen und Pfaffen und Kirche und Sexualmoral wird noch zu sprechen sein.

Nun denn, es kam die Zeit, in der der Körper und die Körperteile größer wurden, denen man zuvor nicht zu sehr Beachtung geschenkt hatte und die Aufmerksamkeit auf das eigene Geschlecht und das andere wurde groß, größer, am größten. Der Rock `n` Roll in all seinen Facetten drängte nun auch bei mir mit aller Macht ins Leben. Aber Rock `n` Roll und moralischer Regulator passen einfach nicht zusammen. Und grenzenlose Begierde nach dem Körper und der Seele des anderen Geschlechts und die moralische Unterdrückung dieser Begierde auch nicht. Sie macht viel mehr krank. Vielleicht und mehr als vielleicht brach deswegen meine Haut aus mir heraus, weil ich aufgrund des moralischen Über-Ichs einfach nicht aus meiner Haut konnte.

Es half das Fernsehen, um meine Gier nach Titten und nackter Haut des anderen Geschlechts zu stillen. Etwas zumindest. Viel konnte man vom Fernsehen der damaligen Zeit nicht erwarten. Erst das Privatfernsehen änderte das wenige Jahre später, in dem es die Moral der heiligen Inquisition langsam untergrub, auflockerte und bis zu einem gewissen Grad auflöste. Das Internet gab dem Sex-Inquisitor schließlich den Todesstoß, in dem es der Sexualmoral grenzenlos die Tore öffnete. Das Internet legte aber für alle Beteiligten äußerst schmerzhaft auch die Scheinmoral der heiligen Inquisition offen! Auch darüber wird noch zu sprechen sein.

Zurück zu den Titten, zu den Kugeln und der Kugelgestalt der Zeit. Das Fernsehen half mir, wie gesagt, meinen Durst etwas zu stillen. Mit zunehmendem Jugendalter verlagerten sich meine Sende- beziehungsweise Konsumzeiten in spätere Stunden. Viel gab es allerdings nicht zu sehen, ultrakurze Szenen, 2, 3 Sekunden Titten und Tit-Watching, das war dann alles und das war's dann auch. Und dies zunächst alles heimlich, wenn ich allein zu Hause war. Später gab ich dann vor, irgendwelche Sport- oder Kultursendungen sehen zu wollen, wenn ich so lange aufblieb. Das ging aber, wie gesagt, immer nur allein, bloß keine Peinlichkeit aufkommen lassen. Was ist das für eine Welt, in der man nicht frei heraus sagen kann, was einen innerlich bewegt? Wie dem auch sei, wenn ich allein war, konnte ich für ein paar Szenen mit Titten im Fernsehen oft ganze Nächte aufbleiben. Wenn man das nicht Sucht nennt, was dann? Nun, andere hatten meinen moralischen Regulator nicht. Mein damaliger Kumpel Rolli, der Macho aus Reinhard Fendrichs Lied, rief einfach aus: *Hat die Titten!* als wir bei mir einmal einen Film sahen, in dem es was zu sehen gab. Ich konnte das, natürlich, nicht.

Trotzdem, ich suchte auf allen mir verfügbaren Kanälen nach Titten. Ich war zunächst rein optisch danach süchtig. Was man damit machen konnte, wenn man an sich rumspielte, wusste ich noch nicht, ich hatte es einfach nicht gelernt, weil ich weder danach fragte noch darüber redete. Und was man mit den Dingern erst machen konnte, wenn man sie live vor sich hatte, wusste ich erst recht nicht, denn mein Äußeres, das mir minderwertig erschien, meine damit gepaarte Schüchternheit und natürlich der moralische Überbau verhinderten die Live-Schaltung hierzu. Also doch weiter optisch und heimlich. Doch manchmal übertrat selbst ich Grenzen. Im Schlackelalter, nach der Schlackelszene im Partykeller des Trainers, besuchten ich und ein paar Fußballkollegen einmal das Kino, und wir sahen uns einen Film von Russ Meyer[26] an: *Im Tal der tiefen Superhexen (Beneath the Valley of the Ultravixens)*. Wir waren zwar noch nicht im zugelassenen Alter, trotzdem ließ man uns zum Film zu, denn so etwas war eher die

Regel als die Ausnahme, da viele der Spectators dieser Filme einfach pubertierende Jungs sind und waren und wer sich diese Filme später immer noch anschaut, ist auf seine Art und Weise nicht aus der Pubertät gekommen und lebt den Rock `n' Roll noch immer. So wie ich. So wie Russ Meyer. Was die Gier nach großen Titten betrifft, die Verrücktheit des stumpfsinnigen Mannes, der sich hiervon unterdrücken und abhängig machen lässt, der sich von großen Titten symbolisch und sexuell dominieren lässt, diese Darstellung ist psychologisch in den Filmen von Russ Meyer wirklich unübertroffen, auch wenn diese von der Prüderie der moralischen Regulator-Zensur als Exploitation abgetan und diffamiert werden. Sorry Leute! Aber ihr wisst einfach nicht, worum es geht, weil ihr diese Tittensucht gar nicht kennt, weil ihr sie nicht habt, aber vielleicht auch, weil ihr sie doch habt, aber nicht zulassen könnt, nicht darüber sprechen könnt und wollt. So wie ich einst. Nicht zugeben, aber innerlich brodelt man vor Lust, wenn man nur daran denkt. *Stehst du auf dicke Titten? – Nein! Überhaupt nicht! - Warst du schon einmal in einem Tittenfilm? – Nein, nie, interessiert mich nicht…!*

So läuft das doch ab. Schön leugnen, nur nicht zugeben. Ich aber sage heute: Hut ab vor Russ Meyer! Dass er seine Obsession für dicke Titten öffentlich gemacht, verarbeitet und der Welt zugänglich gemacht hat. Denn jeder Tittenobsessive versteht seine Filme, weil er sich und seine Empfindungen, seine Gier, darin gespiegelt sieht.

Und ich wurde und werde darin gespiegelt. Und damals wurde ich in der Tat ein weiteres Mal zum Fan großer Titten, zum Tittenobsessiven. Und ich wurde gierig nach Tittenfilmen. Ich wurde älter, und auch das Fernsehen entwickelte sich weiter, es gab irgendwann Privatfernsehen und damit auch eine Entblätterung der Prüderie. Es gab irgendwann *Tutti Frutti*[27] und erste Sex-Filmchen im Spätfernsehen zwischen ellenlangen Werbeblocks. Super banale Filme, zugegeben, super Banane, *Tutti Frutti*, in der Tat, aber zum ersten Mal wirklich frei zugängliche Titten, ohne dass man etwas dafür tun musste. Man musste, ich musste, wenn man allein war, wenn ich allein war, nur den Fernseher einschalten und man konnte sie sehen. Titten! Was für ein

107

Glücksgefühl für Augen und Seele! Das zog mich einfach in seinen Bann. Ich richtete mein Leben und meine Freizeit nach dem Tittenangebot im Fernsehen aus, verließ deswegen Partys und Diskotheken früher, wenn es etwas zu sehen gab, wenn es Titten zu sehen gab. Besonders Russ-Meyer-Filme, danach richtete ich meinen Wochenplan aus und ging erst gar nicht auf Events, wenn ich wusste, dass sie zu einem bestimmten Zeitpunkt im TV liefen. Titten, Obsession! Aber zugeben, obsessiv zu sein? Not possible, no way! Ich hätte es nicht ertragen, vor Scham im Erdboden versinken zu müssen. Tittenobsessiv! Bin ich normal? Nein! Doch, ja! Der Wunsch des Mannes nach Titten und seine Obsession sind normal. Und ich spreche von mir als Mann. Und dass das bei anderen Männern scheinbar auch so ist, darauf werde ich noch zu sprechen kommen.

Nun denn, sie rollt voran, die Zeit in ihrer Kugelgestalt, ich hatte meine erste richtige Beziehung zu und mit einer Frau, die aber innerlich ein Kind war. Trotzdem hatte ich, hatten wir Sex, ich das erste Mal, mit 22! Fortan wusste ich auch, was passiert, wenn man als Mann mit seinem einzigartigen Körperteil spielt, es macht *Wham!* und schlagartig sind Druck, Gier und Anspannung aus dem Mann heraus, es macht *Kawumm*, fühlt sich unglaublich an und es folgt eine unglaubliche Entspannung, die man sonst nicht kennt und nicht erfahren kann. Und Titten und immer größere Titten und *Kawumm* wurden eins. Der Sex mit meiner damaligen Freundin, dem Kind in der Frau, war eher schwierig, vom Kopf, vom Regulator bestimmt und ich war ja auch in sexuellen Dingen noch sehr unbedarft, obwohl es nach außen anders scheinen sollte. Der Sex mit ihr war auch nach wenigen Monaten vorbei, da wir uns aufgrund unserer Unvereinbarkeit wieder entzweigerissen hatten. Aber der Bann zum Sex war gebrochen, dessen Ausführung kam nach der Trennung mit dieser, mit einer anderen Frau bald wieder und dann wieder mit einer anderen und so weiter. Ich werde darauf zu sprechen kommen.

Was dauerhaft blieb, als Obsession, ist die Beziehung zwischen dicken Titten und *Kawumm*, Orgasmatron. *Orgasmatron*, geiler Song von Motörhead und somit stelle ich den Bezug zum Rock `n' Roll her. Denn was ich von Titten will und begehre, lässt sich in meiner Sprache gar nicht beschreiben. Also benutze ich hierzu die Sprache des Rock `n' Roll:

Bursting out

Gimme, gimme, gimme
a Woman after Midnight,

Gimme, gimme, gimme
some big, big Tits!

I wanna see them, feel them,
touch them, squeeze them,
suck them, fuck them…
I wanna grap
my Hands, my Head, my Dick
between them
and bursting out over them
in a bloodcurling Scream
as loud as I can…

Gimme, gimme, gimme…
Woahhhhhhhhhhhhhhhhhh!

And then: Finished!
Passed by.
Game over.

Ja, ich bin tittenobsessiv! Und ich bin's leid, es nicht zugeben zu wollen oder zu dürfen. Denn es ist was Schönes. Aber vielleicht ist die Tittenobsession ja gar nicht meine größte Obsession. Wie ist es, wie ist es denn mit meiner Obsession für Musik, Jazz, Rock `n' Roll und klassischer Musik von der Frühzeit bis in die Gegenwart? Oder meine Obsession nach guten Büchern oder Kunst im Allgemeinen? Oder meine Obsession nach Perfektion? Schäme ich mich für diese Obsessionen auch? Oder meine Obsession nach Zufriedenheit, Glück und Geborgenheit und Frieden in der Welt? Oder die Liebe zu meiner Partnerin? Was macht da so ein bisschen Tittenobsession schon aus?

Trotzdem fällt mir das Sprechen über Titten und meine Obsession dazu schwer. Aber ich lerne, darüber zu sprechen. Und wer hilft mir? Der Rock `n' Roll und seine Sprache! Meine großen Vorbilder im Rock `n' Roll standen auf große Titten. Lemmy Kilmister rief, zumindest in früheren Jahren der Motörhead Konzerte, laut aus *Gimme some big, big Tits!* Und die Girls taten es! Bon Scott, der geniale Frontmann, Sänger und Lyriker von AC/DC, schrieb einige geniale, eindeutig zweideutige Texte zu diesem Thema, wie zum Beispiel *Big Balls* und *She`s got Balls* und noch viele, viele andere. Aber der erste Songtext zum Thema Titten, der mir auffiel, stammt von der Heavy Metal Band Damian, die nie einen größeren Bekanntheitsgrad erreichte, denn trotz eines genialen Gitarristen war die Band nur durchschnittlich. Aber ihr Song und der Text zu *Big Tits, we know!* war ziemlich eindeutig, jedoch, im Vergleich zu Bon Scotts Lyrik, ziemlich schwach. Man konnte das Thema *Titten* aber uneingeschränkt heraushören. Ich kaufte deren Platte, die nur eine EP war, mit 15 und mein moralischer Regulator fragte sich, wie man so etwas singen kann. Er konnte das einfach nicht verstehen. Dennoch, der Rock `n' Roll blieb, meine Tittenobsession blieb, und die Zeit rollte in ihrer Kugelgestalt einfach weiter.

Der Zweifel

Hat der Zweifel einen Sinn,
den,
ob ich im Leben
angekommen bin?

Der Zweifel ist die Fliege
an der Wand
die ich mit der ausgestreckten Hand
fangen will -
emotionaler Overkill!

Der Zweifel,
Teil meines Lebens.
Abstellen: Vergebens

Ja, der Zweifel ist in der Tat ein Bestandteil meines Lebens. Obwohl er in den letzten Jahren weniger und in den letzten Monaten deutlich weniger geworden ist, ist er trotzdem immer noch da. Und wenn er da ist, fragt er mich ständig, ob das, was ich tue, richtig ist. Oder auch ob das, was ich unterlasse, richtig oder falsch ist. Ein kranker Geist im Geist eines Geisteskranken denke ich manchmal. Er war immer in mir und wird es wahrscheinlich auch immer sein. Und er hat mir so manche Chance verbaut im Leben, der Zweifel. Wieder rollt sie, die Zeit, in meinen Erinnerungen. Irgendwann war ich 18, eighteen. Nachdem ich genau an diesem Tag meinen Auto- und Motorradführerschein gemacht hatte, wofür ich die Schule schwänzte, hörte ich laut zu Hause den Song *Eighteen* der Trash Metal Band Anthrax. Ja, ich war 18 und ich fühlte mich wie *Eighteen*! Ich sah wie ein Rockstar aus, allerdings in den falschen Klamotten, trug Batik- Pumphosen und Pseudo-Ökopullis. Zu der wahren Rock 'n' Roll-Kleidung, *Denim and Leather*, hatte ich keinen Zugang, unbedarft wie ich war. Und wie immer traute ich mich nicht zu fragen. Andere Typen hatten diesen Zugang, aber diese Unbedarftheit nicht. So wie Phil-the-Animal 2. Der kommt gleich. Und auch meine Zeit kam, sie kam bei den Girls, die jünger als ich waren. Denn ich war wer, war volljährig, hatte lange, bis auf die Schultern reichende Haare, war Gitarrist der Bigband, Oberstufenschüler und Kapitän der Schülerfußballmannschaft. Also vieles, was wahrscheinlich so mancher gerne gehabt hätte, so denke ich im Nachhinein. Nur ich verstand mit diesen Privilegien nicht viel anzufangen. Denn ich hatte trotz allem einen moralischen Regulator, war bis über beide Ohren schüchtern und voller Selbstzweifel. Trotzdem kamen die Zeiten, in der junge Girls meinen Namen auf die Tische in ihren Klassenzimmern schrieben. Und nach langem hin und her und her und hin und Vermittlung durch andere traf ich mich dann schließlich mit einem young Girl drei Klassen unter mir, die eben meinen Namen auf ihren Tisch geschrieben hatte. Wir trafen uns zunächst an einem Nachmittag im Beisein einer meiner Klassenkameradinnen, einer natürlichen Unschönheit, die eine Freundin der Jungen war, gemeinsam in einer Szenekneipe. Sie war, das Girl, so sehe ich das heute, das, was man als ein Groupie bezeichnet, also in Aussehen und Charakter das, was Bons Scott so in seinen Texten besang. Nur wusste ich, der Unbedarfte, diese Zusammenhänge damals noch nicht. Sie trug einen Blumennamen und sah recht hübsch aus, wie ein Groupie eben so aussieht. Und da sie mir so gefiel und ich verliebt in sie war, lud ich sie ein, sich mit mir am nächsten Samstagabend in einer Szenekneipe zu treffen.

Kurze Verschnaufpause. Verschnaufen in der Jetztzeit. Denn meine zurückliegende Arbeitswoche gibt mir den Rest und saugt mir den letzten verbliebenen Rest an gesundem Menschenverstand aus dem Hirn. Leben, arbeiten und sterben in einer Welt wie dieser, die alles, aber wirklich alles durch ihren bürokratisch-borniert-berufsschwachmatischen Kakao ziehen muss, ist nicht einfach und in einer solchen Welt leben wir nun mal. Aber in dieser Welt ist kein Rock `n' Roll. Kein Sex, keine Drugs, kein Rock `n' Roll. Und ich denke nach, ja ich grüble sogar, ob es sinnvoll ist, in einer solchen Welt zu leben.

Sinnfragen

Ich grübel
und das ist
übel.

Ich denke,
so lang, bis ich mein Hirn
verrenke.

Ich empfinde
nicht wie ein Mann,
sondern wie ein
Kinde…

Wo ist der Sinn,
dass ich bin
wie ich bin?

Illusion

Wir leben in einer Illusion.
Eine Illusion,
was ist das schon?

Wir leben in Raum und Zeit.
Raum und Zeit,
das ist,
was vom Denken übrig bleibt.

Wir leben jenseits von böse und gut.
Böse und gut,

das ist,
was immer man auch tut.

Wie dem auch sei. Ich traf Blümchengroupie, wie gesagt, in der Szenekneipe, die *Musikkeller* hieß. Bezeichnend, denn dort lief immer irgendwie Rock `n' Roll. Und jetzt kommt Phil-the-Animal 2 auf den Plan. Ich hing zur damaligen Zeit, mit 18, jedes Wochenende mit einigen Typen in Szenediscos ab. Dort lief Rock `n' Roll und man tanzte natürlich dazu. Die Typen waren Wolle, Andy und eben Phil-the-Animal 2, der eigentlich Phil hieß. Die Jungs waren in meinem Alter oder etwas älter und im Gegensatz zu mir schon im Berufsleben angekommen. Wir unterhielten uns über Rockmusik, träumten vom Rock `n' Roll und wollten eine Rockband gründen. Andy als Sänger, Wolle als Bassist und ich als der Gitarrist. Und Phil-the-Animal 2 als Drummer. Denn Philthy spielte Schlagzeug, beziehungsweise man sagte mir, er tue das, denn gehört oder gesehen habe ich das nie. Nichtsdestotrotz bekommt er von mir den Namen Phil-the-Animal 2. Denn er sah aus wie ein Rockstar und ähnelte sehr dem wahren Phil-the-Animal, dem legendären Drummer von Motörhead, Phil-the- Animal Taylor. Vielleicht eine Mischung aus Phil Taylor und Tony Iommi, dem Gitarristen und Bandgründer von Black Sabbath. Lange, schwarze Haare, die auf die Schultern fielen und einen markanten schwarzen Oberlippenschnäuzer. Markant, männlich, so sah Rockstar in the Eightees mit Eighteen aus. Und die Groupies fuhren darauf ab. Phil wohnte allerdings noch mit seiner Mutter zusammen, die er mit Vornamen nannte und anredete. Und ich glaubte damals, dass sei cool in Rock `n' Roll-Circus. Außerdem besaß er eine Sammlung mit zahlreichen Rock `n' Roll-LPs, darunter einige Motörhead-Platten, vielleicht auch deswegen der Bezug zu Phil-the-Animal. Außerdem besaß Phil-the-Animal-Plagiat einen supertollen VW-Käfer mit lautstark aufgemotzter Stereoanlage.
Zurück zum Groupie. Zurück zum *Musikkeller*. Ich hatte den Jungs vorab von ihr erzählt, und wir vereinbarten, dass sie ebenfalls an diesem Samstagabend in die Kneipe kommen sollten und

sie trafen, wenige Minuten nach Blümchengroupie, dort ein. Und schlagartig fiel das Interesse von Groupie an mir ab und wanderte Philthy Animal zu. Er sah einfach mehr wie ein Rockstar aus und schien es, mit fragwürdiger Authentizität, auch zu leben. Alkohol, Zigaretten: Ja. Kiffen: Ja. Andere Drogen: Keine Ahnung. So far so. Wir fuhren in Phils VW-Käfer in die Szenedisco, das waren so ca. 30 Minuten Fahrzeit. Groupie und ich saßen bei ohrenbetäubender Rock `n' Roll-Lautstärke hinten und ich hatte keine Chance mehr bei ihr. Sie war kalt, abweisend und ich, der Held im Anbaggern, ließ es nach schüchternen Versuchen auch besser bleiben. Es war ein frustrierter Abend, vom Rock `n' Roll bekam ich aufgrund meiner Abfuhr nichts mehr mit und Groupie würdigte mich keines Blickes mehr. Irgendwie, ich weiß nicht mehr wie, kam ich in dieser Nacht auch nach Hause und versuchte auch am späten Vormittag irgendwie, Fußball zu spielen, da wir ein Punktespiel hatten, was mir aber, aufgrund meines Liebeskummers, nicht so wirklich gelang. Ich fasste all meinen Mut zusammen und besuchte Blümchengroupie an diesem Sonntagnachmittag zu Hause. Ich fragte sie nach kurzer Zeit, warum dieser Sinneswandel und sie gab mir als Antwort zu verstehen, sie habe die ganze Zeit nicht so wirklich gewusst, was sie wolle, und jetzt wisse sie es. Danach und darauf zog ich traurig und frustriert von dannen. Ich sah sie in der folgenden Woche kaum in den Schulpausen und wenn, dann sah ich einfach an ihr vorbei. So far so!

Am nächsten Samstag fuhr ich abends allein in die Disco, die *Klangkiste* hieß. Da, bei ohrenbetäubend lauter Rockmusik, es lief *In the Still of the Night* von Whitesnake, sah ich sie. Groupie und Philthy Animal 2, auf einer Empore zusammen, eng umschlungen sitzend und innig knutschend und fummelnd. Andy, der abseits davon mit mir an einem Stehtisch stand, schrie mir, aufgrund der Lautstärke, ins Ohr, ich solle mir nichts daraus machen, das sei in diesem Business so, das sei der Rock `n' Roll live. Philthy Animal, mit dem Aussehen, der Aura und dem Auftreten eines Rockstars, der sich dessen auch bewusst war, der keinen moralischen Regulator und mit dem Anbaggern von

Girls kein Problem hatte, stahl mir, der Riesenprobleme mit dem allen hatte, die Chance: Fuck off, piss off!

Ich besoff mich hemmungslos und spät in der Nacht fuhr mich Andy in meinem froschgrünen Fiat Bambino, den ich mir von meiner Schwester geliehen hatte, nach Hause, wo ich Alkohol und Frust auskotzte. Es vergingen die Tage und ich traf dann einmal Wolle in einer Kneipe und er erzählte mir vom weiteren Verlauf des vergangenen Samstagabends. Später, nachdem ich schon gegangen war, seien sie zu irgendwem gefahren, um Party zu machen. Dort sei es, aus irgendwelchen Gründen (Error?), nichts geworden mit Philthy und Groupie und dann habe sie ein anderer Typ noch angebaggert und auch mit dem sei nichts passiert. Sie habe dann irgendwie von einer früheren Vergewaltigung erzählt, aber Andy, der wieder zur Party dazu gestoßen war und der von Beruf Polizist war, habe das als Masche entlarvt. So erzählte es auf jeden Fall Wolle. Was wahr war und wahr ist an der ganzen Sache:

Keine Ahnung! Fuck off, piss off!

Ich blieb an meiner Schule und auch Groupie blieb an der Schule und ich würdigte sie keines Blickes mehr. Und auch Philthy blieb, wie er war. Für ihn war das ja auch keine dramatische Sache, sie war einfach eine weitere Number on the Setlist. Ich jedoch entfernte mich danach mehr und mehr von diesen Jungs und ging meine eigenen Wege. Dass Philthy jedoch ein Weltmeister im Ausspannen von Frauen war, erfuhr ich wenige Jahre später. Ein Freund aus meinem Bekanntenkreis, reichlich freaky aber auch unglaublich schüchtern, hatte endlich eine richtig feste Beziehung, in die er unglaublich verliebt war. Und er träumte sehr viele Träume wie ein gemeinsames Wohnen und ein gemeinsames Leben mit ihr. Und eben dieser Freund hatte mit Philthy auf seiner neuen Arbeitsstelle Freundschaft geschlossen. Der Rock `n' Roll war ihre gemeinsame Freundschaftsbasis. Sie wurden Freunde, beste Freunde und hingen nur noch gemeinsam ab, immer, wenn man in die Szenekneipe kam, traf man sie zusammen. Und es verging die Zeit und es kam die Zeit, in der mein Freund mit seiner Geliebten zusammenziehen wollte. Aber daraus wurde nichts. Über Nacht trennte sie sich von ihm. Sie zog dann im weiteren Verlauf zu Philthy. Und mein Freund wollte nie mehr etwas von Philthy wissen.

That's Rock `n' Roll! Philthy Animal. Fuck off, piss off!

Und sie ging weiter, die Zeit. Ich wurde 19. Meine Haare wurden noch länger, ich trug meistens Batik-Pumphosen und auch meine Öko-Pullis blieben. Und ich hatte mein erstes eigenes Auto, eine steinalte 2CV6-Ente in verschiedenen Blautönen mit von mir übermalten, roten Vorderradabdeckungen. Eine Ente, deren Faltdach so manches Mal beim Fahren von selbst aufging. Damit fuhr ich natürlich auch zur Schule. Perfekte freaky Darstellung. Aber dennoch verpasste ich eine der Chancen meines Lebens.

Sie war so süß! Sie sah so süß aus! In den Unterrichtspausen stand ich mit meinen Kameraden auf dem Schulhof und sie lief mit ihren Freundinnen an mir vorbei und sie sah mir verschüchtert in die Augen. Und ich blickte verschüchtert zurück. Und es geschah gefühlt in jeder Pause. Irgendwann trug sie die gleichen Batik-Hosen wie ich. Nur trug sie damals die Haare noch kurz und sie ließ sich das Symbol für *Unendlich* in den Nacken einrasieren, wie es vorab die eloquenzbestialische[28] Intelligenzbestie meines Jahrgangs hatte tun lassen. Das irritierte mich zunächst, aber mit solch einem Typen hatte sie nichts am Hut und an ihm auch kein Interesse. Sie sah so süß aus, und wir blickten uns weiter verstohlen in die Augen. Aber mein moralischer Regulator tat das, was er tun musste: Er trat auf den Plan. Ich war 19, sie war Fifteen, zu jung für mich, dachte ich, was wäre, was würde, was könnte und so weiter.

Ströme eines angepassten Regulatorhirns, welches die Freiheit zu leben nicht kennt. Sie war eine große Künstlerin, bekam Jahre später, in ihrer Abiturfeier, den Kunstpreis der Schule, war ein Gefühlsmensch. Aber das erfuhr ich alles erst später und es kommt auch noch später. Sie sah mich damals nur an, mit großen Augen, und ich sah, innerlich voller Sehnsucht, nach außen jedoch kontrolliert, zurück. Und ich tat nichts. Aber sie tat etwas. Sie tat den ersten Schritt. In ihrer sympathischen Art. An einem

Nachmittag nach dem Unterricht kam ich zu meinem Auto zurück. Ein kleiner, gelber Zettel hing unter dem Scheibenwischer. Darauf stand:

Lieber…
Ich finde deine Ente super!
Ruf mich doch mal an,
ich hab's so oft versucht…
Liebe Grüße, S.

Darunter die Telefonnummer…
Und was tat ich? Nichts! Ich Arsch, ich Depp, ich tat einfach nichts. Sie hatte mir eine Vorlage, eine Auffahrt so groß wie eine vielspurige Autobahn gegeben und ich tat: Nichts! Ich rief nie an und ging nie auf sie zu! Ich war gefangen in meiner Schüchternheit, gefangen in den Schubladen meiner mich regulierenden Regelwelt. Sie war Fifteen, ich 19. War das der Grund? Ist das ein Grund? Keine Ahnung. Ich lebte einfach zu sehr nach dem, was andere von mir denken könnten. Viel zu wenig nach dem, was ich fühlte und begehrte. Und ich tat nichts! Und ich verpasste eine der größten Chancen meines Lebens. Den gelben Zettel mit der Telefonnummer hatte ich noch viele Jahre, er landete in der legendären Schuhschachtel mit meinen Gedichten, auf die ich noch zu sprechen komme. Und ich sah mir den Zettel, wenn ich allein war, immer wieder an. Und wieder und wieder. Über viele Jahre. Ich glaube, ich habe den Zettel noch heute, irgendwo. Und ich weiß es zwar nicht, aber ich glaube, sie war irgendwie enttäuscht von mir. Denn ich glaube, sie mochte mich noch mehr als Mensch, denn als Hülle, die ich zu der Zeit darstellte. Als sensible Künstlerin, was ich später so über sie erfuhr, hatte sie ein Gespür dafür. Aber es lag an mir, ich nahm das Angebot einfach nicht an. Dem moralischen Regulator sei Dank! Und unsere Blicke trafen sich zwar immer noch, aber immer seltener. Sie ging ihren Weg. Und auch mein Leben ging, äußerlich scheinbar frei, innerlich reguliert, weiter.

34

Die Welt ist, was der Fall ist.

Mit diesem phänomenalen Satz eröffnet Wittgenstein[29] seinen *Tractatus logico-philosophicus*. Für mich ist das die stärkste Eröffnung der Weltliteratur. Mir fallen nicht viele, ähnlich starke Eröffnungssätze ein. Vielleicht der in Peter Handkes[30] *Die Angst des Tormanns beim Elfmeter* oder der in *Die Blechtrommel* von Günter Grass[31]. Oder das *Kommunistische Manifest*[32] mit seinem gespenstischen Eröffnungssatz. Oder das *Alte Testament*, dessen Eröffnung im Prinzip falsch, aber doch so wahr ist. Aber Wittgenstein ist für mich einfach nicht zu toppen. Wittgenstein ist für mich einer der größten Denker der Philosophie- und Literaturgeschichte. Die Welt ist, was der Fall ist, was real ist. Und was real ist, ist die Welt.

Trotz meiner Tittenobsession und Sexmanie denke auch ich viel über die Welt nach. Das, was der Fall ist, und vieles ist der Fall, ist real, ist die Welt. Und ich denke über vieles nach, unwichtiges und wichtiges. Was ist denn wichtig in der Welt, in unserer Gesellschaft? Welche Menschen sind wichtig, sind bewundernswert? Echt, darüber denke ich nach! Und ich stelle einmal ein kurzes Ranking für mich auf. Nun, welche Menschen bewundere ich denn? Ich bewundere solche, die für andere da sind, die kranke und alte Menschen pflegen. Die bewundere ich sehr! Ich bewundere Menschen, die uns ernähren, die mit ihrer Arbeit dafür sorgen, dass wir nicht verhungern. Ich bewundere Menschen, die mit ihrer Arbeit dafür sorgen, dass wir nicht frieren, dass wir nicht nass werden und ein Dach über dem Kopf haben. Und ich bewundere auch solche, die für Recht und Ordnung sorgen, die dafür sorgen, dass wir nicht willenlos begehren des anderen Hab und Gut und nicht nach seinem Leib und Leben trachten.

Und ich bewundere Prostituierte.

Wieso das?

Unabhängig davon, dass ich jetzt wieder beim Sex angekommen bin, ist diese Bewunderung schwierig, das Thema facettenreich und nicht einfach zu erzählen.

Die Prostitution ist das älteste Gewerbe der Welt, so viel weiß ich darüber. Und da ich noch mehr darüber wissen will, nehme ich mir jetzt eine kurze Auszeit und lese im DTV-Atlas Sexualität über das Thema Prostitution nach.

Interlude

Selbstbefriedigung ist ein Werk des Teufels. Da haben der allmächtige liebe Gott und seine Evolution wohl nicht richtig aufgepasst, war er bei seiner Schöpfung nicht so wirklich bei der Sache. Wie konnte das nur passieren? Nun die, die erklären wollen und sollen, wie Teufel und seine Werke entstehen konnten in einer Evolution eines Allmächtigen, die können es einfach nicht. Oder sie können es nicht so, dass ich es verstehe, dass ich es bedingungslos kapieren kann. Wie kann ein Allmächtiger, der alles weiß, alles kann und alles sieht, so eine Kacke wie den Teufel erschaffen? Aber die Erklärer können es nicht erklären. Der Teufel sei von ihm, dem Allmächtigen abgefallen, ein gefallener Engel sozusagen. *Häh*, denke ich mir da. Ich kapiere es nicht. Die Erklärer, die moralischen Regulatoren, sind nicht in der Lage, mir das verständlich zu machen. Wie kann ein Allmächtiger in seiner Allmacht, die scheinbar durch und durch gut ist, es zulassen, dass das Böse von ihm abfällt? Wo bleibt da die Macht des Allmächtigen, das zu unterbinden? Das habe ich mein Leben lang irgendwie nicht kapiert, sorry! Heute glaube ich zu wissen, dass mich und uns die moralischen Regulatoren nur verarschen wollten und wollen. Ihnen geht es, wie dem Allmächtigen auch, nur um Macht. Um ihre Macht. Um ihre Macht über die anderen, über Leib und Seele der anderen. Das mit dem Leib und der Macht hat schon von jeher funktioniert. Kann man den Leib doch durch quälen, bestrafen, foltern, einsperren und töten in die Schranken der Macht weisen. Aber mit der Seele? Das hat scheinbar nie so wirklich funktioniert. Aus diesem Grund haben die Regulatoren der Macht die Moral erfunden.
Moral, das ist, wenn man moralisch ist!
Schon wieder Büchner, schon wieder *Woyzeck*.

Dieser Satz ist Weltliteratur, der sagt nichts aus und damit alles über die Moral. Der Satz ist ohne Inhalt, so wie die Moral der Regulatoren, sie ist reiner Selbstzweck, um ihrer selbst erschaffen, mit dem einzigen Ziel, die Macht zu erhalten.

Moral, das ist, wenn man moralisch ist!

Die Katholische Kirche ist, wie im Prinzip alle Totalitarismen, eine der größten Machtmoralisten der Menschheitsgeschichte. Der Allmächtige weiß alles, kann alles, sieht alles. Und er will alles wissen…

Selbstbefriedigung ist ein Werk des Teufels. Und er will es genau wissen, der moralische Regulator. Im Beichtstuhl. Von einem Jungen, mit zehn Jahren, mit elf Jahren, mit zwölf Jahren. Und der moralische Regulator schafft eine Wunde und bohrt darin. Der Junge, der überhaupt keine Ahnung hat, fühlt sich schon durch die Gedanken, die Bilder, die ihm der Geistes- und Seelenzensor oktroyiert, gefangen und versündigt. Was soll er denn sagen, wenn er dazu nichts zu sagen hat? Der moralische Regulator verunsichert ihn maßlos. *Sex ist Sünde* predigt dieser dogmenhaft und ausgerechnet jetzt will er über etwas reden, was mit Sex zu tun hat? Der in der Klemme sitzende Junge kann es nicht verstehen. Warum will er, der moralische Inquisitor, der auf der anderen Seite, hinter der Wand mit dem Gitter sitzt, dies wissen? Warum interessiert ihn das? Fragt er in Stellvertretung für den Allmächtigen? Wieso das denn, der Allmächtige sieht doch alles, weiß doch alles, kann doch alles. Der braucht doch im Grunde gar keinen Stellvertreter. Oder fühlt der Stellvertreter sich allmächtig, wenn er präpubertierende Jungs inquiriert? Der Junge versteht es noch nicht, er denkt darüber nach, aber kommt zu keiner Lösung. So lässt er sich eben von der Allmacht des Allmächtigen blenden und versucht, die Regeln der moralischen Instanzen einzuhalten, die sich Tugenden nennen. Auch der größer werdende Junge versteht es noch nicht. Auch der nicht erwachsen werdende Mann versteht es nicht. Erst der alte Mann, obwohl niemals erwachsen geworden, versteht es!

Die moralische Inquisition stellt die Fragen dem Jungen um ihrer selbst willen. Moral, das ist, wenn man moralisch ist. Die moralische Inquisition hat eine blühende Fantasie, die sie mit ihren

Fragen den ihnen anvertrauten Seelen in deren Seelen einbrennt. So gewinnt sie Macht, nicht nur über den Körper, sondern auch über die Seele. Die Fragen des Pfaffen im Beichtstuhl an den Jungen sind im Prinzip die Fragen des Pfaffen an sich selbst. Selbstbefriedigung ist ein Werk des Teufels und Gott will das nicht. *Leck mich am Arsch!* Ich weiß nicht, ob dieses leck mich am Arsch hierher passt, aber ich muss es gerade einfach im Affekt aussprechen: *Leck mich am Arsch!*

Wie dem auch sei. Der Junge, dieser durch diese unnötigen Fragen verunsicherte Junge, wurde älter, wuchs heran, und auch die Körperteile seiner Lust wuchsen heran. Und es wuchs die Liebe zum Rock `n' Roll und auch der Zwiespalt zwischen der heiligen katholischen Inquisition und der großen Freiheit des Rock `n' Roll wuchs mit. Und die Seele litt. Sie litt mehr unter dem moralischen Regulator als unter dem Rock `n' Roll. Aber er konnte einfach nicht aus seiner Haut und seine Haut blüte daher auf. Und da ihm der moralische Regulator in seinen Beichtstuhlsitzungen mit seinen unnötigen Fragen auf die Dauer nicht helfen konnte, aus seiner Haut zu kommen, tat er irgendwann das einzig richtige: Er ging nicht mehr hin. Moral ist, wenn man moralisch ist. Wieder hilft mir eine Geschichte, etwas Licht in manches Dunkelfeld des Lebens zu bringen. Einige Jahre später erzählte mir ein Freund, der Fliesenleger war, dass er im Garten des Pfarrhauses, in dem der moralische Regulator residierte und in dem er, mein Freund, Fliesen erneuert hatte, im Bauschutt eine ganze Plastiktüte mit vollgewichsten Parisern gefunden habe. In den Garten war allerdings nicht leicht zu kommen, denn eine Mauer war um ihn herum und er war abgeschlossen. Mein Freund konnte sofort den Bezug herstellen, ich nicht. Ich konnte das damals dem moralischen Regulator nicht antun, ich konnte mir das beim besten Willen einfach nicht vorstellen. Heute, nach vielen Jahren und mit viel Lebenserfahrung, kann ich es, weiß ich es!

Moral, das ist, wenn man moralisch ist!

Aber Scheiß auf die Moral!

Selbstbefriedigung ist ein Werk des Teufels. Aber den Teufel finde ich mittlerweile gut, er ist ein Teil des Rock `n' Roll und somit ein Teil von mir. Selbstbefriedigung ist ein Werk des Teufels und sie ist geil, obergeil. Wo wird denn noch so viel Energie frei? That's pure Energy! Wo bitte schön wird denn sonst noch in diesem Leben auf einmal, in einem kurzen Moment, so viel Druck, Frust, Enttäuschung abgebaut und Glück erzeugt? Lieber Gott, da hat dich der Teufel, dein gefallener Engel, ganz schön überholt! Und man kann die Energie, die bei der Selbstbefriedigung frei wird, nur in der Sprache des Rock `n' Roll wiedergeben.

Pure Energy

I take my
dick, dick, dicky
in my tightly clasped hand!

I squeeze and scrub it
quick, quick, quicky
as fast as I can!

Faster, than the speed of light…

And although it`s
trick, trick, tricky,
`cause it`s amoral
to take my
dick, dick, dicky
in my hand
to squeeze and scrub it
quick, quick, quicky
as fast as I can…

Faster, than the speed of light…

I come all over -
Faster then the speed of light -

Some big, big tits
in the Pornomagazine
next to me…

Im Grunde ist mir die Moral scheißegal. Ich stehe auf dicke Titten und darauf, mir bei ihrem Anblick einen runterzuholen. Yes, I Do! Und ich möchte mich auf den höchsten Turm des moralischen Regulators, seine Kirchturmspitze setzen und mit dem verstärkten Megafon, laut, ganz laut, so dass es alle hören können, ausrufen:

Yes, I Do!
And I´m happy 'bout it!
And I'm proud of It!

Als Mensch, Arzt, Künstler und Gesellschaftskritiker bin ich ein Quadrivivium[33]. Und ich stehe auf Erotik, dickes Tittengebaumel und ich stehe auf meine Obsessionen und finde sie geil!
Aber was ist mit anderen Geilheiten? Kunst ist geil, Musik ist geil!
Wie ist das zum Beispiel mit Brahms[34], erste Sinfonie, vierter Satz, Alphornthema:

Hoch auf´m Berg,
tief im Tal,
lieb` ich Dich
viel tausend Mal…

Unabhängig davon, dass man das als sexistische Anspielung von Brahms an Clara Schumann[35] auslegen könnte – es ist ein phänomenales Thema, das unaufhaltsam zu einem Climax durchgeführt und hingeführt wird, wer sich in diese Musik vertieft, sie beim Hören miterlebt, der weiß, wie geil Musik ist, wie erotisch, wie Tittengebaumel.
Oder wie ist das mit Gitarrensoli? Im Jazz, in der Rockmusik? Was fällt mir spontan dazu ein? Wie ist es zum Beispiel mit dem

Solo, das Wolfgang Muthspiel auf *Dance4Prince* spielt, auf der LP *Black and Blue*? Das ist der Wahnsinn, Tittengebaumel geil! Oder das Solo von Mike Stern auf *Fat Time* auf Miles Davis LP *Man with the Horn*? Da geht einem einer auch ohne Tittenporno ab! Der Hammer! Oder das Solo von Pat Metheny auf *Nothing Personal* auf Michael Breckers erster Solo LP? Danach braucht man gar kein Tittengebaumel mehr, denn das folgende Saxophonsolo von Mike Brecker toppt einen Climax mit einem Climax. Das schafft kein Tittengebaumel, bei keinem Mann dieser Erde! Musik schafft das schon! Trotzdem ist auch Tittengebaumel geil, sonst würden es ja nicht tagtäglich Milliarden von Männern und vielleicht auch Frauen, begehren und konsumieren.

Und ich bin einfach einer von diesen Milliarden. Und vielleicht ist das gar nicht so schlimm. Vielleicht ist meine Tittenmanie einfach eine Tittomanie und meine Sexphobie einfach eine Sexophobie. Das klingt lustiger und nimmt der Sache diesen zwanghaften Ernst, den sie nicht verdient hat. Humor macht einfach die Dinge leichter. Denn ich habe mich, was meine Phobien und Manien betrifft, ganz gut im Griff und kann ein für mich normales Leben leben und fühle mich meistens gesund, da ich, wie Nietzsche sagt, *das gängige Maß an Krankheit, das es mir noch erlaubt, meinen wesentlichen Beschäftigungen nachzugehen, weit unterschreite*. So bin ich nun mal.

Nun, ich komme zum Thema Prostitution zurück und warum ich Prostituierte bewundere. Das ist kein leichtes Thema. Ich habe dazu gelesen und mich belesen, dennoch fühle ich mich nicht sehr viel schlauer dadurch. Ich lerne etwas zu Zahlen, Daten und Fakten und Hintergründen, aber ist es denn wirklich, das, was ich wissen will, um zu erklären, was ich daran bewundere? Spricht man von Prostitution und über Prostitution, stößt man unmittelbar auf eine übergroße Ambivalenz des Denkens, Fühlens und Handelns. Man möchte etwas dazu sagen, eine Meinung dazu haben, diese kann und darf aber auf keinen Fall falsch sein. Sie darf nur richtig sein. Wobei es, besonders in diesem Falle, der Prostitution, gar nicht relevant ist, ob die Meinung falsch oder richtig ist. Hauptsache, man hat eine. Oder keine.

Auch das ist legitim. Prostitution ist nun mal, sie ist und war in der Kulturgeschichte der Menschheit schon immer gewesen. Sie scheint eine *Conditio sine qua non*[36] zu sein und so wichtig wie das tägliche Brot. Dennoch stößt man unwillkürlich auf das Thema Moral. Moral, Übermoral, Scheinmoral, Doppelmoral. Moral, das ist, wenn man moralisch ist. Ich sagte es bereits. Seltsam. Ausgerechnet der Urvater und Gründer der katholischen Moral hatte eine Prostituierte zur besten Freundin. In den Texten wird sie allerdings als Ehebrecherin beschrieben und somit ist die Schuldfrage schnell geklärt. Die Moralisten, die das schreiben, die die Ehebrecherin benutzen, sind somit fein raus! Die Moralisten, die diese Geschichte in ihren sonntäglichen Messen hören und danach ihr Credo herunterbeten, bilden sich danach dennoch ihre eigene Moral. Ich verstehe einfach nicht, wie die Moral, die Schuldfrage in dieser Sache, der Prostitution, so einseitig belegt ist. Was ist so schlimm daran, dass man die verteufelt, die sich demjenigen anbieten, der mit seiner Gier, seiner Lust, aber auch mit seiner Lebensenttäuschung und seinem Frust Entlastung davon sucht? Warum verteufelt man nicht den Sucher? Weil er im Prinzip ein armer Teufel ist? Ein weiterer Stein des Anstoßes ist der des Geldes. Verkauf des Körpers gegen Geld. Verkauf von Lust und Liebe gegen Geld. Verkauf des Körpers gegen Geld. Verkauf auch der Seele, der Ehre? Nun, dieses Thema und dessen Zusammenhänge sind so vielfältig, so tief und im Grunde so diskussionswürdig, dass ich gar nicht mehr aufhören könnte, würde ich denn damit anfangen. Ich belasse es also beim Verkauf des Körpers. Was ist denn schlimm daran, seinen Körper gegen Geld zu verkaufen? Und was auf der Welt gibt es denn ohne Geld? Was ist denn schlimm daran, etwas zu verkaufen, was eine Lust, einen Trieb, eine Gier befriedigt? Etwas zu verkaufen, was auch Nähe, Zärtlichkeit und Geborgenheit geben kann? Und etwas verkaufen, was zudem manchmal auch eine Stimme und ein offenes Ohr geben kann? Etwas, das dem Suchenden seine Enttäuschung über sein Leben, seine Gier, seinen Frust nehmen und seine Suche nach Glück befriedigen kann? Für mich macht dieser Verkauf Sinn! Es gibt viele sinnlosere Dinge, die für Geld verkauft werden. Vieles, was die allmächtige Werbung anpreist und anbietet, und für Geld verkauft, ist sinnlos. Und auch der Verkauf von Waffen. Natürlich haben Waffen, zumindest bei einigen machtkranken Menschen, mit deren Befriedigung von Gier, Trieb und Lust zu tun. Wo aber geben sie Nähe, Zärtlichkeit und Geborgenheit? Und jemand, der über und mit Waffen einen sexuellen Höhepunkt bekommt, der ist in meinen Augen wirklich krank. Bei der körperlichen Liebe, auch wenn sie nur gekauft ist, ist der Höhepunkt allerdings ein wünschenswertes Ziel. Und ich muss auch eine Lanze brechen für die, die nach käuflicher Liebe suchen. Was ist denn schlimm daran, für die Befriedigung eines Triebs zu bezahlen, den man sonst im Leben in keinster Weise befriedigt bekommt? Für einen Trieb, eine Gier, eine Lust und eine Sucht, die manchmal so groß und hoch sein kann wie der Burj Khalifa, der höchste Wolkenkratzer der Welt? Ja, das ist so! Keine Gier, keine Sucht auf dieser Welt gibt es kostenlos. Weder ein Fußballspiel noch die Eintrittskarte für ein Rockkonzert, weder Zigaretten noch Alkohol. Nichts, gar nichts gibt es umsonst auf dieser Welt.

Bleibt die Ambivalenz zum Thema Prostitution in Zusammenhang mit Abhängigkeit, Zwang und Kriminalität. Das ist in der Tat ein trauriges Kapitel und es ist sehr schlimm und schade, dass es so ist. Aber es sind nicht die Prostituierten, die kriminell sind. Es sind die Kriminellen, die an der Prostitution verdienen. Das darf man nicht vergessen und auch nicht verwechseln. Und auch hier ist die Prostitution nur ein Spiegel der Welt, denn Abhängigkeit, Zwang und Kriminalität gibt es überall in unserer Gesellschaft. Wie ist das zum Beispiel mit Menschen, die mit Schlauchbooten über die Meere kommen, denen man Träume, deren Träume, vorspiegelt, gegen viel Geld natürlich, Träume, die in den meisten Fällen zerplatzen, häufig zu Grunde und so manches Mal auch zu Tode gehen? Glaubt der Moralist etwa, dies ginge alles ohne Abhängigkeit, Zwang oder Kriminalität ab? Oder die Unternehmen und ihre Manager, die ihre Betriebe und deren Zahlen betriebswirtschaftlich gesundstoßen wollen und damit mit einem Schlag manchmal tausende von Arbeitsplätzen auf die Straße setzen? Sage mir mal einer, was daran nicht kriminell ist? Die Gezwungenen, die Abhängigen dieses Systems und dessen Vorgehen habe ich als Arzt tagtäglich als Patienten vor mir sitzen.

Moral, das ist, wenn man moralisch ist...

Die Prostitution ist ein Teil dieser Welt, ein Teil dieses Lebens und alles Leben ist nun mal Leid. Und Leid ist nun mal eine Folge unserer Geistesgifte Gier, Hass und Verblendung, die uns Menschen innewohnen. Und da wir darüber als Menschen nicht hinausgelangen, bleiben wir auf dieser zweiten der vier edlen buddhistischen Wahrheiten stecken. Und der Kick nach Verbotenem, der Übertritt von Grenzen gehört einfach auch zu unseren Geistesgiften! Und auch hier ist die Prostitution ein Rädchen in diesem Uhrwerk, das sich Leben nennt.

Und zum Schluss noch ein kurzer Satz zum Nachdenken:

Was ist die größere Sünde wider den heiligen Geist?
Schutzbefohlene unter dem Deckmantel Gottes zu missbrauchen oder die käufliche Liebe anzuerkennen und zuzulassen?

Und aus all diesen Gründen bewundere ich Prostituierte, weil sie für andere nun mal da sind, so wie die anderen eingangs Genannten auch für andere da sind. *Was sich sagen lässt, lässt sich klar sagen.* Damit beschließt Wittgenstein seinen Tractatus. Und weiter sagt er: *Worüber man nicht sprechen kann, darüber muss man schweigen.*

Und das ist das einzige Mal, wo ich Wittgenstein widersprechen muss: Nein, man kann über alles sprechen. Man muss es nur tun! Und man kann es, wenn man über seine, Wittgensteins, Leiter emporgestiegen ist.

35

Ich bin ein modernes *Quadrivium*. Ich habe meine vier Wege, meine vier Seinsbereiche tief in mir. So empfinde ich das zumindest. Die vier scheint auch irgendwie eine wichtige Zahl für mich zu sein. Die vier edlen Wahrheiten sind für mich sehr wichtig oder die Vier-Felder-Tafel nach Eisenhower[37], mit der man das Unwichtige vom Wichtigen trennen kann. Das ist sehr gut. Es gibt noch viele Beispiele für die vier! Meine vier meines *Quadriviums* sind folgende: Ich bin Arzt, Künstler, Gesellschaftskritiker und Mensch. Das fühle ich, das ist, das bin ich. Und ein Wesen meines Seins ist aber auch, dass ich bei allem im Leben nach Zusammenhängen suche. Das zeigt fast mystische Schau- und Bindungskraft.

Ich habe mir lange, lange überlegt, was mir als Arzt für meine Patienten wichtig ist, was ich kann und wozu ich in der Lage bin. Und trotz meines Seins in der Gegenwart und des immensen Fortschritts der Wissenschaft in der Medizin sind es ganz alte Prinzipien, die bei der Behandlung eines Patienten am wichtigsten sind:

Nil nocere[38].
Salus Aegroti suprema Lex est[39].
Medicus curat, Natura sanat[40].

Ich versuche mir das immer wieder vor Augen zu führen, denn ich bin alles andere als ein Halbgott in weiß, ich bin Arzt und als Arzt in erster Linie Mensch, schon wieder ein Zusammenhang. Und als Mensch bin ich fehlbar, aber nur als Mensch kann ich die Sorgen und Nöte der anderen Menschen nachempfinden. Als Halbgott kann ich das nicht.
Als Gesellschaftskritiker und Künstler (Zusammenhang!) versuche ich, mich an Art. 1 Abs. 1 Grundgesetz zu halten und mich daran zu erinnern, mich daran zu halten, wenn ich es einmal vergessen sollte. Außerdem mache ich von Art. 5 Abs. 1 Grundgesetz Gebrauch. Wir haben Regeln in unserer Gesellschaft. Gute Regeln. Wir müssen uns nur daranhalten. Da wir dies aber

immer wieder vergessen, machen wir ständig neue Regeln, man stellt für uns ständig neue Regeln auf und irgendwann sind es dann so viele, dass sich keiner mehr daranhalten kann, weil sie keiner mehr kennt. Da beginnt, das ist meine Kritik an der Gesellschaft. Und ich kann meine Kritik an einer Gesellschaft nur mit den Worten der Kunst führen. Denn meine Kritik an sich interessiert kein Schwein, weil sich alle Schweine so sehr und tief in ihren unüberschaubaren Regeln vergraben. Zurück bleibt die Kunst und selbst wenn man, wenn viele meine Kunst nicht verstehen, weil sie sich zu sehr in den Schubladen ihrer Regelwerke verstecken, habe ich wenigstens etwas Gutes und Sinnvolles für mich getan: Ich habe mich mit meiner und durch meine Kunst darüber lustig gemacht, kann über das, was ich mache, lachen. Humor ist die beste Medizin!

Als Mensch bin ich so vieles. Ich bin ängstlich, aber auch mutig, zögerlich und dennoch packe ich die Dinge an. Ich bin sensibel und manchmal dennoch hart mir und anderen gegenüber. Und ich bin impulsiv und leider auch manchmal cholerisch und leicht beleidigt. Auch ich habe meine Geistesgifte und werde sie als Mensch nur selten los.

Und ich bin obsessiv! So bin ich zum Beispiel tittenobsessiv. Das sagte ich bereits. Aber ist das wirklich eine Obsession? Und wie wichtig ist das wirklich für mich? Was ist mit meinen anderen Obsessionen? Nun ich finde es halt einfach geil, wenn Titten aus irgendwelchen engen Oberteilen, T-Shirts oder BHs herausploppen. Ich steh auf dickes Tittengebammel und -gebaumel. Ich stehe auf Erotik. Und ich stehe auf meine Obsession und finde sie geil!

36

Traum.

Ich laufe mit dem Ball am Fuß aufs Tor zu und habe nur noch den Torwart vor mir. Da ich nicht weiß, wohin mit dem Ball, schieße ich ihn aus 16 Metern einfach in den Torwinkel.

Manchmal freue ich mich auf meine Psychotherapiestunde, manchmal nicht. Manchmal bin ich aufgeregt, manchmal ganz gechillt. Manchmal gehe ich mit einem guten Gefühl danach nach Hause, manchmal mit einem unguten. Im Großen und Ganzen finde ich Psychotherapie gut, sie bedient sich der Kugelgestalt der Zeit und des Lebens, sie spiegelt die Gegenwart, rollt in die Vergangenheit und wirft Ausblicke in die Zukunft. Und ich kann über das Leben sprechen, mein Leben, meine Ängste, Sorgen, Nöte, meine Manien und Phobien. Und ich kann über Sex reden, meine Titten- und Sexphobie. Heute allerdings bleiben wir bei nur einer Facette meines Seins hängen und irgendwie behagt mir das nicht. Therapeutin und Patient scheinen einen schlechten Tag zu haben. Es geht um mein Ego. Mein riesengroßes Ego, dass so oft angepisst wird und sich so oft getroffen fühlt. Mein Ego als Teil meiner riesengroßen Seelenunruhe. Es geht um Wut und Enttäuschung, um Wut über Enttäuschung und um meine Geistesgifte Gier, Hass und Verblendung. Um meine Art oder Abart, je nach Sicht des Betrachters, mich in alle Dinge, die ich mache, mit *Elan vital* reinzuhängen, mit Herzblut reinzuhängen. Dabei aber der Gefahr zu unterliegen, den Panegyrikern[41], den Schmeichlern, auf den Leim zu gehen. Sobald ich das dann erkenne, habe ich eine Riesenwut, einen Riesenhass auf diese. Ich lese meiner Psychotherapeutin ein Gedicht vor, dass ich über solche Menschen verfasst habe:

Panegyriker der Pest

Sie sitzen im gemachten Nest.

Und sie erzählen Dir,
wie lieb und gut
es ist,
was Mann für sie tut.

Und Sie berauschen Dich
mit des Himmels Blaue
wenn ein Mann wie Du
nach ihnen schaue.

Und sie belabern Dich
wie gut Du bist
und wie gut für sie
Deine Sache ist.

Aber brauchst Du einmal
ihre Hilfe für deinen Zweck,
sind sie ganz schnell
von Dir weg!

Meine Therapeutin wirft danach ein, dass mein Ego vielleicht auf solche Schmeicheleien abfährt, sich durch Schmeicheleien geschmeichelt und sich deswegen angetrieben fühlt. Angetrieben, Menschen wie mir noch mehr Gefälligkeiten zu erweisen, ihnen mehr Aufmerksamkeit zukommen zu lassen, als sie es wert sind und die Wut auf die erkannten Schmeichler, die Fakes, die Wut auf mich, die so sehr die Wut auf mich selbst ist, dies nicht erkannt zu haben, weil man alles für sie gegeben hat. Womit sie recht hat. Wut auf mich, Wut auf die Verblendung, Wut, geblendet worden zu sein. Und die Geistesgifte kochen hoch in mir. Ich sagte bereits an früherer Stelle, dass ich über allen Maßen lieben, aber auch abgrundtief hassen kann. Das ist eine Wesenheit von mir, Yin und Yang, ein dauernder Gegensatz der Extreme in mir, die mein Leben bestimmen. Meine Therapeutin meint, mäßige und gleichmäßige Gefühlsschwankungen um einen Mittelwert seien gesünder, Berg- und Talfahrt, so wie bei mir, eben nicht.

Was hat das Ganze nun mit Sex zu tun? Nun, dass wir in dieser Sitzung nicht darüber gesprochen haben. Oder vielleicht doch? Im Zusammenhang mit Schmeicheln und Gefälligkeiten erzählt sie mir von einer Gefälligkeit, die ihr Arzt ihr erwiesen habe, die sie aus der Not angenommen habe, sich damit aber unsicher fühle. Damit spielt sie auf Gefälligkeiten an, die ich anderen Menschen erweise und ihre möglichen unsicheren Gefühle auf das Erweisen solcher Gefälligkeiten. Ich erwidere, dass ihre Unsicherheit in ihrem Falle daher rühre, dass kein Mann einer Frau eine Gefälligkeit erweise, ohne einen, und sei es auch nur klitzekleinen, erotischen Hintergedanken zu haben. Das sei einfach die Natur des Mannes. Männer sind einfach Hunter und empfänglich für erotische Signalreize einer Frau. Ich weiß nicht, ob diese meine Bemerkung in ihrem Falle eine gewisse Unsicherheit in ihr auslöst. Wir thematisieren das nicht weiter. Was bleibt, sind meine bipolaren Emotionen und die mäßig-gleichmäßige Sinuskurvenschwingung der Gefühle der Schnürzelwelt, in der ich und in der wir leben. Das ist Leben, das scheint Leben zu sein. Was hat das mit Sex zu tun? Das kommt gleich. Ich denke während der Heimfahrt über die Therapiestunde nach und auch am Abend und am folgenden Morgen. Aber der Tag, der Arbeitstag als Arzt, die Ereignisse, die stattfinden, reißen mich ohne Vorwarnung mal wieder aus der emotionalen Schnürzelsinuskurve heraus und bringen mich auf die Palme. Nun, man, und man ist ich, kann nicht emotionsarm in Schnürzelwelt leben. Ich versuche es, aber es gelingt mir einfach nicht. Schnürzelwelt ist einfach scheiße. Und Scheiße plus Scheiße bleibt scheiße. Und auch wenn noch mehr Scheiße dazukommt, bleibt sie Scheiße. Das ist wie bei der Lichtgeschwindigkeit, die bleibt auch immer gleich. Und jetzt kommt der Sex dazu: Es ist meine Libido, meine Sexualenergie, meine Lebensenergie, die dieses Schnürzeln einfach nicht kann. Dieses ständige Bla-bla-bla-blächen, wird schon werden, nur nicht anstrengen, nur nicht aufregen, schön mitschwingen und mitschwimmen. Meine Libido bringt meine Hormone zum Wallen, meine biogenen Amine zum Fließen, meine Nerven zum Explodieren. In Schnürzelbächlein seicht fließen lassen? Das geht einfach nicht! Die Hitze meiner Energie, meine Libido wird das Bächlein schnell verdunsten lassen. Puff!!!

Meine Lebensenergie, meine Bipolarität, sind der Grund, warum ich alles, was ich anpacke, mit *Elan vital* anpacke. Wenn ich mich über allen Maßen freue, wenn es gelingt und abgrundtief wütend und enttäuscht bin, wenn es scheitert. Yin und Yang. Es sind nicht die Panegyriker, die mich antreiben. Diese brauche ich wirklich nicht. Ich bin gut so, wie ich bin. Und alles, was ich denke und fühle und wie ich handle, sind in meinem Körper und Geist nur Aminosäuren oder andere Biomoleküle.

37

Biogene Amine oder andere Biomoleküle. Was haben Biomoleküle mit Sex zu tun? – Vieles! Alles eigentlich. Sex und Sexualität werden über Hormone gesteuert. Sexualhormone, Testosteron, Östrogen und Progesteron. Und Hormone bestehen aus biogenen Aminosäuren oder anderen Biomolekülen. Die Natur hat in ihrer Evolution erstaunliches entwickelt. Wie Information von A nach B gelangt und Reaktionen wie C auslöst. In mehrzelligen Organismen tut sie das mithilfe von Biomolekülen, den feinsten Bausteinen in organischen Körpern, modifizierten Aminosäuren oder aber Lipiden. Signalreize werden über unsere Sinnesorgane aufgenommen und an so genannte Effektororgane, die die Information weiterverarbeiten und auch ausführen, mittels biogener Amine oder Lipide über das Nervensystem oder den Blutkreislauf, wie die Hormone zum Beispiel, weitergeleitet. Sexuelle Signalreize können so über die genannten Mediatorstoffe dazu führen, dass zum Beispiel die Pupillen der Augen größer werden, um die Reize noch besser wahrzunehmen, Gehör und

Geruchssinn intensivieren sich, der Speichelfluss steigt, Herzschlag und Blutdruck steigen an, die nervale Empfindlichkeit nimmt zu und es finden Reaktionen in den Sexualorganen statt. Es findet nach dem Schema Reiz - Reizaufnahme - Reizweiterleitung - Reizverarbeitung statt. Und natürlich schlussendlich Ausführung des, durch den Reiz vermittelten, Effektes. Und das alles wird durch biogene Amine oder Lipide vermittelt. Biogene Botenstoffe, die gewissermaßen von Zelle zu Zelle geschickt werden, um der Zielzelle mitzuteilen: Tu dies oder das! Und viele Zellen im Verbund nennt man Organ. Sowie die Sexualorgane und ihre Funktion, die Sexualfunktion, die als Funktion im Sex endet. Wenn man sie denn lässt. Wenn nicht irgendwelche biogenen Amine, die der moralische Regulator zum Beispiel aussendet, dies verhindern. Amine, die einen Effekt verhindern sollen, nennt man inhibierende Amine, im Gegensatz zu den stimulierenden Aminen, die einen Effekt auslösen sollen. Nur wo dieser biogene moralische Regulator im Organismus sitzt, weiß so genau keiner. Das hat der liebe Gott in seiner Schöpfung geschickt eingefädelt.

Erotische Signalreize, die eine Frau auf einen Mann ausüben kann, gibt es viele. Klar, Titten natürlich. Aber nicht nur. Schöne Augen, große Augen, zum Beispiel. Lange Wimpern, ein schönes Gesicht, Haare, lang oder kurz, in allen Farben und Formen. Ein schöner, erotischer Mund. Ein schöner, runder oder weniger runder Körper, eine schmale oder breite Taille, ein schmales oder breites Becken, ein großer oder kleiner Po. Kräftige oder weniger kräftige, lange oder kurze Extremitäten. Schöne Finger und Fingernägel. Auch große Brüste, kleine Brüste mit großen oder kleinen Brustwarzen in allen möglichen Farben und Schattierungen. Ein oberflächlicher oder tiefer Bauchnabel in einem schlanken oder massigen Bauch auch. Und auch der Genitalbereich. Und auch lange oder kurze Beine. Und auch der zunehmende Bauch einer schwangeren Frau in allen Stadien in der Schwangerschaft haben einen unglaublichen erotischen Reiz auf einen Mann. WOW! Was sich die Natur nicht alles ausgedacht hat, nur dass Männchen auf Weibchen reagiert, ihm hinterherrennt und um es balzt! Und nicht nur, dass es diese natürlichen Signalreize gibt,

Frauen können diese Reize auch noch künstlich aufpeppen. Mit Make-up, Manipulation der Wimpern, Lidschatten, Lippenstifte. Lackierte Fingernägel. Schmuck, Ohrringe, Ketten, Ringe, Piercings, Tattoos… Und erotische Kleidung oder erotische Dessous. Was es nicht alles gibt, um Menschen verrückt zu machen. Und Mensch wird verrückt gemacht und Mensch macht sich verrückt und gibt zuweilen dafür seinen Verstand auf. Und das alles nur dank biogener Amine oder Lipide.

Und ich lasse meine biogenen Amine mittels meiner Zeitkugel wieder zurückrollen. Zurück in eine Zeit, in der der Pegel meiner biogenen Amine und Lipide einen ersten Höchststand erreichte. Ich war 19 und meine Schulzeit war vorüber. Ich hatte gerade Abitur gemacht und ich spielte als Gitarrist in einer Band. Wir nannten uns *Slapstick*, machten Jazz – Funk – Rock, komponierten und spielten unsere eigenen Songs. Wir waren zwar alles andere als technisch perfekt für das, was wir spielen wollten, das tat der Sache aber keinen Abbruch, denn unsere Stücke waren einfach geil. Wir spielten für wenig Geld und viel Suff auf Partys und Festivitäten. Und auf dem Weg auf ein solches Festival, eine Open Air Party eines Motorradclubs, auf der wir spielen sollten, starb meine tolle, blaue 2CV6-Ente, die mit den roten Vorderradabdeckungen, den finalen Tod. Aus. Sie war nicht mehr zu retten. Nun denn, mein Equipment wurde auf ein anderes Fahrzeug verladen, und wir spielten den Gig, als zweite Band des Abends, mehr schlecht als recht. Machte aber nix! Da viele besoffen oder stoned waren, interessierte es keinen. Es war zudem geil.
Zu der Zeit hatte ich auch ein Groupie, die ich noch von der Schule kannte. Sie war drei Jahre jünger als ich und in der Schule drei Klassen unter mir gewesen. Sie war einige Monate hinter mir her, aber sie passte nicht in mein Beuteschema, war klein, etwas füllig und etwas mehr nervig, mit zu vielen christlichen Inhalten in ihrem Gedankengut. Zugang zu ihr hatte ich über meinen damals besten Freund, der ebenfalls, durch seine damalige Freundin, auf dem Weg in die christliche Gutmenschentumsrichtung war, obwohl er bis zu eben dieser Freundin sein Leben lang Atheist gewesen war. Der entgegengesetzte Weg zu

meinem, da ich seit Jahren auf dem Weg war, aus dem Moral-christentum auszusteigen.

Nun denn. Mit diesem Freund tat ich nach dem Abitur und nach dem Motorradclub-Gig schließlich das, was viele junge Menschen taten, um die große Freiheit zu genießen: Wir machten Inter-Rail. Mit der Bahn quer durch Europa, über die Schweiz durch Italien und mit der Fähre nach Griechenland. Wir hatten viele Kontakte zu Girls, schüchternes Schäkern von meiner Seite und überhaupt keine Schüchternheit bei meinem Freund, der keinen moralischen Regulator kannte. Aber tieferes Interesse an Mädchen auf dieser Fahrt hatte mein Freund allerdings nicht, da er täglich an seine daheimgebliebene Freundin schrieb. Ich dagegen war *Hotter than Hell*[42]. Mein moralischer Regulator, meine Schüchternheit und meine Selbstzweifel kühlten jedoch fast alles aus und ich blieb im Großen und Ganzen schweigsam und zurückhaltend, im Gegensatz zu meinem Freund, der ein Talker vor dem Herrn war. Nach mehreren belanglosen Flirts von meiner Seite traf dann allerdings eine Griechin auf mich, auf der Insel Paros. Mein Freund und ich lagen an einem Strand und aus lauter Langeweile hatte ich mir mit meinem Taschenmesser Schilfrohre abgeschnitten und mir eine Panflöte gebastelt, auf der ich dann auch spielte. Sie hieß Natascha, kam, während ich spielte, auf mich zu und fragte mich: *How do you build this?* Und ich erklärte es ihr. Und sie blieb den Nachmittag über bei uns. Und sie kam auch am Abend wieder. Und es entwickelte sich etwas zwischen uns, was man Liebe nennt. Ich war 19 und sie fifteen, so alt also, wie meine verpasste Chance wenige Monate zuvor in der Schule. Irgendwie hatte mein moralischer Regulator diesmal versagt. Es waren zwar nur drei oder vier Tage, aber wir trafen uns täglich am Strand, in der Bucht, in der mein Freund und ich campten. Wir umarmten uns, drückten uns, küssten uns. Mehr war nicht. Ihre Mutter war sehr sauer darüber, was sie mit einem Wildfremden, der wie ein Hippie aussah, tat und wachte mit Argusaugen darüber, dass nicht mehr wurde. Trotzdem verabschiedete sie mich eines Morgens am Strand. Unter Tränen schenkte sie mir ihr Halstuch. Sie fuhr zurück nach Hause, nach Athen und auch mein Freund und ich fuhren mit der Fähre zurück aufs griechische Festland. Eines Nachmittags, nach einem längeren Fußmarsch mit unseren Rucksäcken, kamen wir an einem Provinzbahnhof an und schauten uns um. Der Geruch von Dope, wie frisch gerauchtes Haschisch, lag in der Luft. Am Bahnhof trafen wir auf zwei Typen, die noch mehr wie ich als Hippies aussahen und die ebenfalls per Inter-Rail unterwegs waren. Aber der Duft von Dope kam nicht von ihnen, denn auch sie stellten nur fest, dass es so riecht. Der Geruch lag einfach nur ganz natürlich in der Luft und es roch sehr angenehm. Mein eloquenter Freund unterhielt sich sofort blendend mit den beiden anderen. Gemeinsam saßen wir auf einer Bank, ich ganz rechts und hing meinen Gedanken nach. Da schlich der Sex in abstruser Form an mich heran. Aus dem Augenwinkel sah ich rechts in der Tür der Bahnhofstoilette einen seltsamen Typen stehen. Schwarz gefärbte, krause Dauerwelle, einen schwarzen Schnurri, neonfarbenes grünes Trägerhemdchen und Tangashorts, Goldkettchen und Armreifchen. Mit einem Lächeln wie Graf Dracula kam er auf mich zu und setzte sich rechts neben mich. Er lächelte mich an. Die drei anderen waren in ihrer Unterhaltung vertieft und beachteten ihn gar nicht. Er blickte mich weiter an. In seiner rechten Hand rollte er mit Drachmenscheinen. Und mit seiner linken hielt er mir plötzlich eine Zigarettenschachtel vor die Nase. Darauf stand: *Ich bin ein Schwuller* (mit 2L!) *und will dir einen blasen!* Mein moralischer Regulator war geschockt! Fatal Error! Wie bekomme ich den Typen nur los, ohne dass das die andern merken? Ich nickte dem Typen mit dem Kopf zu, er solle sich verpissen und wand den Kopf dann von ihm ab. Mein Herz pochte! *Ach du Scheiße!* Dachte ich mir. Nach kurzer Zeit aber, als er merkte, dass ich nichts von ihm wollte, verschwand er schließlich. Ich atmete auf! Kurz darauf, ich schaute nach links, hatte sich der Typ neben meinen Freund, der links außen saß, auf die Bank gesetzt. Und auch ihm hielt er Geldscheine und das Zigarettenpäckchen vor die Nase. Mein Freund, ganz in sein Gespräch mit den beiden Jungs vertieft, schaute nur kurz nach links und auf die Geldscheine und meinte: *No, I don't want to change Money!* und wandte sich sofort wieder dem Gespräch zu.

Man sieht: Der moralische Regulator verkrampft in einer witzigen Situation, in der ein Mensch ohne moralischen Regulator die Situation ganz witzig löst, ohne sie überhaupt zu erfassen. So ist das Leben nun mal. Wie dem auch sei! Wir zogen weiter auf unserer Reise und im weiteren Verlauf landeten wir dann in Olympia und dort auf dem Campingplatz, wo wir wie immer unter freiem Himmel in unseren Schlafsäcken nächtigten, da wir gar kein Zelt dabeihatten. Und nachdem wir uns nachmittags die antiken Städte angeschaut hatten, kamen mein Freund und ich abends zum Campingplatz zurück. Dort schlossen wir Bekanntschaft mit ein paar jungen Leuten aus Österreich, wie sich herausstellte, einem Pärchen und einer allein reisenden jungen Frau. Wir unterhielten uns den ganzen Abend lang bis in die Nacht und tranken griechischen Wein. Da dieser irgendwann ausging, besorgten wir irgendwo Nachschub und unterhielten uns weiter. Irgendwann brach das Pärchen auf und zog sich ins Zelt zurück. Und auch mein Freund zog von dannen und legte sich zum Schlafen in seinen Schlafsack. Es blieben also ich und die junge Österreicherin allein zurück. Und wir tranken einfach weiter, unsere Stimmung wurde besser. Sie war ein Jahr älter als ich, 20 also und hatte gerade eine Beziehung hinter sich gebracht. Und meine Zunge wurde gelöster und ihre auch und meine Moral wurde weniger. Wir kamen uns näher und näher und irgendwann geschah das Unvermeidliche: Wir küssten uns und knutschten kurz darauf. Ich weiß nicht mehr, wie sie ausgesehen hat, habe kein inneres Bild mehr von ihr. Ich weiß nur, dass sie verdammt gut küsste und knutschte, besser, als ich es zuvor bei meinen wenigen Malen bislang erlebt hatte. Wir waren wohl in unserer Alkoholtrunkenheit etwas überschwänglich und laut. Da sich das Pärchen im Zelt darüber beschwerte, gingen wir zu meiner Schlafstätte, die etwas abseits lag und legten uns auf meinen Schlafsack. Mein Freund nebenan schien tief und fest zu schlafen. Also machten die junge Österreicherin und ich unter dem Sternenhimmel einfach weiter, wo wir aufgehört hatten. Wir knutschten und umschlangen uns und schließlich gruben wir unsere Hände unter die Klamotten des andern. Ich tastete mich mit meiner Hand über ihren Bauch kopfwärts weiter voran und kam irgendwo auf einer ihrer Brüste zu liegen, die sich groß und weich anfühlte. Es fühlte sich toll an und es fühlte sich ebenfalls so an, als schiene es ihr zu gefallen. Und es hörte sich auch so an. Und auch sie tastete mit ihrer Hand meinen Oberkörper ab. Bald darauf machten wir uns mit unseren tastenden Händen auf den Weg, südlichere Gefilde des Körpers des anderen zu ergründen. Der Alkohol hatte meinen moralischen Regulator endgültig zum Verstummen gebracht und eröffnete mir den Mut, mich zaghaft vorzuwagen. Schließlich war ich im Süden angekommen und schob meine Hand in ihren Slip. Dabei entdeckte ich eine Welt, die mir bis dahin unbekannt geblieben war. Zu der damaligen Zeit waren die Menschen, selbst die jungen Erwachsenen, im Genitalbereich noch ziemlich bewaldet, die Intimrasur setzte sich erst einige Zeit später durch. Irgendwie verlor ich die Orientierung auf mir unbekanntem Terrain. Sie allerdings wusste ziemlich zielgenau, wohin sie wollte. Und da war es auch schon um mich geschehen. Puff! Aus und vorbei. Aus und vorbei bei mir, noch bevor es so richtig losgegangen war. Mir war das peinlich und ich wollte etwas sagen, auf Englisch sagen, aber sie meinte nur *Shhh!*, zog meine Hand hervor und schob sie unter ihrem T-Shirt auf ihre Brust. Stillschweigend lagen wir noch einen Moment so da, dann zog sie sich in ihr Zelt zu den anderen beiden Österreichern zurück. Ich schlief verstört und unsicher in meinem Schlafsack ein.

Der nächste Morgen war sehr komisch für mich. Wir verließen gemeinsam mit den Österreichern den Campingplatz und stiegen sogar in den gleichen Zug, ich weiß nicht mehr, wohin. In einem Großraumabteil, das menschenleer war, saßen mein Freund und ich der jungen Frau gegenüber, ihre Freunde hatten in einer eigenen Bank hinter uns Platz genommen. Sie sah mich verheißungsvoll an und wollte mit mir Kontakt aufnehmen, ich aber war äußerst abweisend, da ich, aufgrund meiner großen Unsicherheit bezüglich der Ereignisse der vergangenen Nacht, nicht in der Lage war, locker zu kommunizieren. Ich dachte an Natascha, die ich wenige Tage zuvor verlassen hatte, mit der es nicht im Entferntesten so weit gekommen war wie in der letzten Nacht. Was konnte sie, die Österreicherin, nur über mich denken? Konnte sie sich über mich lustig machen? Das waren meine Gedanken. Ich sah, wie so häufig, damals nur mich und sonst niemanden. Vielleicht hat sie, die Österreicherin, die scheinbar damals so gerne weiter im Abteil Kontakt mit mir aufgenommen hätte, sich etwas ganz anderes gedacht, so denke ich heute. Vielleicht hat sie sich gedacht, dass wir vielleicht noch weiter zusammen reisen könnten. Aber ich konnte einfach nicht kommunizieren. Mein moralischer Regulator hatte mich an diesem Vormittag wieder fest in der Hand, Peinlichkeit gepaart mit Unsicherheit und Selbstzweifeln bestimmten mein Denken. Ich igelte mich in mir ein und wirkte somit nach außen kühl und abstoßend, ein seltsamer, mir innewohnender Schutzmechanismus, um nicht erkannt zu werden. Ich schaffte es lediglich, ihr verstohlen ein *Tschüss und gute Reise* zu wünschen, als sie mit ihren Freunden den Zug verließ und aus meinem Leben trat. Schade! Wieder hatte mir der moralische Regulator eine Chance verbaut…

Nun denn, mein Freund und ich führten unsere Reise fort, abermals über Italien und durch Österreich (!) gelangten wir zurück nach Deutschland und nach Hause. Wenige Tage später traf ich mich dann mit meinem christlich geprägten kleinen Groupie, denn sie war immer noch hinter mir her. Wir trafen uns in einer Kneipe und ich sagte ihr, dass ich nichts von ihr wolle. Sie passte damals einfach nicht in mein Beuteschema. Schade, denn sie war im Grunde ganz nett und süß. Und trotz allem wollte ich sie kurz darauf bei sich zu Hause besuchen, traf sie aber nicht an, da sie zu einer Freundin verreist war. Ich traf sie allerdings erst ein paar Jahre später wieder, als ich mit meinem Inter-Rail-Freund in der Fußgängerzone in unserer Stadt unterwegs war. Sie war Zahnarzthelferin geworden und sah gereift und erwachsen aus. Und sie hatte dicke Titten. Sie war allerdings in einer festen Beziehung, mit einem christlichen Menschen. Da hatte ich dann keine Chance mehr.

Dieses Dasein scheint die schwachsinnigste aller Existenzmöglichkeiten zu sein, denke ich mir manchmal. Auch durch intensives Nachdenken komme ich nicht auf den Sinn, der angeblich dahinterstecken soll. Was soll das alles bloß? Fressen und gefressen werden, fressen, um dennoch gefressen zu werden. Ständig kämpfen, um zu überleben. Natur und Kreatur kämpft ständig um sein Dasein. Der ewige, tägliche Kampf um Leben und ums Überleben als tiefster Sinn allen Seins? Was steckt da für ein Sinn dahinter? Kämpfen, dann sich ausruhen, um neue Kraft zu schöpfen, weiterzukämpfen? Ich sehe keinen Sinn dahinter! Die Erschöpfung, meine Erschöpfung, zu bekämpfen, indem ich mich erschöpfe, neu er-schöpfe? *Denken und schöpferisches Werden* heißt ein Werk des Philosophen Henri Bergson. Und immer und immer wieder, wenn ich erschöpft bin, denke ich darüber nach, wie ich wieder aus meiner Erschöpfung rauskomme, aus ihr ausbreche. Und meine Intuition, mein tiefster, mir verbleibender Wille geben mir meinen Enthusiasmus, den von Bergson so formulierten *Elan vital* als Werkzeug mit auf den Weg, wieder auszubrechen. Schnürzelleben, Schnürzelwelt und deren Regeln sind keine geeigneten Mittel, das Chaos in mir, das ausgebrannte Feld, dass diese in mir hinterlassen haben, zu bearbeiten. Nur ich selbst kann mein Chaos aufräumen, meine ausgebrannte Erde wieder neu fruchtbar machen. Doch dafür brauche ich Energie, nur woher bekomme ich diese, wenn sie mir fehlt, wenn mir Schnürzelwelt sämtliche Energie geraubt hat? Energie ist etwas, was nötig ist, wenn etwas in Bewegung gesetzt, beschleunigt, hochgehoben, erwärmt oder beleuchtet werden soll. Angeblich geht Energie, diese im und mit dem Weltall und mit dem Urknall entstandene Kraft, im Universum nie verloren. Sie wandert nur. Von A nach B, von dort nach C und so weiter. Und vielleicht, möglicherweise, kommt sie wieder zum Ausgangspunkt zurück. Und somit vielleicht auch zu mir. Und wenn sie wieder da ist, die Energie in mir, nutze ich sie, um mein Chaos aufzuräumen. Ich versuche, mich gegen die Regeln und Regularien, die Schachteln der stumpfsinnigen Welt, der Bürokratie, der Borniertheit und des Berufsschwachmatentums zu stellen, mich gegen ihren in mir Chaos auslösenden Blödsinn zu widersetzen. Ich versuche auch, die mir festgebrannten Regeln des Unsinns, den moralischen Regulator, zu beseitigen, offen über meine Empfindungen und Gefühle, über meine Probleme, Sorgen und Nöte zu sprechen, über alles und sei es über innere Wärme, äußere Kälte, über Sex, Gott und die Welt. Warum auch nicht? Sich freisprechen, freisprechen zu können, macht frei. Sich beschäftigen, sich mit sich und der Welt zu beschäftigen, darüber nachzudenken und zu reden, kostet aber unglaublich viel Energie. Und sie schwindet, die Energie, sie schwindet mir. Der Zahn der Zeit, des Alltags in der allmächtigen Schnürzelwelt, lässt sie schwinden, lässt sie verpuffen im ständigen Gerenne im Hamsterrad. Und ich komme dabei unter die Räder und bekomme Zweifel.

Der Zweifel ist meine stärkste Waffe. Meine stärkste Waffe gegen mich selbst. Der Zweifel ist meine am meisten imponierende Charaktereigenschaft. Er ist mir gegeben, ich habe ihn umsonst mitbekommen, musste nichts dafür bezahlen. Ich habe ihn auch nicht gewollt, trotzdem hat man, oder wer auch immer, ihn mir gegeben. Also versuche ich, mit meinem Zweifel in mir, meinem gegen mich und alles in der Welt gerichteten Zweifel, klarzukommen. Und da ich, außer dass ich ihn besitze, nicht viel über den Zweifel weiß, muss ich wieder einmal nachlesen. Und ich lese, dass er eine schwankende Ungewissheit darüber ist, ob man etwas glauben soll oder ob etwas richtig ist. Dieses Schwanken kenne ich nur zu gut von meinen Stimmungen und Gemütsempfindungen. Hoch – tief, gut – böse, fröhlich – traurig, aufbrausend – niederschmetternd und das alles unmittelbar und oft aus dem Affekt heraus. Toll, wie unschnürzlich! Aber so bin ich nun mal und fehlt mir die Energie, so kommt er, der Zweifel, ganz ungebeten und ohne Vorwarnung aus der Versenkung hervor und stellt mein ganzes Dasein infrage, alles, wofür ich mit *Elan vital* gekämpft habe. Warum ich das mache, frage ich mich, warum ich kämpfe, mich auflehne, mich und die Welt hinterfrage, warum ich versuche, anzupacken und den Schwachsinn aus dem Weg zu räumen. Warum ich nicht besser einfach auch nur herumschnürzle? Warum ich das alles erzähle, über mich und mein Leben, das ungelebte darin, über ungelebte und gelebte Sexualität, über diese seltsame, absurde Libido in mir, über hohe Berge des Verlangens und tiefe Täler des Erfühlens von Stimmungen und Emotionen. Über den Schwachsinn dieses Daseins und mein Sein dabei. Über ständig kämpfen, umfallen, aufstehen und weiterkämpfen. Über das Warum dieses ständigen Weitermachens. Über das Warum im Allgemeinen. Warum? Warum? Warum? Ich glaube, im Moment bin ich einfach ziemlich ausgebrannt...

40

Was tun, wenn die Energie nicht fließt?
Wenn die Kreativität versagt?
Wenn ich leer bin?
Es sprudelt nicht, es läuft nicht. Es ist einfach leer.
Was tun? Kommt sie wieder, die Energie, die Kreativität, die Sexualenergie? Oder habe ich Angst davor, dass das alles versiegt ist? Ich habe noch so viel in mir, so viel zu erzählen. Vielleicht brauche ich einfach nur das, was ich am meisten brauche: Geduld!
Viel Zeit und Geduld…

I will climb highest Mountains
to reach my Goal,
up to the Top
to find my Soul!

Ich habe wirklich Angst davor, zu versagen. Angst, im Leben zu versagen und auch Angst, sexuell zu versagen. Mann, und Mann ist sowohl Ich als auch nicht Ich, hat bislang darüber gelacht und gelächelt, vielleicht auch Mitleid gehabt, wenn Mann, der nicht ich ist, dieses Thema anschnitt. Jetzt gehöre ich auch zu Mann, der sich darüber Gedanken macht. Die Zeit, meine Beschäftigung der letzten Zeit mit mir, meinem Leben und dem Sex und der Sexualität darin, bringt es mit sich. Mann hat Angst zu versagen, seine Macht über sich und seine Welt zu verlieren. Impotenz nennt man das. Auch das ist ein Aspekt, der zum Sex oder zur Sexualität gehört. Es gibt viele Facetten der Impotenz. Die *Impotentia generandi* zeigt an, dass man sich nicht fortpflanzen kann. Vielleicht zeigt sie aber noch viel mehr, dass man sich nicht weiterentwickeln, seine Ideen und Aufträge nicht mehr verwirklichen kann. Man tritt auf der Stelle und entwickelt sich wieder zurück, was man als Involution bezeichnet.
Time out, Game over!
Ab jetzt läuft die Zeit, vielleicht nicht rückwärts, aber sie läuft definitiv davon. Die Uhr ist nun mal abgelaufen! Das Ende naht!

Mann kann nicht. Mann kann nicht mehr! Diesen letzten Aspekt, Mann kann nicht mehr, bezeichnet man in der Sexualwissenschaft als *Impotentia coeundi*. Mann kriegt keinen mehr hoch! Das ist die Versagensangst des Mannes schlechthin. Der Phallus, das ureigenste Machtsymbol des Mannes, verliert seine Macht. Es bleibt Machtlosigkeit. Mann kriegt keinen mehr hoch, die Macht versiegt, die Ideen zünden nicht mehr, die Kreativität, die Power steigen nicht mehr auf, die Rakete hebt sich nicht mehr empor. Auch Bomben und Gewehrkugeln treffen nicht mehr, Eroberungsfeldzüge scheitern. Der Glanz des Monuments, das Denkmal, verblasst. Was bleibt vom potenten, vom omnipotenten Mann, ist ein Männlein, enttäuscht, frustriert und unfähig. Vielleicht auch unfähig, noch allein aufs Klo gehen zu können. Und dieses Symbol der Allmacht und der Gewissheit, jederzeit und immer abschießen zu können, hat seine Kraft verloren und versagt. Es bleibt nichts zurück als ein unnützes Gebilde, dass nichts mehr taugt und dem das Wasser von allein davonläuft. *Impotentia coeundi*, die Horrorvorstellung des Mannes schlechthin, als allgewaltige Realität, die in der Kugelgestalt der Zeit ohne Gnade irgendwann auf die Bühne rollt. Bleibt noch die *Impotentia concupiscientiae*, die Alibido, die sogenannte sexuelle Appetenzstörung, die Unlust und Lustlosigkeit, die Bezeichnung für den unwillentlichen Mangel oder die unwesentliche Abnahme an sexueller Fantasie und sexuellem Verlangen. Als Mann und Künstler habe ich vor der *Impotentia concupiscientiae* die größte Angst und den größten Respekt. Denn die Libido ist der Motor schlechthin, um kreativ zu sein. Unlust und Lustlosigkeit sind die größten Widersacher, um als Künstler aktiv zu sein, und jeder Kunstschaffende fürchtet sie wie der Teufel das Weihwasser. Ich selbst zumindest kann das gut nachvollziehen, denn Unlust und Lustlosigkeit haben mich derzeit gepackt und ich quäle mich dabei, das, was von selbst aus mir herauswill, aus mir herauszulassen. Was vor Tagen noch so einfach schien, fällt mir gegenwärtig furchtbar schwer. Und diese Kreativitätsstörung ist gepaart mit sexueller Impotenz. Aber ich kenne diese Phasen. Sie kennzeichnen mein Leben. Yin und Yang, Gut und Böse, hoch und tief. Doch obwohl ich weiß, dass diese Phase der Impotenz auf allen Ebenen wieder vorbeigeht, macht es mir dennoch Angst, wenn ich mich in solch einer Phase befinde. Manchmal gerate ich geradezu in Panik darüber, und die Gedanken kreisen in meinem Kopf und ich zermalme mir Hirn, Leib und Seele darüber, was wäre, wenn sie nicht mehr vorüberginge, diese Phase? Es ist einfach immer wieder das gleiche. Und ich frage mich immer wieder, wie es immer wieder dazu kommen kann, in diese emotionalen und dyskreativen Talsohlen abzurutschen. Eine Antwort darauf, ein Aspekt, der diese Problematik beleuchtet, lautet: Ich bin einfach erschöpft! Ausgepowert, ausgebrannt. Dieses Leben, dieses mit hoher Intensität gelebte Leben, dieses ständige sich Befassen mit Problemen, der eigenen und die der anderen, dieses ständige Probleme wälzen, dieses ständige Suchen nach Strategien und Lösungen von Problemen, Lösungen, die oft so einfach scheinen und in Schnürzelwelt dennoch unlösbar sind, die sich deshalb nur durch die Kunst darstellen und nur durch die Beschäftigung mit Kunst bearbeiten und weiter verarbeiten lassen, ja, dieses Leben fordert so manches Mal seinen Tribut. Erschöpft, ausgepowert, ausgebrannt!

Live is Rock `n' Roll.
And Rock `n' Roll
sometimes
sucking out your Soul!

Impotentia concupiscentiae, coeundi, et generandi, Impotenz und Ernüchterung auf der ganzen Linie. Ich weiß, sie wird wieder vergehen, das Leben in all seinen Facetten der Libido wird wiederkommen und mich wieder entspannter und fröhlicher machen. Aber ich weiß, die Impotenz wird auch wieder kommen, die Intervalle werden nur kürzer werden und die Dauern der Phasen länger. Und irgendwann wird sie ganz ausbleiben, die Potenz. Es ist alles nur eine Frage der Zeit, die niemals stehen bleibt. Und vielleicht ist es auch möglich, die sexuelle Impotenz, wenn sie denn einmal dauerhaft eingetreten ist, zu ertragen. Sollte die sexuelle Appetenz eines der Geistesgifte sein, lässt sie sich durch die dritte der vier edlen buddhistischen Wahrheiten überwinden. Was sich hingegen in mir nicht überwinden und von mir nicht tolerieren lässt, ist kreative Impotenz. Sollte die Kreativität in mir versagen, ist mein Leben definitiv vorbei! Denn dann folgt Depression. Und dann ist das Leben nicht mehr lebenswert. Dann kann nur noch der Tod folgen. Sex ist wichtig, sehr wichtig sogar, ohne Sex kein Überleben einer höher entwickelten Art, die sich sexuell vermehrt und somit kein Leben. Aber Sex ist endlich und das Leben kurz. Die Kunst aber ist unsterblich und überlebt das Leben einer Art.

Ars longa, vita brevis[43]!

Nur, wie kommt man nur wieder heraus aus der *Impotentia concupiscentiae* und all den Impotenzen, die einem ein Leben so zu bieten hat? Urlaub und entspannen, abschalten ist eine gute Methode, dieses ständige Aussaugen durch diese schnürzelhafte Welt hinter sich zu lassen. Aber reicht das aus? Vielleicht ist es besser, sich seiner Erschöpfung, seiner zur Impotenz führenden Erschöpfung zu stellen, sie zu analysieren, woher sie kommt und wohin sie geht. Was ist Impotenz eigentlich? Nun, das Gegenteil von Potenz. Und unter Potenz versteht man Macht, Kraft, Vermögen, Fähigkeit. Es gibt verschiedene Formen von Potenz, zum Beispiel die sexuelle Potenz, daneben gibt es den Potenzbegriff in der Mathematik, in der Ökologie, in der Pharmakologie, selbst in der Sprache der Informatik gibt es diesen. Wenn man lange genug darüber nachdenkt, recherchiert, findet man die Potenz auch in der Philosophie. Hier meint Potenz, die (noch) nicht realisierte Möglichkeit, zu der aber eine Fähigkeit oder eine Disposition besteht.

Wenn ich nun einmal wieder das Rad der Zeit, mein Rad meiner Zeit, meine Zeitkugel rückwärts bewege, meine Erinnerungen heraufbeschwöre, mich gedanklich in eine Zeit zurückbeame, in der meine sexuelle Potenz einen ersten Höchststand erreichte, fallen mir viele Möglichkeiten ein, die ich nicht realisiert habe. Ich bin wieder 19 Jahre alt und im letzten Schuljahr und in meiner Schule gefallen mir viele Mädchen und immer wieder einmal gefällt mir ein Mädchen noch mehr, sticht sozusagen aus der Gruppe der anderen, die mir gefallen, hervor. Und in der Zeit, in der ich mich gedanklich gerade bewege, gefällt mir eine besonders gut. Aber diesmal ist es nicht nur eine verpasste oder nicht realisierte Möglichkeit, es ist eine Unmöglichkeit.

Sie war ein Jahr jünger als ich, hatte lange, schwarze, gewellte Haare und sah einfach toll aus. Sie hatte nichts von einem Groupie, sie war nicht hinter mir her und machte auch im Allgemeinen nicht den Eindruck, ein Groupie zu sein. Sie war sehr schön, eine natürliche Schönheit. Sie wusste zwar, dass es mich gab, aber ich weiß nicht, ob sie mehr über mich wusste, wahrscheinlich interessierte sie das auch gar nicht. Ich aber fuhr voll auf sie ab! Dennoch habe ich, so glaube ich heute, nie jemandem davon erzählt. Sie war für mich eine Traumfrau, der versteckteste Traum meines Lebens. Irgendwann war sie mir aufgefallen und dann konnte ich in meinen Träumen nicht mehr von ihr lassen. Aber nur im Traum. In der Realität war die Hürde für mich einfach zu hoch. Ich hätte sie nie, niemals ansprechen können, meine Minderwertigkeitskomplexe waren einfach zu groß, mein Selbstbild und mein Selbstwertgefühl einfach zu gering. *Was bin ich schon?* so dachte ich mir. Ich konnte einfach, wie immer, nicht aus meiner Haut. Meine Haut bedankte sich dafür, in dem sie einfach weiterblühte. Ich hatte als Mensch immer wenig Selbstwertgefühl. Dieses bisschen war zudem noch äußerst leicht zu erschüttern. Menschen, die mich heute in dem, was ich tue und denke, sehen und erfahren, mögen es kaum glauben. Aber es ist so. Und es war so! Also blieb ich wieder einmal Parzival[44]. Ich fragte nicht, weil ich mich einfach nicht traute, zu fragen. Zu groß waren meine Hemmungen, zu groß meine Angst davor, eine Abfuhr zu bekommen und enttäuscht zu werden. Dass das Leben aus Trial-and-Error besteht, passte einfach nicht in mein Weltbild, besser kein Trial und somit auch kein Error. Dass das Leben nun mal so ist und auf diesem Prinzip beruht, erkannte ich erst sehr viel später. Und trotz meiner riesengroßen sexuellen Potenz, die nicht sein sollte und nicht sein durfte, ließ ich diese philosophische Potenz in ihrer realen Möglichkeit verstreichen. Ich fragte nicht, sprach sie nicht an, und somit wusste sie nicht, ja, konnte sie gar nicht wissen, dass ich auf sie stand. Somit blieb sie einfach der versteckteste Traum meines Lebens. Und kurze

Zeit später ging sie dann mit einem Jungen, der etwas älter als ich und aus ihrem Heimatort war. Kein Rockstar und auch kein Superman, ein ganz gewöhnlicher und zurückhaltender Typ, der in der gleichen Kreisliga wie ich sonntags Fußball kickte. Wieder einmal hatte mein Regulator, meine Komplex- und Denkmaschine, mein Verhinderer philosophischer Möglichkeiten, in der realen Welt über mich gesiegt.

41

Geistesleere

Cogito ergo sum-
Ich denke, also bin ich, Hirn,
Aber ich denke nicht mehr,
somit bin ich nicht.
Keine Denkfalten mehr auf der Stirn,
dafür Kummer und Sorge in meinem Gesicht.
Der Kopf, ausgesaugt von Politik und Staat
und ich verliere meinen mir eigenen Pfad.
War ich einst ein denkendes Wesen -
jetzt nicht mehr, ich bin's gewesen.

Ich leide, leide wirklich unter *Impotentia concupiscentiae*. Derzeit zumindest. Unter Unlust und Lustlosigkeit, sexueller und asexueller Alibido. Sucked out! In allen Belangen des Lebens. Ich habe keine Lust, zu gar nichts. Müsste ich nicht einmal aufs Klo gehen, dann hätte ich auch dazu keine Lust! Mein Leben, mein vermeintlicher Lebensauftrag zum einen, Staat und Gesellschaft zum anderen haben mich bis zum letzten Tropfen ausgesaugt und willenlos gemacht. Willenlos ja, aber nicht gefügig. Das schaffen Staat und Gesellschaft einfach nicht. Sie schaffen es nicht, mir den Rock `n' Roll meines Lebens aus Leib und Seele zu prügeln, so sehr sie sich auch bemühen. Ich setze mich dagegen zur Wehr, auch wenn ich nicht so wirklich weiß, weshalb. Sich anzupassen wäre um einiges leichter, aber irgendwie hat mir der liebe Gott das Anpassgen nicht in mein Genom gelegt. Aber sich nicht anzupassen, das ist ein ständiger Kampf und kostet unglaublich viel Energie. Energie, die ich einfach nicht habe, da sie mir ständig von Schnürzelwelt abgesaugt wird, dieser Pseudowelt mit ihren riesigen, sich ständig erhöhenden Ansprüchen, mit ihren unzähligen Regeln, Normen und Gesetzen, die ständig erneuert, erweitert und überarbeitet werden, wenn sie nichts taugen, weil sie nichts taugen. Immer mehr, immer mehr, immer mehr, die Messlatte wird einfach immer höher gelegt, obwohl sie schon unerreichbar hoch hängt. Aber dieses Unerreichbare der Erreichbarkeit reicht der Gesellschaft nicht. Das Unerreichbare muss einfach durch noch mehr Unerreichbarkeit noch unerreichbarer werden. Dann scheint Schnürzelwelt zufrieden oder auch nicht zufrieden zu sein. Leider bin ich auch ein Bewohner der Schnürzelwelt, aber ich will raus aus Schnürzelwelt, will am Schnürzelleben nicht mehr teilnehmen. Ich bin mit meinen Kräften am Ende, ich kann nicht mehr noch höher, noch schneller, noch weiter. Für mich ist es einfach genug. Aber Schnürzelwelt und Schnürzelleben kennen keine Gnade. Sie, die Schnürzelwelt und es, das Schnürzelleben denken einfach nicht darüber nach, was sie tun, sie tun es einfach, ohne darüber nachzudenken. Sie tun es ohne Sinn und Verstand, ohne Geist. Schnürzelwelt ist eine *Geisteszersetzungsmaschine* und Schnürzelleben eine Geistesersetzungsmaschine. Ohne Geist kein Verstand und ohne Verstand… Ja, was denn ohne Verstand? Wozu braucht man denn in Schnürzelwelt und für Schnürzelleben Verstand? Ist der Geist durch Maschine zerstört und ersetzt, ist kein Verstand mehr nötig, sondern nur noch Maschine. Und Maschine muss nur funktionieren. Sonst nichts. Funktionieren ohne Sinn und Verstand. Nur die Bediener und Programmierer der Zersetzungs- und Ersetzungsmaschinen sind auch schon zu Maschinen zer- und ersetzt und bedienen und programmieren ohne Sinn und Verstand munter drauf los. Und da in ihnen der Geist zer- und ersetzt ist, denken sie gar nicht mehr darüber nach, ja, sie können gar nicht mehr darüber nachdenken, was sie tun. Und letzten Endes kommt in dieser kopflosen Bediener- und Programmiererei in Staat und Gesellschaft von Schnürzelwelt nur *Fatal Error* heraus. Und Mensch als Maschine, Mensch, der einst Mensch war und nun nur noch zu Maschine zersetzt und durch Maschine ersetzt ist, schürzelt sich im Fatal-Error-Modus durch Schnürzelwelt und munter drauf los. Höher, schneller, weiter. Und wo viel war, viel Unsinn, wird noch viel mehr, noch viel mehr Unsinn. That's Life, *the Walk of Life*[45]. Und ich höre jetzt auf, darüber nachzudenken, denn denken strengt unheimlich an und saugt noch mehr Verstand aus. Und dies fördert nur meine *Impotentia concupiscentiae!* Aus, it`s over, Game over. Burnt out.

42

Konflikte sind dazu da, um ausgetragen zu werden. Das sagt leider kein Großer der Geistesgeschichte, das sage nur ich. Und da nur ich das sage, weiß ich wieder einmal nicht, ob das richtig ist, was ich da sage. Nur weil ich denke, dass es richtig ist, was ich denke und es dann auch richtig ist, dass ich es sage, was ich denke, muss es dennoch nicht richtig sein, was ich denke und was ich sage, was ich denke. Es kann auch falsch sein. Um also zu verifizieren oder zu falsifizieren, ob das richtig oder falsch ist, was ich da über Konflikte gesagt habe, tue ich das, was ich am besten kann, wenn ich mir nicht sicher bin, ob es richtig oder falsch ist, was ich denke. Früher habe ich einfach nichts dazu gesagt, wenn ich mir des Wahrheitsgehaltes meines Gedachten nicht sicher war. Aber ich habe dazu gelernt. Und ich sage über Dinge nur noch, dass ich vermute, dass es richtig ist, was ich darüber denke oder noch genauer, dass ich mit einer gewissen Wahrscheinlichkeit vermute, dass eine Sache so ist, wie ich es sage. Dieses Vorgehen habe ich von der Wissenschaft gelernt. Nichts Genaues weiß man nicht. Das sagt der elementarste und sogar subelementarste Zweig der modernen Wissenschaften, die

Quantenphysik[46]. Sie sagt, dass man nicht ganz genau weiß, ob eine Sache so ist, wie sie ist, sie sagt, dass man mit einer bestimmten Wahrscheinlichkeit sagen kann, ob eine Sache so ist, wie sie ist oder ob ein Ereignis so eintreten kann, wie man es vermutet. Toll! Das imponiert mir. Und die meisten Dinge, die die Quantenphysik mit einer gewissen Wahrscheinlichkeit vorhergesagt hat, sind mit einer gewissen Wahrscheinlichkeit auch so eingetreten, wie sie die Quantenphysik mit einer gewissen Wahrscheinlichkeit auch vorhergesagt hat. Toll, wirklich, das imponiert mir! Ich kann also etwas sagen, ohne zu wissen, ob das richtig ist, was ich darüber denke, ich kann es also mit einer gewissen Wahrscheinlichkeit sagen, was ich denke. Die moderne Wissenschaft legitimiert mich hierzu gewissermaßen und alles auf der Welt ist Wissenschaft und Wissenschaft ist alles auf der Welt.

Trotzdem kann man zuweilen den Wahrscheinlichkeitsgehalt einer Sache, die man denkt und sagt, erhöhen. Eine einfache Methode hierzu ist: Nachlesen! Ich lese also nach. Und lese in diesem Falle nach, was ich so über Konflikte gesagt habe. Viel habe ich ja noch nicht dazu gesagt, nur dass diese dazu da sind, ausgetragen zu werden. Ich lese also, dass *conflicere* so viel wie kämpfen bedeutet. Eine Auseinandersetzung also. Ein Kampf um Meinungen, Ideen und gedankliche Inhalte, aber auch um Sachdinge wie Geld oder Landbesitz, oder auch um Menschen, um deren Besitz oder deren Freiheit. Konflikte gibt es schon im Tierreich. Ein Tier, welches auch immer, welches seine Nachkommen gegen einen übermächtigen Fressfeind beschützen will und auch beschützen muss und somit mit dem Feind in eine Auseinandersetzung geraten muss. Es geht um das Überleben der Familie und letzten Endes auch um das Überleben der Art. Diesen nach außen getragenen Konflikt, nennt man einen interindividuellen oder in der Menschheit einen interpersonalen Konflikt. Fast alle interindividuellen Konflikte beruhen aber auf dem Konflikt im Individuum selbst, dem intraindividuellen oder intrapersonalen Konflikt. Fühlt sich das Individuum dem Konflikt mit dem anderen Individuum denn gewachsen? Dazu muss das Individuum sich mit sich selbst auseinandersetzen, muss seinen

153

Emotionen, seiner Intelligenz, seiner Körper- und Geisteskraft lauschen und hören, fühlen und letzten Endes kapieren, ob sich die Auseinandersetzung denn lohnt oder nicht.

Was hat das Ganze nun mit Sex und Sexualität zu tun? Vieles! Und noch mehr als vieles. Alles eigentlich. Da, nach Freud, alle Triebe und Antriebe, zu sein und zu handeln, libidinös gesteuert zu sein scheinen, sind natürlich alle Konflikte in irgendeiner Form sexbasiert. Konflikte haben immer mit Macht und Verhinderung einer Ohnmacht zu tun. Gewinnen und bloß nicht verlieren, als Sieger aus dem Kampf hervorgehen, sich durchboxen, sich mit sich und seiner Art durchzuboxen, sich und seine Art zu erhalten und für deren Fortbestand zu sichern. Sich und seine Ideen durchzuboxen, seine Macht, seine Religion, sich und was denn immer auch dem das seine ist, vor dem Untergang zu bewahren. Und kein Fortbestand, ohne Fortpflanzung, weder körperlich noch geistig. *Der Krieg ist der Vater aller Dinge*, das sagt Heraklit. Und der Sex ist die Mutter, das sage ich. Denn die Auseinandersetzung mit sich selbst und seiner Sexualität ist die größte Schlacht, die geschlagen werden muss und der größte intrapersonale Konflikt. Alle interpersonellen Konflikte sind nur Projektionen und Verschiebungen dieses ungelösten intraindividuellen Konfliktes. Das Schlimme nur ist: Es ist uns nicht bewusst! Deshalb betreiben wir alle diese interindividuellen Konflikte, da es einfacher ist, mit dem anderen Individuum in den Kampf zu ziehen, als sich mit dem eigenen, dem intraindividuellen Kampf zu arrangieren! Und wenn man tief, ganz tief in sich geht und einmal Ruhe bewahrt und einen kleinen Augenblick Konflikt Konflikt sein lässt, erkennt man, dass Konflikte alle auf Geistesgiften beruhen. Erlöschen die Geistesgifte, erlöschen die Konflikte. Für einen Buddha trifft dies zu, für ein menschliches oder tierisches Wesen allerdings nicht. Die Natur braucht die Geistesgifte zum Leben, zum Überleben.

Short Story about Life

Ich lebe,
also bin ich.
Ich bin, also lebe ich.

Ich denke nicht, also bin ich.
Ich bin, also denke ich nicht.

Ich liebe, also bin ich.
Ich bin, also liebe ich.

Ich denke nicht, also liebe ich.
Ich liebe, also denke ich nicht.

Ich denke, also liebe ich.
Ich liebe, also lebe ich.

43

Irgendwie sprudelt sie gerade nicht, die Energie, an meinem Buch zu schreiben. Und wieder habe ich Angst davor, ein Projekt aufzugeben. Warum nur? Warum nicht akzeptieren, dass es nur aufgeschoben und nicht aufgehoben ist? Erschöpfung reißt mich nieder, erniedrigt mich, immer wieder. Dann melden sich moralischer Regulator und Denkzentrum und die mutmaßliche Logikinstanz empfiehlt mir, herunterzufahren und ein normales Leben zu führen. Aber was ist ein normales Leben? Das Leben, das ich lebe, immer gelebt habe? Das Leben des tiefsten Empfindens von tiefster Traurigkeit und höchstem Glück, diese immer wieder aufwallenden und abstürzenden Emotionen, dieses durch ständiges Nachdenken geprägte Leben, des sich ständigen Einordnens in Kategorien und Ranglisten, dieses ständige Grübeln und Analysieren, wie man etwas, das man falsch gemacht hat, beim nächsten Mal gut machen kann, etwas, das schlecht war, besser? Dieses ständige sich großartig fühlen, wenn es einem gut geht und dieses sich absolut minderwertig fühlen, wenn es einem schlecht geht? Ist das alles normal, ist das ein normales Leben führen? Ein Leben, Leben in Schubladen und Kategorien, in vorgefertigten Denkmustern und Meinungen? Ist das ein normales Leben? Wenn man Leben als Überleben bezeichnet, mag das richtig sein. Funktionieren, irgendwie funktionieren, wie es die Gesellschaft will, in der man lebt, die Firma, in der man arbeitet, die Familie, in der man lebt, die Schule, in die man geht. Die Welt, in die man geworfen wurde, die Existenz, in der man existiert. Es stimmt, alles funktioniert. Nach Regeln und Spielregeln. Viele Regeln haben auch ihren Sinn. Sie haben ihren Sinn, wenn sie einhaltbar und umsetzbar sind. Dann sind Regeln sinnvoll. Sind sie das nicht, dann sind sie sinnlos. Im Tierreich gibt es nur wenige Regeln: Fressen und gefressen werden. Fressen, um zu überleben und den Fortbestand der Art zu sichern. Gefressen werden, um den Fortbestand einer anderen Art und deren Überleben zu sichern. Im Menschsein ist das anders. Dort gibt es zu viele Regeln, je mehr Menschen es gibt, desto mehr Regeln gibt es, sie wachsen sozusagen mit dem Wachstum der

Menschheit und diese wächst exponentiell. Das scheint zumindest so zu sein. Exponentielles Regelwachstum. Am Anfang gab es nur eine Regel: Nicht vom Baum der Erkenntnis zu essen. Aber hier zeigt sich schon, dass der Mensch immer schon ein Problem mit den Regeln hatte, also brach er sie. Und das war das Ende vom Anfang und der Anfang vom Ende, denn nun konnte der Mensch gut von böse unterscheiden. Konnte gewissermaßen denken und nachdenken. Aber er hatte dieses Denken und Nachdenken nicht gelernt, es sich nicht erarbeitet, es wurde ihm durch den Apfelbiss eingeimpft. Unterscheide gut von böse, eine übergestülpte Regel, wie das mit den Regeln seither immer wieder der Fall ist. Und da der Mensch Regeln einfach nicht einhalten kann, brach er sie immer wieder. Also mussten neue Regeln her. Irgendwann kamen die zehn Gebote. Instanzenregeln, *Du sollst, Du musst, Du darfst nicht!* Regeln halt, die das Individuum zum Wohle der Gemeinschaft einschränken. Seither wird das mit den Regeln so gehandhabt. Nur gibt es immer mehr Regeln, unzählig viele Regeln und es kommen ständig neue dazu, obwohl wir die alten zum allergrößten Teil noch gar nicht gelernt haben. Die Welt ist zu einer Regelproduktionsmaschine geworden, Regeln, die gar nicht mehr eingehalten werden können, da sie aufgrund ihrer Unüberschaubarkeit gar nicht einhaltbar sind. Der Mensch, das Individuum bricht sozusagen unter der Last des Regelwerks der Menschheit zusammen. Die Regulation des nicht Regulierbaren ist somit gescheitert, die Regler und die Regeln funktionieren nicht mehr, schon lange nicht mehr. Das ist der Anfang vom Ende und somit wieder der Anfang von allem: Fressen und gefressen werden, fressen, um gefressen zu werden. Und somit werde ich gefressen und führe ein normales Leben.

Klar, ich führte ein normales Leben, denn im Beachten der Regeln der Außenwelt war ich immer gut gewesen, denn ich war ein Angsthase und hatte einen übergroßen moralischen Regulator. Und die Außenwelt war mannigfaltig, jede Mannigfaltigkeit meiner Außenwelt hatte ihre eigenen Regeln und ich war immer bestrebt, mich den jeweiligen Regeln anzupassen. Doch häufig kollidierten die Regeln der Mannigfaltigkeit der Außenwelt miteinander, führten somit in mir zum inneren Konflikt, meinem intraindividuellen Konflikt, da es einfach zu viele Regeln in der Außenwelt für mich gab, meine Innenwelt jedoch mannigfaltiger als die Außenwelt war und ich jede Regel, die sinnlos war, zutiefst verabscheute. Das war der Rock 'n' Roll tief in mir, Regeln brechen, die nichts taugen. Nach außen brach ich die Regeln jedoch selten bis nie, zum einen wegen meiner Angst und meinem moralischen Regulator, zum anderen, weil meine Impulsivität, wenn sie denn einmal durchbrach, die Regeln nicht nur brach, sondern zerbrach und häufig dann nur Schutt und Asche übrigblieben. Also lieber keine Regeln in der Außenwelt brechen und besser lieb und brav sein. Ist besser so! Und so blieb ich in der Außenwelt jeglichem Regelwerk angepasst, aber in meinem Inneren kämpften stetig der Jazz und der Rock 'n' Roll. Und da ich in der Außenwelt die Regel nicht brach, war ich kein richtiger Rock 'n' Roller und wurde keiner. Aber ich muss einmal kurz meinem moralischen Regulator zugutehalten: Er war nicht schuld, dass ich kein Rockstar, kein Rockgitarrist oder Jazzgitarrist wurde. Ich war selbst schuld. Ich wusste einfach nicht, wie es geht, ich war, wie in allem, einfach zu naiv für diese Welt. Ich war ein Träumer und dachte, das käme irgendwann im Traum auf mich zu und würde sich in der Realität einfach so verwirklichen. Dass das Leben aber in allen Belangen aus Arbeit, auseinandersetzen und quälen besteht, als Musiker mit üben und sich mit Musik beschäftigen, das kapierte ich einfach nicht. Das war und ist einfach nicht mein Ding. Was nicht unmittelbar und spontan aus mir herauskommt, ist nichts für mich. Was als Künstler mit Auseinandersetzung, Perfektion und mit Ausdauer, als Arzt mit Bürokratie, Theorie und Ausdauer, als Gesellschaftskritiker mit Ausdauer und Ausdauer einhergeht und als Mensch ausdauernder Disziplin bedarf, ist nicht meine Welt. Spontan gut, mit Ausdauer und langem Atem schlecht. So bin ich nun mal. Also wurde in der Welt kein Rock 'n' Roller aus mir, ich träumte nur davon, träumte von Sex, Drugs and Rock 'n' Roll. Aber mit allen dreien hat es nicht funktioniert. Für das Rock 'n' Roll Leben war ich nicht hart genug, Drogen nahm ich keine, das untersagte der moralische Regulator und Sex, naja, wo kein Sex ist, kann auch kein Sex werden. Dennoch träumte ich von Sex, Drugs and Rock `n' Roll, von Groupies und von mir als Rockstar. Und das tolle am Rockstarleben ist nun mal, dass die Groupies auf einen zukommen, was mir, als schüchternem, superschüchternem und selbstkritischem Wesen entgegen-gekommen wäre. Dennoch kamen Menschen auf mich zu, die Sex, Drugs and Rock `n' Roll lebten. Groupies, obwohl ich kein Rockstar war, obwohl ich mich und alles, was mein Leben betraf, hinterfragte.

Und sie war wirklich ein Groupie. Und ich war naiv. Ich wusste nicht, was es bedeutet, wenn ein Groupie ein wahres Groupie ist, ich hinterfragte nicht, ich nahm auch nicht an, dass die Groupie-welt im Rock `n' Roll eine eigene Welt ist. Ich war, wie gesagt, naiv. Und da ich Parzival war, getraute ich mich nicht zu fragen und einfach zu leben und zu erleben. Und sie kam auf mich zu und ich weiß nicht, warum sie das tat. Vielleicht sah oder suchte sie in mir etwas oder jemanden, der ich nicht war. Vielleicht war das nur ein Irrtum von ihrer Seite. Wie dem auch sei! Ich war damals 23, studierte seit einem halben Jahr Medizin, befand mich jedoch an den Wochenenden meistens in meiner Heimat-stadt und suchte dort die Kneipen auf. Sie war zwei Jahre jünger als ich. Sie hatte mich schon zwei Jahre zuvor in einer Kneipe angesprochen, aber außer einem kurzen, pseudointellektuellen Abtasten tat sich nichts. Ich war damals total auf dem Jazz- und Fusiontrip, sie aber mochte kein Jazz, da sie ihn nicht verstand und somit mich nicht verstand. Das war's dann also und wir ver-loren uns irgendwie wieder aus den Augen. Zwei Jahre später saß ich an einem Nachmittag allein in einer Szenekneipe meiner Heimatstadt und wartete auf etwas Unerwartbares, nämlich, dass mich jemand ansprechen und sich zu mir setzen könnte. Das war damals so meine Masche, denn sehr, sehr selten bis nie habe ich mich getraut, jemanden anderen und schon gar nicht eine Frau anzusprechen. Ich sagte das bereits, kein Trial-and-Er-ror, besser kein Trail und somit auch kein Error. Selbstvertrauen und Selbstbewusstsein sehen sicher anders aus, gewiss! Aber was man nun mal hat, das hat man und was man nicht hat, das hat man nicht. Und ich hatte nicht und Frauen gegenüber schon gar nicht. Ich hatte meine erste, mit Sex einhergehende

Beziehung, die, alles in allem, eine zwischenmenschliche Katastrophe war, seit einigen Wochen hinter mir und wartete sehnsuchtsvoll auf etwas Neues. Aber selbst die Initiative ergreifen,
Trial-and-Error? No way! Aber sie kam an diesem Sonntagnachmittag, als ich so allein an einem Tisch saß, in die Kneipe, sie erkannte mich, obwohl wir uns zwei Jahre lang nicht mehr gesehen
hatten, wieder und setzte sich zu mir an den Tisch. Sie erzählte,
dass sie auf einem mehrtägigen Rockfestival gewesen sei und so
sah sie auch aus. Jeansjacke und Lederhose, ein Batik-T-Shirt,
zerzauste, lange, blonde Haare und scheinbar auch sichtlich
übernächtigt. Rock `n' Roll eben. Und sie setzte sich zu dem Non-
Rock `n' Roller der Außenwelt, denn außer langer Haare hatte
ich scheinbar nichts vom Rock `n' Roll an und in mir, zu mir.
Und wir unterhielten uns. Prächtig! Mehrere Stunden lang. Es
war schön und harmonisch. Und wir verabredeten uns für das
nächste Wochenende, da ich unter der Woche am Studienort ver-
weilte. Was wir taten, genau an diesem Wochenende, weiß ich
nicht mehr, ich weiß nur, dass es ohne Sex war, das weiß ich genau. Da es Sommer war, gingen wir an den folgenden Wochenenden häufig an irgendwelche Badeseen. Einmal trafen wir, sie,
ihre Freundin und ich auf irgendwelche hippen Typen aus ihrem
Freundeskreis. Hip and kiffing!
Das war natürlich für meinen Regulator in mir eine Zerreiß-
probe, der sich hinterfragen musste, ob er denn genauso hip wie
die anderen Guys war. Wieder und wieder eine Prüfung, ob ich
in die Normen der mir vorgelebten Welt passte. Und ich sah sie,
trotz hip and kiffing Guys, oben ohne, sie und ihre Freundin.
Und abends fragte sie mich, ob ich auf dicke Titten stehe, da sie
keine hatte, ihre Freundin aber schon, und ich verneinte das, obwohl ich, Jahre später, weiß, dass das nicht stimmt. Es schien mir
auch damals wirklich nicht so wichtig zu sein, viel wichtiger war
für mich, dass ein blondes, langhaariges Groupie auf mich stand
oder zu stehen schien. Einmal trafen wir an einem anderen Ba-
desee, zu dem wir nur allein gefahren waren, auf Blümchengroupie, die in ihre Klasse ging. Wir trafen sie im Evakostüm, und es
passte zu ihr, zu Blümchengroupie. Nun denn! Wir trafen uns
noch einige Male an den Wochenenden und ich erfuhr einiges

über mein reales Groupie. Ich erfuhr, dass ein Lehrer auf sie stand. Dass er ihr Liebesbriefe schrieb, die sie mir zeigte. Sie könne sich das nicht erklären. Mein Gott, was war ich naiv! Da war mit Sicherheit eine Sexaffäre dahinter, ich kannte diesen Lehrer, hatte selbst einmal Unterricht bei ihm gehabt und ich wusste von ihm, wie er einmal so nebenbei erzählt hatte, was genauer zu erzählen zu weit führen würde, dass er einmal einen Damenschlammcatch besucht habe. So viel Sex so freizügig zugeben? Mein moralischer Regulator konnte nur mit dem Kopf schütteln. Irgendwann erfuhr ich über ihn, dass er einfach auf blonde Groupies stand. Dieser Lehrer, der als Hobbyflieger mit seinem Sportflugzeug über das Haus flog, in dem mein Groupie wohnte, schrieb ihr dies sogar in Gedichtform. Er nannte sie *Femme fatale*[47], wie sie mir erzählte. Die Dinge nahmen ihren Lauf. Das nächste Mal traf ich sie auf ihrer Abiturfeier, wohin sie mich (oder ich mich) eingeladen hatte. Dort wurde sie von einem Lehrerkollegen des betroffenen Lehrers wegen dieser Sache attackiert, anscheinend war das ein offenes Geheimnis. Nur ich, naiv wie ich war, verstand nur Bahnhof, vielleicht auch deswegen, weil ich wie immer versuchte, mich zu regulieren. Nun, wir fuhren nach der Abifeier mit meinem Auto in die Kneipe, wo wir uns wieder getroffen hatten an jenem Sonntag und feierten und tranken einfach weiter. Und sie betrank sich und schlief zuletzt auf dem Beifahrersitz meines Autos ein, wo ich sie hingeschleift hatte. Und ich? Ich hatte trotzdem eine tolle Nacht. Zwar keinen Sex, aber eine wunderbare Unterhaltung mit einer tollen Frau. Wir saßen stundenlang auf einer Mauer in der Nähe der Kneipe, neben meinem Auto. Es war die Frau, das Mädchen, die mir drei Jahre zuvor ihre Nummer an meine Ente gehängt hatte und die ich nie angerufen hatte. Sie war im gleichen Jahrgang wie mein, seinen Rausch ausschlafender, Groupie gewesen, hatte mit ihr Abi gemacht und war nach der Abifeier, wo sie den Kunstpreis der Schule bekommen hatte, mit uns und anderen zur Abi-Nachfeier in die Kneipe gefahren. Nun unterhielten wir uns zum ersten Mal. Mehrere Stunden in dieser Nacht. Wir saßen auf der Mauer, die Kneipe war schon lange geschlossen und wir unterhielten uns über viele Dinge. Wäre ich mutig gewesen, hätte ich das mit dem Zettel und der Telefonnummer angesprochen. Aber ich war nicht mutig, ich wollte nur stark sein, pseudostark und bloß nicht darstellen, dass ich ein schüchterner und an mir zweifelnder Mensch war. Außerdem war sie, das wusste ich, in einer festen Beziehung. Ich dachte ja auch, in einer Beziehung oder so zu sein. Naja, wieder einmal Parzival, wieder auf dem falschen Weg, wie immer, dachte ich mir. Sie war auch kein Groupie, so denke ich rückblickend heute über sie, anders als mein in meinem Auto schlafendes Groupie. Und ich war ebenfalls kein Fremdgänger. So blieb das Terrain abgesteckt. Ich hier, sie dort. Schade, denn sie war sehr sympathisch und sah zudem toll aus! Nichtsdestotrotz, die Nacht ging zu Ende und ich fuhr schließlich mit meinem Groupie zu mir nach Hause. Dort legten wir uns schlafen. Es lief nichts zwischen uns und es sollte auch nichts laufen. Kein Sex!

Eine Woche später veranstaltete sie an einem See eine Party zu ihrem 21. Geburtstag. Ich fuhr hin, obwohl ich gar nicht wusste, ob ich eingeladen war. Eine hippe, kiffing and drinking Party mit ganz vielen hippen Typen. Also genau das richtige für mich und meinen Moralregulator und meine mir so eigene Abart, mich mit jedem Arsch dieser Erde vergleichen und messen zu müssen und dabei immer den Kürzeren zu ziehen. Und ich zog den Kürzeren! Es war nämlich ein Typ auf der Party, ein totally freaky Type, der auf sie stand und auf den sie auch stand. Anscheinend hatte sie die letzten Wochen ein Doppelleben geführt, wie sie das wahrscheinlich so oft in ihrem Leben getan hatte, vielleicht sogar nicht nur ein Doppelleben, sondern eine Mehrfachexistenz. Und ich sollte mir jetzt ein Hirschgeweih aufsetzen und röhren und balzen um etwas, das es nicht wert war? Selbst die Anwesenheit der sympathischen Künstlerin, der verpassten Chance meines Lebens, die ebenfalls auf der Party war, konnte mich nicht darüber hinwegtrösten, da ich sie aus gekränktem Stolz und vor lauter Eifersucht nicht so wirklich wahrnahm. Also tat ich in dieser Nacht das für mich genau richtige: Ich verließ die Party und sah Groupie nie mehr wieder. Die Künstlerin traf ich kurz darauf noch einmal in der Kneipe wieder und wir fuhren sogar gemeinsam in eine Szenedisco. Aber es wurde nichts aus uns. Sie war fest in ihrer festen Beziehung und ich, wie so häufig, in meinem Arschkartendasein gefestigt. Folgt noch die Coda zum fliegenden Lehrer, der über Groupies Haus geflogen war. Denn er stürzte ab, im wahrsten Sinne des Wortes, er kam bei einem seiner Flüge mit seinem Sportflugzeug ums Leben. Wann genau das war, weiß ich nicht mehr, es war nur, nachdem sich das genannte abgespielt hatte. Seine Frau hatte, in der Sterbeanzeige in der Zeitung, nur folgenden Nachruf für ihn übrig: *Fliegen war seine Leidenschaft!*

44

Warum brenne ich aus? – Es ist meine Arbeit! Die vielen Menschen, die fordern und wollen. Die Gesellschaft, die fordert und will. Die Unübersichtlichkeit des Daseins.
Aber:
Ich kann die Menschen, die kommen, nicht zurückweisen. Ich kann die Gesellschaft, in der ich lebe, nicht auslöschen. Ich kann dieses Dasein, dieses in dichten Nebel eingehüllte Dasein, nicht transparent machen. Ich kann meine Arbeit nicht aufgeben, sie ist mein Baby, mein Kind. Ich muss für es da sein, solange, bis es erwachsen ist und ich erwachsen bin.
Also suche ich nach Möglichkeiten nicht mehr auszubrennen:

1. Alles Leben ist Leid.
2. Leid entsteht durch die Geistesgifte: Gier, Hass, Verblendung.
3. Erlöschen die Geistesgifte, erlischt das Leid.
4. Der Weg dorthin ist der edle achtfache Pfad.

I   Rechte Erkenntnis.
II   Rechte Gesinnung.
III   Rechte Rede.
IV   Rechtes Handeln.
V   Rechter Beruf.

VI	Rechtes Üben.
VII	Rechte Achtsamkeit.
VIII	Rechte Konzentration.

Gut so!

Nur: Wie kämpfe ich den Kampf gegen die ständige Erschöpfung? Wie mache ich nur weniger? Die Geschwindigkeit der Welt, der Gegenwart, reduzieren für eine lebenswertere Zukunft? 25-30 % der Menschen dieser Welt drohen auszubrennen, Tendenz steigend! Da kann die Resilienz[48] kaum nachhelfen. Noch mehr, noch mehr Input? In immer kürzeren Intervallen? Ist die Resilienz am Ende?

Ich will nicht darüber nachdenken, ob das, was ich tue, richtig ist! Ich will mein Leben einfach fließen lassen!

Ich weiß gar nicht so wirklich, was meine Leidenschaft ist. Leidenschaft, das hat irgendwie mit Leiden zu tun. Das Wörterbuch beschreibt die Leidenschaft als vom Verstand schwer zu steuerndem Gemütszustand oder eine Passion für etwas, der man sich mit Hingabe widmet oder einer mit ungestümem Besitzverlangen sich äußernde Zuneigung zu einem Menschen. Nur wo ist das Leiden in den Definitionen, der Schmerz, die Qual, die Zeichen, dass etwas weh tut? Wenn Leidenschaft etwas mit Schmerzen zu tun hat für etwas, was man im Grunde gerne tut, dann habe ich viele Leidenschaften und bin ein leidenschaftlicher Mensch. Trennt man das Wort Leidenschaft in seine Bestandteile auf, erhält man Leiden schaffen. Also etwas tun, was mit Qual und Schmerzen einhergeht. In diesem Sinne ist das Leben selbst die größte Leidenschaft. Alles Leben, alles Dasein ist Leid und Leid entsteht durch die Geistesgifte Gier, Hass und Verblendung. So ist die Welt nun mal, so ist das Leben. Mensch denkt, zu leben sei etwas Gutes, schafft aber alles in allem nur Leid. Es gibt so viele Dinge in meinem Leben, die ich tue, um mir Gutes zu tun und damit trotzdem Leiden in mir schaffe. Und leidet Mensch, setzt dabei der Verstand allzu oft aus. Meine Arbeit als Arzt ist derzeit wohl meine größte Leidenschaft. Ich bin gerne Arzt und verrichte, viel mehr lebe meine ärztliche Tätigkeit mit höchster Intensität, weil ich nun mal, ich weiß nicht warum, nicht anders kann. Aber die Arbeit hält mich gefangen, sie saugt Lust, Motivation und Engagement aus mir heraus und es bleiben oft nur Unlust und Erschöpfung übrig. So mag die Leidenschaft ein Feuer sein, das brennt aber auch verbrennt und somit ausbrennt. Arbeit als Leidenschaft schafft Burnout. Schön, weiter so! Was habe ich noch für Leidenschaften? Meine ständige Gier nach Anerkennung, Zuneigung und Liebe. Das ist in mir ein Fass ohne Boden, ohne dass ich weiß, warum. Ständig muss und will ich hören, wie toll ich bin, ansonsten glaube ich das nicht, wie toll ich bin. Das mit dem Glauben ist eine schwierige Sache, er versetzt in mir keine Berge, noch nicht einmal das sich schlecht fühlen durch sich gut fühlen. Sich besser fühlen, wenn man sich schlecht fühlt, schafft nur der Verstand mithilfe von harter Arbeit am Selbst, vermittelt durch Austausch der inhibierenden durch die stimulierenden biogenen Amine. Harte Arbeit, wieder einmal.

Alles Leben ist Leid…

Was habe ich noch für Leidenschaften? Sex? Nein, nur Sex allein ist, obwohl Natur, keine Leidenschaft. Sexgier? Das schon eher, ist häufig, aber nicht immer da. Titten? Nein! Tittenobsession? Das schon eher. Aber das kommt vom Kopf und geht über Hormone, Biomoleküle, in die Gonaden. Lässt sich aber auch durch den Verstand, harte Arbeit am Selbst, regulieren. Musik? Nein, Musik ist keine Leidenschaft, sie schafft nur Glücksmomente pur, wenn es denn die richtige zur richtigen Zeit ist. Rock `n' Roll? Ja, Rock `n' Roll selbst ist Leidenschaft pur, weniger die Musik selbst, aber das ganze drumherum ist Leidenschaft. Und Leidenschaft schafft die Energie in der Musik und zeigt dem Hörer, wie sehr Glücksmomente mit Qual gepaart sind. Irgendwie beißt sich die Katze schon wieder in den Schwanz. Fußball. Ist Fußball eine Leidenschaft? Für den einen ja, für den anderen nein. Für den einen eine große, für den anderen eine kleine. That depends on different Perspectives! Für mich zuweilen auch, aber sie schafft kein großes und kein langanhaltendes Leid mehr. Nicht mehr. Früher war das anders, aber mit zunehmendem Alter ist diese Leidenschaft auf ein gesundes Maß geschrumpft. Essen und Trinken? Ja, das ist eine riesengroße Leidenschaft, die zum Überleben notwendig ist. Das ist das Schlimme, sie schafft, leidenschaftlich ausgeführt, übergroßes körperliches und seelisches Leid. Aber, that depends on the Perspective! Nicht jeder leidet unter der Leidenschaft der Völlerei, und viele, die diese mit Leidenschaft betreiben, schon gar nicht. Für mich selbst schafft die Leidenschaft des zu vielen Essens und Trinkens nur dann Leiden, wenn der Verstand sich einschaltet, was eingangs genannter Definition im Grunde widerspricht. Bleibt also die Leidenschaft des Lebens. Leben schafft Leid. Leid ist Leben. Leben lebt man, Leid empfindet man. Somit leide nicht nur ich, alle leiden, mehr oder weniger. Nur eben nicht alle gleich. Empfinden kann man unterschiedlich tief. Jeder Mensch empfindet unterschiedlich. Was für den einen eine Gefühlskatastrophe, ist für den anderen kaum der Rede wert. Wieder scheint das auf molekularer Ebene im Körper der Kreatur mit biogenen Aminen zusammenzuhängen. Biogene Amine, stimulierend und inhibierend im Ungleichgewicht in unseren Körpern, irgendwo in unserem Nervensystem. Biogene Amine schaffen Leiden. Es ist und bleibt immer das gleiche. Am Ende bleiben nur Aminosäuren und weitere Moleküle von uns übrig. Und dann nur Atome. Und dann Subatome. Und dann (endlich) nichts.

45

Prinzipiell geht es mir gut. Ich habe zu essen und zu trinken, ich friere nicht und habe ein Dach über dem Kopf. Ich habe Sex, einen Beruf und viele Annehmlichkeiten des Lebens. Viele Dinge, die ich will, kann ich tun und kann sie mir auch leisten. Im Grunde habe ich keinen Grund, unzufrieden oder traurig zu sein. Trotzdem bin ich es. Trotzdem leide ich immer wieder an meinem Dasein.
Warum?
Weil ich in der Welt lebe. Weil ich als Kreatur in diesem Dasein lebe. Alles Leben ist Leid. Es gibt kein Entrinnen, solange man

als Mensch lebt. Nur ein Buddha entkommt dem Leid. Es gibt als Mensch nur einen Weg: Das Leid des Daseins anzuerkennen und anzunehmen. Es gibt immer schlechte Zeiten, aber auch immer wieder gute. Es ist ein ständiges Kommen und Gehen. Das Rad des Lebens, die Kugelgestalt der Zeit.

Nur warum fühle ich mich manchmal morgens schlecht? Lustlos, antriebslos, niedergeschlagen, minderwertig, motivationslos, lebensmüde?

Das Rad des Daseins im System der vielen Regeln der Unlösbarkeit macht mürbe und müde. Dabei lustig und fröhlich zu bleiben, nicht verrückt oder depressiv zu werden, ist eine Kunst. Die Kunst, nicht darüber nachzudenken, was man denkt, was man fühlt, was man tut.

Aber vielleicht geht nicht immer alles gleichzeitig. Vielleicht geht nicht immer alles. Vielleicht geht immer nur eins nach dem anderen.

Wahrscheinlich ist es nicht gut, sich chronisch zu viel aufzubürden. Wahrscheinlich ist es nicht gut, sich chronisch zu überlasten. Wahrscheinlich ist es ungesund.

Nur was tun, wenn man als Mensch so gestrickt ist? Wenn man nicht Nein sagen kann? Wenn man sich nicht wehren kann, ohne sich schlecht zu fühlen? Wenn man so ist, wie ich bin? Dann sind die Ratschläge der anderen, die anders sind als ich, nur gut gemeinte Lösungsmöglichkeiten.

Was tun, wenn man schon mit Impulsivität, Hypersensibilität, Aktivität, Passivität und mit dem Regelpoti am Anschlag auf die Welt kam? Was tun, wenn man von Sexsucht, Pornosucht, Tittensucht oder wie man, und man ist ich und nicht ich, dies bezeichnen mag oder nicht bezeichnen mag, besessen ist? Wahrscheinlich sind sensible, hypersensible und impulsive Menschen sehr anfällig für Süchte aller Art. Auch für die Sexsucht. Und ich bin ein impulsiver und hypersensibler Mensch. Drogensüchtig bin ich nicht, der Umgang damit wurde vom moralischen Regulator und der Denkinstanz untersagt. Aber die Sexsucht? Für die Außenwelt habe ich meine Impulsivität hierzu bestens im Griff, vielmehr mein moralischer Regulator und mein Gewissen tun das für mich, sie wägen also ständig eventuelle Konsequenzen für mich und die Außenwelt ab. Das schafft in der Innenwelt Konflikte zwischen wollen und nicht dürfen, können und nicht können, sein und nicht sein. Das ist ein harter Kampf für einen Sensiblen wie mich, jemanden, der eine hohe Aufnahmebereitschaft für Signale der Umgebung hat. Und sexuelle Reize sind außerordentlich intensive Signale, die meine Empfindsamkeit unmittelbar berühren. Woher kommen nur die spezifischen Biomoleküle in mir, die so intensiv als *Actio und Reactio*[49] in Zusammenhang mit Sex und Sexualität meinen harmonischen Energiefluss durcheinanderwirbeln? Sind sie mir angeboren? Oder sind sie mir anerzogen? Oder haben sie sich im Laufe meiner Entwicklung als Mensch und Wesen ganz natürlich gebildet? So viele Fragen! Ich denke schon lange darüber nach, aber eine Antwort darauf habe ich noch nicht gefunden, zumindest keine für mich zufriedenstellende. Ich denke auch schon viele Jahre, Jahrzehnte über mich und mein Dasein nach in dieser Existenz und meine Stellung, meine Platzierung im Zusammenhang und im Vergleich mit anderen Existenzen dieses Daseins. Und obwohl ich in der so genannten Außenwelt viel oder scheinbar viel erreicht und so manches erlebt habe, weiß ich kaum etwas bis nichts über mich und von mir. Was bin ich, was will ich, wer bin ich? Woher komme ich, wohin gehe ich? Warum bin ich hier, was ist mein Auftrag? Weil ich diesen Fragen des Daseins und des Lebens nachgehen wollte, wollte ich Arzt werden und bin es auch geworden. Arzt kommt von *Iatros*, das bedeutet Heiler. Ich sah und sehe es als Auftrag von mir an mich, Antworten und Lösungen auf die Fragen zu bekommen: Warum bin ich krank, warum leide ich, warum leidet Kreatur? Ich erhoffte mir vom Arztberuf und der Medizin eben Antworten auf diese Fragen. Vielleicht war und ist es das, was man eine Berufung nennt. Nur was ist eine Berufung? Im Hinblick auf die Lösungen meiner Fragen bin ich von der Medizin, wie ich sie in den Jahren meiner Tätigkeit als Arzt erlebt habe, maßlos enttäuscht, denn sie gibt keine Antworten, sie wirft immer nur noch mehr Fragen und ungelöste Probleme auf. Hier kann ich Wittgenstein nur beipflichten, wenn er sagt, dass *selbst wenn alle Probleme der Wissenschaft gelöst sind, unsere eigentlichen Lebensprobleme noch nicht einmal be-rührt seien.* In diesem Sinne sehe ich mich als Arzt und die Medizin eher als Kreuz, das ich auf mich genommen habe und immer noch weiter mit mir herumtrage. Meine Sehnsucht nach Erlösung vom Leid wurde durch die Beschäftigung mit der Medizin nicht gestillt, ich war und bin kein guter *Iatros* für mich.

Es gibt noch eine Sehnsucht, die noch tiefer geht als die Suche nach Heilung. Die Musik! Im Innersten, tief im Innersten, Musiker zu werden und zu sein, die Welt musikalisch zu erkunden und auszudrücken. So in etwa hat es der Komponist Karl-Heinz Stockhausen formuliert. Wieder eine tiefe, unerfüllte Sehnsucht in mir, nicht erreicht aus bereits genannten Gründen. Unerfüllte Sehnsucht, erfüllt mit Leid. Alles Leben ist Leid!

Alles Leben ist Leid. Aber das Leben ist auch Rock `n´ Roll. Rock `n´ Roll pur! Mein Leben zumindest. Rock `n´ Roll ist gelebtes Leben, handelt von gelebtem Leben. Handelt von Sieg und Niederlage, von alltäglichen Dingen, von Träumen, aber auch von der Realität, von Dingen, die wir uns wünschen und solchen, die wir verabscheuen. Vom Zwang, sich anpassen zu müssen und dem tiefsten Wunsch und dem Willen, frei sein zu wollen. Vom Leben in Ketten, aber auch vom Schweben auf Wolke sieben. Von der Abfahrt in die Hölle, aber auch vom Aufstieg in den Himmel. Vom Teufel, aber auch von Gott. Von den tiefsten, abscheulichsten diabolischen Eigenschaften in uns Menschen, aber auch von der Göttlichkeit allen Seins. Von Gut und Böse. Von Erkenntnis aber auch von der Erkenntnislosigkeit. Von Wissen und Unwissen, Bewusstsein und Naivität. Von Potenz und Impotenz, Sex und Enthaltsamkeit. Vom entbehrungsreichen Leben auf der Straße, aber auch von schwerreichen Partys mit Champagner und Kaviar. Von Hitze und Kälte, von Fieber und Frost. Von oben und unten, innen und außen. Der Rock `n´ Roll handelt von mir und von dir, von Glück und Unglück, Freud und Leid. Von der Technik, vom alles auffressenden Fortschritt, aber auch von der guten alten Zeit. Von Tränen und vom Lachen. Und er handelt vor allem von der Liebe. Von der Liebe in allen Variationen. Von der Liebe und Sex, von der Liebe und viel Sex, aber auch von der Liebe ohne Sex. Er fragt, ob es Liebe ohne Sex gibt. Aber auch ob es Sex ohne Liebe geben kann. Er handelt von der Liebe in mir. Er handelt von der Liebe in dir. Er handelt von der Liebe in mir zu dir und der in dir zu mir. Er handelt von der Liebe in uns allen. Er handelt von der Liebe, die da ist, der Liebe, die fehlt, von der, die man bekommen und der, die man nicht bekommen kann. Rock `n' Roll handelt von der Liebe und vom Gegenteil. Rock `n' Roll ist göttlich und teuflisch zugleich. Rock `n' Roll ist Yin und Yang. Rock `n' Roll ist Leben, gelebtes Leben. Rock `n' Roll ist! Alles Leben ist Leid. Aber alles Leben ist auch Freude. Ja, das ist so! Somit handelt der Rock `n' Roll auch von mir. Und somit ist mein Leben Rock `n' Roll!

Was gab mir die Eingabe, genau das zu schreiben, was ich gerade geschrieben, was gab mir die Motivation, das zu formulieren? Man mag es kaum glauben: Klavierkonzerte von Joseph Haydn! Die habe ich beim Verfassen des Geschriebenen gehört. Für mich sind sie auch Rock `n' Roll, denn sie spiegeln auch das Gesagte in mir wider, sie geben mir den gedanklichen Input, über das Leben und den Rock `n' Roll darin, zu reflektieren. Die Klassiker waren die Rock `n' Roller ihrer Zeit. In jeder Zeit gab und gibt es Leben. Und somit auch Rock `n' Roll! Und Rock `n' Roll ist Leben! Und er hat nichts mit Zufriedenheit, mit dem sinnerfüllten Leben zu tun, was ich mir als oberstes Lebensprinzip wünsche. Vielleicht träumt er ja davon, in unerfüllten Träumen, aber nicht in realiter[50]. Rock `n' Roll ist exzessiv in seiner Spannung, in seinem Ausdruck und seiner Emotion. Und um diesen Exzess, diesen bis über die Grenzen der Erschöpfung reichenden Exzess zu steuern und zu kompensieren, bedarf es der Hilfsmittel, der Drogen und Sex, sehr viel Sex. Wie soll man, wie will man das sonst alles durchstehen, wie das alles bewältigen? Und das Rock `n' Roll-Leben ist so exzessiv, weil es so intensiv gelebt wird. Leben, gelebtes Leben ist intensiv, aber auch ungelebtes Leben kann intensiv sein. Sich an der Freude des Daseins zu erfreuen in exzessiver Art und Weise, intensiv ausgelebt, kostet Energie, viel Energie. Das Leid des Daseins zu erleiden, ebenso. Glücklich sein und unglücklich sein, im steten Wechsel der Gezeiten und häufig unmittelbar. In tiefste Depressionen zu verfallen und im nächsten Moment raketenartig in die Hypomanie und die Manie aufzufahren, das schafft nur der Rock `n' Roll.

Das schafft das Leben!

Ich bin Mensch und Arzt. Ich liebe dieses Menschsein und Arztsein, ich lebe dies Mensch sein und Arzt sein intensiv aus. Bis zum Exzess intensiv. Warum? Ich weiß nicht. Ich weiß nicht warum. Ich kann nicht anders. Also lebe und handle ich so weiter. Den Rock `n' Roll des Lebens!

46

Die Welt ist, was der Fall ist[51]. Und der Fall ist: Ich bin stresskrank! Ich leide am Stress dieser Welt, am Stress dieses Daseins. Zu viel, zu schnell und in zu kurzer Zeit. Die Poti, die Intensitätsregler sind ständig auf Anschlag gedreht, das Gaspedal dauerhaft durchgetreten. Und das Gaspedal dauerhaft durchgetreten bedeutet: Tank irgendwann leer! Und Tank irgendwann früher leer als geplant.

In meinem Leben, meiner Existenz, sind die Poti schon immer auf Anschlag gedreht und das Gaspedal durchgetreten. Und das seit Jahren, nein, mein ganzes Leben lang geht das schon so. Ich kann mich, so wirklich, an keinen anderen Zustand erinnern. Irgendeine göttliche Vorsehung hat mich zur Funktionsmaschine auserkoren, funktionieren auf Knopfdruck. Und nicht nur funktionieren auf Knopfdruck, nein, auf Knopfdruck sogar und dauerhaft und mit höchster Geschwindigkeit. Ich bin ein Duracell-Hase, ständig angeschaltet, trommeln in höchster Geschwindigkeit und mit höchster Intensität, solange die Batterie Strom abgibt. Und wenn sie leer ist, wird sie entsorgt, zum Sondermüll. Da liegt sie dann, die Batterie, auf dass sie vergammelt bis zum Ende aller Zeiten. Am besten den Hasen gleich mit entsorgen, dass ihm das gleiche widerfährt. Doch die Welt dreht sich weiter, bis zum Ende aller Zeiten. Die Welt beschleunigt sich in ihrer

Drehung, ein wahrer Pirouetten-Effekt. Irgendwann hat sie die Lichtgeschwindigkeit erreicht. Nein, das stimmt nicht. Die sich drehende Welt kann die Lichtgeschwindigkeit nicht erreichen, denn diese ist unerreichbar, aber sie, die Welt, denkt, sie müsse sie erreichen, also beschleunigt sie weiter. Und weiter und weiter und weiter. Und irgendwann explodiert sie, diese sich beschleunigende Welt, in einer wahren Supernova und zerfällt in ihre Einzelteile und alles, was war, ist gewesen. Mein Problem mit der Geschwindigkeit und der sich beschleunigenden Geschwindigkeit ist: Ich nehme sie an, zwar nicht dankbar, aber ich nehme sie an, soldatisch eher, Befehl ist Befehl! Und ich bin ein schlechter Befehlsverweigerer! Schon immer gewesen. Und ich renne den Vorgaben der Welt hinterher, ich beschleunige meine Schrittgeschwindigkeit, immer mehr, immer mehr, immer mehr. Und mein Herzschlag beschleunigt sich, mein Blutdruck steigt und steigt, die Frequenz meiner Nervenvibrationen wird höher und höher. Die Dichte meiner Aktivitäten wird immer größer, sie nähert sich der eines Neutronensterns und die Dichte meiner Aktivitäten reicht in naher Zukunft an die Dichte eines schwarzen Loches heran, eines alles verzehrenden schwarzen Loches. Das ist das Ende von allem, das Ende von Raum und Zeit. Und ebenso exponentiell steigt damit meine Erschöpfung, meine mich alles verzehrende und aussaugende Erschöpfung. Sie saugt alles aus: Antrieb, Aktivität, Mut und Engagement, Hirn und Verstand. Und Energie. Energie ist Masse mal Lichtgeschwindigkeit zum Quadrat. Schon wieder die Lichtgeschwindigkeit, diese unerreichbare Geschwindigkeit, und auch noch zum Quadrat. Masse ist die mir aufgebürdete und sich mir exponentiell aufgeladene Last dieser Welt, dieser Existenz. Je mehr Energie, desto mehr Erschöpfung. Die Erschöpfung fehlt in dieser Gleichung, der berühmtesten Form der Welt. Energie und Erschöpfung sind austauschbar. Steigt die Energie ins Unermessliche durch die immer mehr aufgeladene Masse, steigt auch die Erschöpfung ins Unermessliche und wir landen wieder im schwarzen Loch, dem Ende von Raum und Zeit. Und das ist noch nicht einmal das Schlimmste.

Helfersyndrom!

Das Schlimmste ist: Die mir alles aussaugende Energie des Daseins, diese Existenz, die mir das letzte Quantum an Energie aussaugt und mir somit die unendlich erreichbare Masse an Erschöpfung aufbläht, saugt mir das Wichtigste aus, was Mensch und Kreatur haben kann und hat: Die Libido, die Lust. Die Lust am Sex, die Lust am Essen und Trinken, die Lust, sich zu bewegen, die Lust, ein Buch, meine Gitarre oder eine Zigarre in die Hand zu nehmen, sie anzuzünden und an ihr zu ziehen. Sie nimmt mir sogar die Lust, aufs Klo gehen zu wollen, denn ich will gar nicht, sondern ich muss. Und ebenso will ich gar nicht arbeiten, sondern ich muss. Und auch das stimmt wieder nicht, denn ich will ja arbeiten, aber ich kann nicht. Die mich alles aussaugende Existenz, die an ein Höchstmaß der Vorstellbarkeit generierende Erschöpfung, verhindert, dass ich kann, obwohl ich muss. Und dieses müssen erzeugt nur das eine, nämlich Erschöpfung. Die Erschöpfung des Lebens, leben zu wollen, ein Leben, was man will, obwohl man nicht kann, aber muss. Leben zu müssen, um sich weiter erschöpfen zu lassen. Sich erschöpfen und erschöpfen lassen. Ein Leben lang, 1000 Leben, unendlich viele Leben. So lange, bis man endlich dorthin gekommen ist, wo man hingehört: Im schwarzen Loch.

Nur: Wie entkommt man einem schwarzen Loch, wenn man einmal hineingefallen ist? Physikalisch ist das unmöglich. Aber ist es auch menschlich unmöglich? Ich bin 54 Jahre alt, aber bin ich das wirklich? Ich könnte auch 14, 24 oder 44 Jahre alt sein oder 440. Ob ein Lebensalter ausreicht, zu wissen, wie man einem schwarzen Loch der Erschöpfung, des Lebensüberdrusses entkommt? Oder ob dafür nicht andere Kriterien gelten? Ich weiß es nicht, wie ich so vieles nicht weiß! Und ehrlich: Im Moment ist mir das alles doch auch scheißegal! Sex, Libido, leben, funktionieren, existieren, probieren, vegetieren und so weiter. Ehrlich, im Grunde ist mir das wirklich scheißegal geworden. So weit ist es mit mir gekommen! Das Einzige, was ich nicht kann, was ich wahrscheinlich niemals können werde, ist, aufhören zu denken,

nachzudenken. Über den Sinn und den Unsinn des Lebens nachzudenken, darüber, wie man Probleme, die ohne Zweifel in
höchster Zahl vorliegen, löst, wie ich meine Probleme und die
der Welt löse. Und ich kann nicht anders. Die göttliche Vorsehung, die mich zur Funktionsmaschine auserkoren hat, hat mich
ebenso zur Problemlösemaschine auserwählt. Aber kann man
durch Nachdenken Probleme lösen? Man kann durch Nachdenken über Probleme philosophieren und damit ganze Bibliothe-
ken füllen. Aber Probleme durch Nachdenken lösen? Ich weiß
nicht… kann man einem schwarzen Loch durch Nachdenken
entkommen? Ich weiß es nicht. Vielleicht bin ich einfach nur ein
Fall für ein schwarzes Loch.

47

Nun, ich bin mit Sicherheit ein Fall für ein schwarzes Loch. Aber
das gibt keine Antwort auf die Frage, wie man dem entkommen
kann. Wie gesagt, Probleme lösen durch Nachdenken hilft nicht.
Also versuche ich es mit Humor. Humor hilft immer, oder meistens, oder oft. Oder manchmal. Ein Versuch ist es auf jeden Fall
wert.
Symptome eines psychoemotionalen schwarzen Loches sind die
alles übersteigende Genervtheit und Reizbarkeit. Also nerve ich
die, die mich reizen und nerven: Die Welt, Gott, meinen Vorseher
und die Welt. Ich gehe jetzt einfach einmal allen auf den Sack.
Und eine teuflische, spontane Eingabe hilft mir weiter. Ich kann
mich ja über alles, über Gott und die Welt, aufregen. Und just
gibt mir der Teufel eine Idee, wie ich mich über die Ideenwelt
von Gott und der Welt aufregen kann. Und er gibt mir ein Beispiel in dem Moment, in dem ich eine Zeitschrift lese. Eine Intel-
lektuellenzeitschrift. Und deren neue Sprache nervt mich. Die
Sprache der Intellektuellen, der Hoch- und Höchstintellektuellen. *Die Grenzen meiner Sprache bedeuten die Grenzen meiner Welt,*
sagt Wittgenstein. Die Grenzen meiner sinnlosen Sprache

bedeuten die Grenzen meiner sinnentleerten Welt. Und Sinnlosigkeit ist unbegrenzt, grenzenlos. Das sage ich. Grenzenlos wie die Gender-Sprache[52] der Höchstintellektuellen und deren intellektuellen und intelligenzarmen Vasallen.

Beispiele hierzu gefällig?

Nun, ich nehme einfach einmal die Bausteine der Sprache und experimentiere mich durch das Alphabet. Ich gendere mich sozusagen durch:

A wie liebe Arschgeigen und Arschgeigerrinnen
B wie liebe Bürokraten und Bürokratinnen
C wie liebe Christen und Christinnen
D wie liebe Deppen und Deppinnen
E wie liebe Eisesser und Eisesserrinnen
F wie liebe Freunde und Freundinnen

Stop!

Eine Alternative hierzu wäre:

F wie liebe Furzer und Furzerrinnen

G wie liebe Gäste und Gästinnen
H wie liebe Hasen und Haseninnen
I wie liebe Igel und Igelinnen
J wie liebe Jasager und Jasagerinnen
K wie liebe Komiker und Komikerinnen.
L wie liebe Lesben und Lesbierinnen
M wie liebe Männer und …Frauen

(… hier ist wirklich eine Grenze der Sprache und der Welt…)

N wie liebe Neinsager und Neinsagerrinnen
O wie liebe Orientierungslose und Orientierungslosinnen
P wie liebe Pobacken und Pobackinnen
Q wie liebe Querulanten und Querulantinnen

(…Querulantinnen sind die ICHs in weiblicher Form…)

R wie liebe Ratlose und Ratlosinnen
S wie liebe Sinnlose und Sinnlosinnen
T wie liebe Teufel und Teufelinnen
U wie liebe Unkundige und Unkundiginnen
V wie liebe Versager und Versagerinnen
W wie liebe Wortfindungsgestörte und Wortfindungsgestörtinnen
X wie liebe Xylophone und Xylophoninnen
Y wie liebe Ypsilone und Ypsiloninnen
Z wie liebe Zerstreute und Zerstreutinnen

Noch mal von vorne? Nein? Wirklich nicht? Ja, die Grenzen einer sinnlosen Sprache sind die Ungrenzen einer sinnentleerten Welt. Also hilft der Humor auch nicht weiter. Da bleibe ich doch lieber schön in meinem schwarzen Loch…

48

Ich denke einfach zu viel nach. Ich will alles lösen. Wie koordiniere und kontrolliere ich mein Leben? Wie koordiniere und kontrolliere ich meine Arbeit? Wie entkomme ich dem Hamsterrad? Wie gebe ich den Duracell-Hasen in mir auf? Wie kann ich auf diesem Planeten leben, obwohl ich aus einer anderen Welt komme?

Sinnfragen sind unlösbar! Sinnfragen sind Nonsens-Fragen!

Stille…

Ein Moment: NICHTS
Eine Seite: NICHTS
Eine Minute: NICHTS
Eine Schallplattenseite: NICHTS
Eine Stunde: NICHTS
Ein Fernsehprogramm: NICHTS
Ein Tag: NICHTS
Ein Arbeitstag: NICHTS
Eine Woche: NICHTS
Ein World-Wide-Web: NICHTS
Ein Monat: NICHTS
Eine Krise: NICHTS
Ein Jahr: NICHTS
Ein Krieg: NICHTS
Ein Leben: NICHTS
Ein Arbeitsleben: NICHTS

Die Ewigkeit: NICHTS

Anderssein.

Wenn man nicht ist wie ich,
Kann man sein,
Wie ich nicht bin,
Wie man ist.

Wenn man nicht fühlt wie ich,
Kann man fühlen,
Wie ich nicht fühle,
Wie man fühlt.

Wenn man nicht denkt wie ich,
Kann man denken,
Wie ich nicht denke,
Wie man denkt.

Wenn man nicht lebt wie ich,
Kann man leben,
Wie ich nicht lebe,
Wie man lebt.

Anderssein. Was ist das: Anders sein? Anders als andere? Bin ich anders als andere? Wie bin ich denn? Und wie sind denn die anderen? Sind sie anders als ich? Wie unterscheide ich mich denn von den anderen und die anderen von mir? Nun, ich denke nach, aber das tun die anderen auch. Nur wie denke ich nach und wie denken die anderen nach? Wie denke ich über die Dinge und die Welt und die Dinge in der Welt nach und wie tun das die anderen? Was denke ich über die Dinge, die in der Welt passieren und was denken die anderen? Man kann oft in den Zeitungen, Zeitschriften oder Büchern lesen oder in allen anderen Medien erfahren, was die anderen über die Dinge denken, stündlich, minütlich, sekündlich. Immer und überall kann man erfahren, was die anderen über die Dinge, die in der Welt passieren, denken. Nur denken sie das wirklich? Oder denken sie, dass sie nur meinen, dass sie denken, wie sie denken? Und ich, denke ich wirklich so über die Dinge wie ich denke, oder meine ich nur, so zu denken, wie ich denke? Wie denke ich über die Dinge, die mich bewegen? Was denke ich darüber und wie denke ich darüber nach? Wie denke ich über das Leben nach, wie über mein Leben und das Leben der anderen? Was denke ich über meine Arbeit und die Arbeit der anderen? Was denken sie über ihre Arbeit und meine? Wie denke ich über das nach, was im Leben Spaß macht und was keinen Spaß macht und was denken die anderen darüber? Wie und was denke ich über Sex und wie und was denken die anderen über Sex? Denke ich anders darüber als die anderen oder denken die anderen über Sex anders als ich? Was denke ich über den Tod? Und was denken die anderen darüber? Denke ich anders als sie oder denken sie anders als ich? Vielleicht denken wir, ich und die anderen, über das Gedachte gleich. Und doch unterschiedlich. Vielleicht unterscheiden wir uns in unserem Denken ja gar nicht und tun es dennoch. Vielleicht. Vielleicht auch nicht. Man weiß es nicht. Ich weiß es nicht. Ich weiß nichts über die anderen. Obwohl sie ständig über sich reden, obwohl sie ständig fast alles und dennoch nichts über sich preisgeben, obwohl sie permanent mitteilen, was sie denken und was sie gedenken, zu tun, weiß ich im Grunde nichts über die anderen. Und das Schlimme ist: Ich weiß auch nichts über mich. Ich denke zwar viel über mich, und was mich bewegt, nach, aber wissen tue ich nichts darüber. Rein gar nichts! Und da ich nun mal nichts weiß, weder über mich noch über die anderen, bin ich anders als die anderen. Anders als die, die alles wissen.

49

Traum.

Ich träume. Ich spüre, dass ich träume. Ich bin wieder Student der Medizin, im letzten Studienjahr, im praktischen Jahr, das ich in der Klinik des ruhmvollen, hochdekorierten Professor Doktor Doktor Doktor Müller zur Mühle bestreite. Mit zahlreichen, ihm treu ergebenen, ärztlichen und nicht ärztlichen Vasallen stehe ich zur Visite am Krankenbett eines seiner Patienten. Wir warten auf das Erscheinen des Herrn und Meisters. Es öffnet sich die Zimmertür und der ehrfürchtige Superprofessor betritt mit einer riesigen Entourage den Raum. Er beachtet jedoch die riesige Menschenmenge gar nicht, nein, er wendet sich sofort mir zu: *Das ist aber ein schöner Ohrring, den Sie da tragen. Sie müssen doch wissen, dass ich das nicht mag! Ein Arzt muss neutral sein!*
Es entsteht eine kurze Pause, in der nichts passiert. Dann drehe ich mich zu dem Alten hin und erwidere: *Hey, Alter, ich trage nicht nur einen Ohrring, sondern am anderen Ohr noch zwei mehr, daneben sind meine Nippel gepierct und zudem trage ich auch noch einen Cock-Ring!*
Pause.
Jetzt passiert folgendes: Der Alte schäumt vor Wut, bekommt einen hochroten Kopf und schrumpft immer mehr zusammen, bis er die Größe eines Streichholzes erreicht. Ich aber wachse über mich hinaus, werde immer größer und größer und erwache.

Mein Kampf

Ich scheiße
auf Psychologenscheiße!

Ich scheiße auf Diplomatie,
denn sie schadet meistens
und hilft nie!

Ich scheiße auf verbale Deeskalation.
Verbale Deeskalation,
wen interessiert das schon?

Ich scheiß` darauf, es gut zu meinen,
denn gut machen und gut meinen
lässt sich gar nicht gut vereinen.

Nicht den Frieden bringe ich Euch,
sondern das Schwert,
zu zerschlagen alles,
was mich bedrückt
und an mir zerrt.

50

Lost in Sex. Verloren im Sex. Verloren in meiner Libido. Verloren in meiner Sexualenergie, meiner Lebensenergie, meiner Energie. $E = mc^2$![53] Da kommt ganz schön Energie bei meiner Masse zusammen. Nur wie kontrolliere ich meine Energie? Impulskontrolle? Wie kontrolliere ich meine Impulse? Wie kontrolliere ich etwas, was nach aufbrauchen meines Energiebrennstoffes wie eine Supernova aus mir herausexplodiert? Im Grunde bin ich ein harmoniebedürftiger Mensch, der nichts mehr als die absolute Ruhe sucht. Ruhe in einer unruhigen Welt, in einer über allen Maßen unruhigen Welt? Wie passt das zusammen? Seichtes, dahinplätscherndes Wasser verändert diese unruhige Welt nicht und auch nicht mein unruhiges, in der Unruhe der Welt gefangenes Leben. Aggressivität! Aggressivität verändert die Welt. Man sieht es. Tagtäglich. Auf allen Kanälen, die nicht mehr abzuschalten sind. Aggressivität. Ein Naturgesetz. Nur der Aggressive pflanzt sich in der Natur fort. Nur der Aggressive gewinnt den Kampf darum, sich fortzupflanzen. Sex ohne Aggression? Nur mit der nötigen Aggression des Handelns wird man seinen Höhepunkt erreichen. Wer nicht aggressiv genug arbeitet, wird ihn nie erreichen! Nur Aggression brennt. Sie brennt aus. Sie brennt die Natur aus und den Menschen darin. Nichts ohne die nötige Aggression. Aber nur Aggression führt zu nichts. Was zurückbleibt, am Ende, ist nur verbrannte Erde. Ein Dilemma!
Es gibt mit Sicherheit ein besseres Leben, als Mensch zu sein. Es gibt mit Sicherheit ein besseres Leben, als Arzt zu sein. Es gibt auch mit Sicherheit ein besseres Leben, als Künstler zu sein. Und es gibt mit großer Sicherheit auch ein besseres Leben, als Gesellschaftskritiker zu sein. Wer die Wahrheit sagt, macht sich selten Freunde. Nur nützt es nichts, nicht die Wahrheit zu sagen. Denn wer die Unwahrheit sagt, landet irgendwann vor irgendeinem Gericht und das Spiel mit der Wahrheit geht von vorne los. Und wieder dreht man sich im Kreis, im Hamsterrad, in der Kugelgestalt der Zeit.

Die Kugelgestalt der Zeit. Ein schwarzes Loch ist eine Kugel, in dem Raum und Zeit verloren sind. Das Leben ist eine Kugel, die aus Raum und Zeit besteht. Und so drehe ich das Leben und damit die Zeit. Und drehe sie wieder einmal zurück.

Ich bin 24, Student der Medizin und in Raum und Zeit verloren. Ich bin gefangen in mir und meinem moralischen Regulator. Und verloren im Sex. Aber Sex ist das, was ich will. Und Liebe und Anerkennung. Aber all das ist schwierig zu bekommen, wenn man in sich und seinem moralischen Regulator gefangen ist. Und da ich die Frauen nicht ansprechen kann, bekomme ich sie auch nicht. Da will es der Zufall, dass wieder eine auf mich trifft. Über einen Freund lerne ich sie kennen. Sie ist vier Jahre älter als ich und scheint reifer zu sein. Scheint! Ein Abenteuer. Sie ist nicht nur reifer als ich oder scheint es zu sein, sie ist auch kräftiger als ich. Die Titten sind gut, sie eignen sich zum Titty-fuck, was auch ganz gut funktioniert, da alle anderen Praktiken nicht besonders gut funktionieren. So viel zur Reife! Aber wie bei allen Sachen ist auch an der Sache ein Haken. Sie ist unzuverlässig! Sind unsere Treffen und Verabredungen zu Beginn noch harmonisch und verheißungsvoll, werden sie, im Verlauf der Zeit und zunehmend schlechtem und immer schlechter werdendem Sex, immer unzuverlässiger. Sie versetzt mich ein ums andere Mal. Ich spüre der Sache nach. Und treffe sie in ihrer Wohnung mit einem anderen Typen, einem ihrer Arbeitskollegen. Nicht beim Sex, sondern im Gespräch. Eifersucht ist keine gute meiner schlechten Charaktereigenschaften. *Nein, mein Freund, ich versteh das nicht falsch, wie Du meinst. Verpiss Dich sofort und sei froh, dass ich Dir nicht in die Fresse haue!* Das macht meine Beziehung zu ihr nicht besser und sie wird auch nicht mehr besser. Trotzdem halte ich vorerst noch an ihr fest, ich klammere mich sozusagen fest. Das wirft mich in meine Kindheit zurück. Ich erwache wieder nachts mit Erstickungsanfällen und reiße in Todesangst die Fenster auf. Scheiße. Scheiß Beziehung! Und ihre Unzuverlässigkeit mir gegenüber wächst und wächst. Nach kurzer Zeit tue ich im Zorn das für mich einzig richtige: Ich beende die Beziehung. Trotzdem schreibt sie mir, auch Jahre danach, immer noch Postkarten, selbst dann noch, als sie mit dem anderen Typen, der sich von seiner Frau getrennt hat, verheiratet ist und ein Kind hat. Reife? Wie dem auch sei, ich zerreiße alle Karten und werfe sie ins Altpapier. Ich bin wieder allein. Mit mir allein.

51

Sinnfragen

Wo ist nur meine Energie geblieben?
Habe ich sie ganz verloren?
Einst in Lichtgeschwindigkeit geboren,
hat das Leben sie mir ausgetrieben.

Wo ist nur meine Lust hingekommen?
Hat das Leben sie mir auch genommen?
Wohin bin ich nur geraten,
nach so vielen Jahren, so vielen Tagen?

Was ist nur aus dem Leben geworden?
Ist es in mir ganz gestorben?
Ist in der Zeiten Hetze und Hast
dessen Glanz nun ganz verblasst?

Und was fange ich nun ohne Elan
in des Schicksals weiteren Lauf,
Sisyphos[54] Hügel runter und rauf,
letzten Endes mit mir an?

Langsamer

Langsam.
Die Uhr.
Die Uhr langsamer stellen.
Die innere Uhr.
Langsamer stellen.

Langsam.
Die Zeit.
Die Zeit langsamer laufen.
Die eigene Zeit.
Langsamer laufen lassen.

Langsam.
Die Geschwindigkeit.
Die Geschwindigkeit verlangsamen.
Die äußere Geschwindigkeit.
Verlangsamen.

Langsam.
Das Leben.
Das Leben verlangsamen.
Das eigene Leben.
Langsamer Leben.

Ich bin immer noch stresskrank. Ich denke wohl in manchen Momenten, es sei vorbei, beim nächsten Augenblick schlägt die Erschöpfung jedoch zurück, die Überforderung mit allem und jedem. Die Burnout-Krankheit ist die Erkrankung der Losigkeiten: Energielos, kraftlos, antriebslos, elanlos, lustlos, ideenlos, planlos. Sinnlos. Sie ist nur eines nicht: Stresslos. Der Stress, den man so gerne loshätte, bekommt man nicht los. Also arbeitet man haltlos weiter im Getriebe der Maschinenwelt und funktioniert weiter. Burnout und Depression unterscheiden sich voneinander. Der Depressive kann nichts mehr, es geht gar nichts mehr und zu allen Losigkeiten gesellt sich noch die Freudlosigkeit hinzu. Beim Burnout will man so gerne funktionieren, so viele Aufgaben, so viele Dinge warten darauf, erledigt zu werden, aber es funktioniert einfach nicht, es funktioniert nichts mehr. Trotzdem läuft die Maschine weiter, dreht sich das Hamsterrad, trommelt der Duracell-Hase munter drauf los. Und das Einzige, was funktioniert, obwohl nichts mehr funktioniert, ist, dass man funktioniert. So lebt man als Maschine, die einst Mensch gewesen, weiter. Ich kenne beide Krankheiten, die Depression und nun auch den Burnout. Die Depression ist die schlimmere davon. Sie ist jenseits des Ereignishorizonts des schwarzen Loches. Es gibt kein Entrinnen mehr. Glaubt man. Denkt man. Beim Burnout ist man auf dem Weg ins schwarze Loch, noch diesseits des Ereignishorizonts. Man dreht sich spiralartig in immer schnellerer Geschwindigkeit auf diesen zu. Bis man die Lichtgeschwindigkeit erreicht. Hat man sie erreicht, steht die Zeit still. Und man überschreitet den Ereignishorizont und fällt hinein ins schwarze Loch. Die Lichtgeschwindigkeit ist das Einzige, was funktioniert ohne Energieverlust. Seit dem Anbeginn der Welt, seit dem Beginn des Universums.

Habe ich, mit meiner Beschäftigung mit mir selbst eine Büchse der Pandora[55] geöffnet? Es ist nur keine Hoffnung darin! Es sind die Dinge mit UN–: Unsicherheit, Unausgeglichenheit, Unruhe, Unlust, Unvollkommenheit, Unsinn. Es ist alles nur ein großer Unsinn! Vielleicht sollte ich mich nicht mehr mit mir beschäftigen. Dann würde ich mich aber dem Unsinn geschlagen geben.

Schöpfung

Zeit.
Mehr Zeit.
Noch mehr Zeit.
Noch viel mehr Zeit.
Unendlich viel Zeit.
Unendlichkeit.

Erschöpfung.

Begrenzung

Beschäftigen.
Sich beschäftigen.
Sich mit sich beschäftigen.

Nicht beschäftigen.
Sich nicht beschäftigen.
Sich nicht mit sich beschäftigen.
Sich nicht mehr mit sich beschäftigen.

Beschäftigen.
Sich beschäftigen.
Sich mit der Welt beschäftigen.

Nicht beschäftigen.
Sich nicht beschäftigen.
Sich nicht mit der Welt beschäftigen.
Sich nicht mehr mit der Welt beschäftigen.

Die Grenzen meiner Sprache.
Sind die Grenzen meiner Welt.

Grenzen.
Erreichen.
Grenzen erreichen.

Ist es wirklich (wie immer?) alles nur eine Frage der Zeit, aus der Krise wieder rauszukommen? Auch der Rock `n' Roll wird, von Zeit zu Zeit, begraben und kommt doch immer wieder wie Phoenix aus der Asche hervor.

Das ständige Nachdenken bringt mich noch um. *Wenn man zu denken anfängt, beginnt man, begraben zu werden.* Das schreibt Albert Camus[56] im *Mythos von Sisyphos*. Aber ohne nachdenken kein Leben. Ich denke ein ganzes Leben lang schon nach, in jeder freien Minute, in der ich nichts tue. Oft tue ich nichts, weil ich einfach nur nachdenke, weil mich das Nachdenken einfach vom Handeln abhält, weil mich das Nachdenken über das Handeln davon abhält. Oft denke ich nach, weil ich nichts tue, weil mir alles Tun und Handeln zu viel ist. Sein ist Handeln. So bin ich leider oft *nichts*, bin ich oft *nichts* gewesen in meinem Leben, weil ich zu viel nachgedacht und zu wenig getan habe. Das nicht Handeln bestimmte also häufig mein Sein, deshalb *war* ich oft zu wenig, war ich oft zu wenig Ich. Der Rock `n' Roll in mir war zu wenig Rock `n' Roll, der Sex in mir zu wenig Sex, das Leben in mir zu wenig Leben, zu wenig gelebtes Leben, zu viel gedachtes Leben. Schlimmer noch, ich denke und dachte zu viel über das ungelebte Leben, den ungelebten Sex und den ungelebten Rock `n' Roll nach. Und noch schlimmer, das zu wenig gelebte und zu viel gedachte Leben in mir denkt und dachte zu viel über das Leben der anderen nach, über deren gelebtes und ungelebtes Leben, über deren Sein und Handeln und deren Sein ohne Handeln und auch deren Handeln ohne Sinn. Im Nachdenken war ich schon immer eine Größe, allerdings hatte mein Nachdenken, zumindest in früheren Zeiten, selten eine Relevanz für die Welt und für mich nur in dem Sinne, dass ich mich noch mehr von der Welt und in mich zurückzog und in mir versank. Ich versank in mir und meinen Depressionen, der Niedergeschlagenheit, durch mein Denken, ohne zu handeln, nichts erreichen zu können. Destruktives Denken nenne ich das. Das Gegenteil von destruktivem Denken nenne ich konstruktives Denken. Konstruktives Denken ist positiv! Destruktives Denken ist negativ, Stillstand, Niedergang, dem Tod geweiht. Positives Denken ist dem Leben gewidmet und dient somit dem Überleben. Dem Überleben der Menschen. Die meisten Menschen denken positiv. Ob sie damit auch konstruktiv denken, sei dahingestellt. Hier scheint ein unnatürlicher Widerspruch zu sein. Positives Denken ohne Konstruktivität zeigt sich allenthalben. Es zeigt sich selbst dann noch, wenn die Situation absolut in die Scheiße gefahren ist und in der Scheiße festzustecken scheint. Positives Denken ohne Konstruktivität zeigt sich wirklich allüberall. Es zeigt sich ganz besonders in der Politik und im Sport. Eine Situation kann noch so verfahren, noch so hoffnungslos, noch so durch und durch negativ sein, man kann ihr doch noch etwas Positives abgewinnen. Man erkennt die eigene Realität nicht, indem man die eigentliche Realität verkennt. Heilig, heilig, heilig werden Scheinheiligkeit in höchsten Tönen ausposaunt, in alle auf sie gerichteten Mikrofone gesprochen und in alle für sie gezückten Notizblöcke diktiert. Mit der größten Selbstsicherheit und im Flutlicht der eigenen Überzeugung. Keine Selbsteinschätzung kann groß genug sein, als dass sie nicht einer individuellen und dadurch auch kollektiven Selbstüberschätzung gereicht. Das eigene Sein und Handeln ist immer das größte, das beste, das tollste. Wenn überhaupt etwas destruktiv und negativ ist auf der Welt, dann ist es der andere, die anderen, das andere. Der andere, die anderen, das andere sind immer schuld an Destruktivität und Negativität des eigenen Seins und Handelns. Egozentrismus als Lebenssinn, Lebensinhalt und Lebensziel. So scheint die Welt in ihrem Sein und Handeln somit in ihrem Denken durch und durch zu sein.

Dass das Leben aber ganz anders ist, als es zu sein scheint, erkennt für sich nur der Depressive. Nur er erkennt das wahrhaft Destruktive und Negative der Welt in sich. Er kennt das reine Sinnlose, die Hoffnungslosigkeit des Daseins in sich. Er sieht die Ursachen der Losigkeiten, die Lustlosigkeit, die Ideenlosigkeit, die Planlosigkeit, die Antriebslosigkeit als Wurzel allen Übels in sich. Und irgendwann erkennt er selbst das noch nicht einmal mehr. Dann ist alles aus, dann ist die absolute Nulltemperatur, das endgültige Erstarren im Nichtsein erreicht. Der Depressive erkennt sich als Ursache der Destruktivität. Er erfährt die Überzeugung, an allem Schuld zu sein. Hier ist der Egozentrismus zum Lebensunsinn mutiert und zum Lebensinhalt geworden. Ein Lebensziel scheint es nicht mehr zu geben. Auf das Leben folgt nur noch der Tod. Schuld an allem, Schuld an der eigenen Niederlage und der Niederlage der ganzen Welt, wofür alle anderen, nach deren Ermessen, gar nichts können, da sie ja durch und durch positiv denken und sind. Wer zu denken anfängt, beginnt nicht nur, untergraben zu werden, nein, er löscht sich nach und nach selbst aus. Somit bekenne ich mich schuldig! Ich bekenne mich schuldig, nachzudenken und schon immer nachgedacht zu haben, destruktiv nachgedacht zu haben. Ich kenne sie, die Depressionen, kenne sie nur zu gut, habe sie oft erlebt und erlebe sie immer wieder. Ich bin wirklich lost. Nicht nur lost in Sex, nein, auch lost in my Mind and lost in Being. Lost in Me! Es gibt nur eine Chance, die, die zuletzt stirbt, bevor der Tod kommt: Die Hoffnung!

Also öffne ich nun doch die Büchse der Pandora.

Ich. Habe. Zu. Nichts. Lust!

Dieser Zustand ist unerträglich!

Ich weiß, dass es Zustände außerhalb dieses Zustandes gibt und dass diese Zustände nicht nur erträglich, nein, dass sie lebenswert sind. Nur dieser Augenblick ist es nicht. Aber ich kenne das. Das ist eine Phase. Eine Phase, von der ich weiß, dass sie irgendwann endet, wie das schon immer so war, immer so gewesen ist. Nur wann ist irgendwann und was hilft mir, sie irgendwann bald wieder zu erreichen? Ein Leben, in Phasen aufgeteilt, gute und schlechte, ein regelrechter Phasentanz, *Phase Dance*. Hin und her, hoch und runter, on and off! Nur: Es ist sehr anstrengend und es stellt sich die Frage nach dem Lebenssinn. Der endlose Kampf gegen die Unlust und Motivationslosigkeit. Warum kann ich nicht immer motiviert sein? Es stimmt nicht, dass Energie niemals verloren geht. Sie geht sogar viel zu oft verloren, sie wird kritiklos einfach so weggeworfen. Und hat man das getan und braucht sie dann wieder, ist es sehr mühsam, sie zu suchen und es ist noch schwerer, sie zu finden.

Geduld. Nichts als Geduld. Geduld hilft bestimmt. Das Leben ist ja noch nicht vorbei. Und wenn es so wäre, dann habe ich immerhin gelebt. Also: Geduld. Es wird wiederkommen, was kommen will. Das Leben geht weiter, auch wenn es nicht immer auf Knopfdruck funktioniert!

Die psychische Krankheit eines Menschen und dessen Erschöpfung haben immer mit seiner Persönlichkeit zu tun. Meine inneren Konflikte haben mit mir zu tun. Mache ich die Konflikte der anderen zu meinen, dann haben sie mit mir zu tun. Es ist Teil

meiner Persönlichkeit, dass ich alle Konflikte, auch die, mit denen ich primär nichts zu tun habe, emotional zu meinen Konflikten mache. Ich bin / ich habe ein Riesenego! Warum mache ich die Probleme der Welt zu meinen? Frage ohne Antwort…
Leben heißt leiden. So will es die Natur. Nein. Leben heißt leben. So will es die Kultur. Kultur ist die Weiterentwicklung der Natur. Also versuche ich für mich, eine Kultur zu entwickeln, eine Kultur des Lebens. Eine Kultur zu leben. Mein Leben ist geprägt von Aufs und Abs. Mal ist alles im Fluss, mal stockt es. Das sind immer Phasen. Ich weiß leider nie, wie lange die Phasen dauern, wann sie beginnen und wann sie enden. Die Hochphasen sind immer ganz nah am Glück, am Leben, die Tiefphasen Lichtjahre davon entfernt. Ich will immer Glück und nie Leid. Aber Glück kostet Energie. Leid allerdings auch.

Die Welt ist geprägt von Bürokratie, Borniertheit und Berufsschwachmatentum. Das ist die Welt. Das ist das Absurde. Nicht daran zu zerbrechen bedeutet, das Absurde zu überwinden.

Im dritten Monat schon. Energielosigkeit. Antriebslosigkeit. Erschöpfung. Am Rande der Depression. Vielleicht auch schon über den Rand hinaus. Es fehlt: Lebensfluss, Lebensenergie, Energie, Lebensfreude, QI[57]. Wann wird das alles wiederkommen? Was muss ich noch tun, damit das wiederkommt? Was habe ich getan, dass es so ist, wie es seit einigen Monaten ist? Was habe ich falsch gemacht? Was mache ich nur immer wieder falsch, dass es so kommt, wie es gerade wieder mal ist? Warum immer wieder Höhen und Tiefen? Kann das Leben nicht einmal nur aus Gleichförmigkeit bestehen? Warum? Warum gibt es nichts in meinem Leben, wofür ich dauerhaft und gleichförmig brennen kann? Für meine ganze Lebensspanne. So wie die Sonne. Es ist keine Sonne in mir. Nur sehr kurzlebige Sterne. Die leuchten und vergehen. Und sich irgendwann wieder neuformieren, um erneut zu leuchten und erneut zu vergehen.

In Memoriam Wilhelm Busch

„Bist Du wütend, zähl bis vier,
bist Du's noch, dann explodier!"

Bist Du passiv, zähl bis vier,
bist Du's noch, dann reagier!

Bist Du überfordert, zähl bis vier,
bist Du's noch, dann probier`
(es noch einmal).
Klappt es nicht, ist's einerlei,
dann zähle einfach nur bis drei!

Und bist Du müde, zähl bis zwei,
bist Du's noch, ist's einerlei
und es zählt nur noch eins:
Leg' Dich schlafen!

Ich habe ein altes Konzept wieder entdeckt: Die Hypersensibilität. Mein Konzept des hypersensiblen Menschen: *Ich*! Mein Leben im hypersensiblen Geist und Körper: *Ich*! Mein Leben und meine Existenz als hypersensibles Wesen in einer rauen Welt: *Ich*! Ich habe das (wieder –) erkannt. Nun sehe ich wieder klarer und fühle mich deutlich besser! Es geht nicht um die Probleme der Außenwelt, es geht nicht darum, diese zu lösen, diese anzugehen oder abzulehnen oder zu verschieben. Es geht darum: Wie kann ich als hypersensibles Wesen mit den Problemen der Außenwelt in mir umgehen? Ich denke, dass ich die Probleme der Außenwelt, die ich angehe, gut löse. Nur nehme ich die Probleme viel schneller auf und nehme sie intensiver wahr, ich beurteile sie strenger und unterziehe sie einer gewissenhafteren Prüfung als der Durchschnittsmensch. Und ich denke viel mehr und viel intensiver darüber nach. Der Hypersensible hat einfach mehr Rezeptoren für die Probleme und Reize der Außenwelt, die auf ihn einstürzen. Und er reagiert einfach intensiver darauf und setzt sich tiefer damit auseinander. Das ist sein Naturell. Es ist keine Krankheit.

Notschrei der Kunst

KUNST IST der Notschrei jener, die an sich das Schicksal der Mensch-
heit erleben. Die nicht mit ihm sich abfinden, sondern sich mit ihm aus-
einandersetzen. Die nicht stumpf den Motor »dunkle Mächte« bedie-
nen, sondern sich ins Laufende stürzen, um die Konstruktion zu
begreifen. Die nicht die Augen abwenden, um sich vor Emotionen zu
behüten, sondern sie aufreißen, um anzugehen, was angegangen wer-
den muss. Die aber oft die Augen schließen, um wahrzunehmen, was
die Sinne nicht vermitteln, um innen zu schauen, was nur scheinbar
außen vorgeht. Und innen, in ihnen, ist die Bewegung der Welt; nach
außen dringt nur der Widerhall: Das Kunstwerk.

Arnold Schönberg[58]

53

Es geht mir besser, viel besser! Ich arbeite, mithilfe der Bücher von Elaine Aron[59], an meiner Hochsensibilität. Ich muss sagen, dieses Konzept der totalen innerlichen und äußerlichen Übererregbarkeit meiner Nerven ist das einzige, das für mich stimmig ist. Sind die Probleme oder sind Probleme überhaupt in mir, egal ob äußere oder innere, setzt sich mein Kopf damit auseinander und das wird so intensiv, dass es körperlich in überhöhter Gereiztheit und Erschöpfung endet.

Also: Große Erkenntnis:

Nur wenn ein Problem in meinem Kopf ist und sich dieser damit auseinandersetzt, ist es mein Problem. Lasse ich das Problem nicht in meinen Kopf, ist es nicht mein Problem. Damit habe ich den ersten Schritt in die kognitive Selbst-Verhaltenstherapie unternommen.

Ich weiß nicht, ob ich ein erfülltes Leben gelebt habe.
Ich weiß nicht, ob ich ein unerfülltes Leben gelebt habe.
Ich weiß nur, dass ich lebe.
Und wenn ich einmal sterbe, weiß ich, dass ich gelebt habe.

Hochsensibel

Fühle
Gefühle in großer Zahl,
fühle sie ein- bis
hunderttausendmal.

Denke
Gedanken ohne Schranken.
Denke sie
am Tag und in der Nacht.
Gedanken, nie zu Ende gebracht.

Lebe
mein Leben.
Dies Leben
Wird es nur einmal geben.

Ein Leben,
ständiges Streben
nach Vollkommenheit und Glück.
Es gibt nur kein zurück.

Fühle
Gefühle mit Kummer, Sorge und Qual.
Und habe dennoch
keine Wahl.

Ein Leben.
Dies Leben, mein Leben,
wird es das
nur einmal geben?

Viele Ideen! Ich schreibe weiter. Es ist so vieles in mir. Ich fühle so viel. Nur ist es so oft versteckt unter der Last und dem Staub des Alltags, des Daseins. Ich bin, wie ich bin. Ich nehme mich mehr und mehr als hypersensibles Wesen wahr, und ich lerne, mich in diesem Kontext und in dieser Veranlagung zu bewegen und zu leben. Die Kreativität, der Lebensmut, die Lebensfrische, sie kehren zurück. Sie waren unter einem Berg voll Arbeit und der Last der ständigen Konflikte begraben. Das Gespür für die Hochsensibilität, meine Hochsensibilität, war schon immer da. Sie hat jedoch immer Konflikte in mir ausgelöst. Meine hochsensible Persönlichkeit machte den moralischen Regulator zu einem Überregulator, zu einer Instanz, zu einem unumstößlichen Gesetz, zu einem Dogma. Mein ganzes Leben habe ich darunter gelitten und leide heute noch darunter. Aber ich bin Phoenix, ich steige immer wieder aus meiner Asche empor, aus den Trümmern meiner Depression und Erschöpfung, ich finde mich wieder zurecht in den Irrwegen der Absurdität des Daseins.

Zeitlos

Versunken,
Stunden um Stunden.
In Gedanken versunken.

Ewig lange Zeiten.
Voranschreiten,
Und auf das Ende
vorbereiten.

Das Leben.
Aus den Angeln heben.
Und danach dennoch
weiterleben.

54

Es quält mich. Eine Illusion quält mich. Das Bewusstsein, dass mein Fake mich nun liked auf Facebook, quält mich. Was für ein Quatsch! Es ist ein minimaler, harmloser Nadelstich, tief in mir, ein Reiskorn unter sieben Matratzen, aber dennoch gibt es Phasen am Tag, an denen ich ihn spüre. Dann ist er im Kopf und löst Denk- und Traumkaskaden aus. Ich will das nicht. Ich will meine Ruhe haben und vor allem möchte ich keine neue Unruhe in mein Leben bringen. Ich nehme mir vor, mich darüber hinwegzusetzen. Ich schaffe das. Trotz meiner Hochsensibilität bin ich ein starker Mensch!

Fake Woman

Once, I fell in Love with a Fake,
but that Fake it was a Fate.
So I told Myself
before It's too late,
I will stop that Fake.
Before it will be my ultimate Fate.

L.E.B.E.N.

Einfach nur leben!

Den Moment leben. Nicht das Gestern, nicht das Morgen. Sein, im Hier und Jetzt. Nicht sein in Illusionen und Träumen, in schmerzhaften Gedankenexzessen. Mein Leben, im Hier und Jetzt, dankbar annehmen und genießen. Leben sei Leid, heißt es. Aber das Leid entsteht im Kopf. Durch ständiges Vor- und Zurückspulen. Durch ständiges Analysieren und Abwägen. Was könnte besser sein als meine Welt, so, wie sie in diesem Moment ist? Nichts!

Dennoch muss ich mit mir sprechen. Achtung! Hochsensibel! Wenn die Filter nicht funktionieren. Die Filter für Gut und Böse. Wie schaffe ich es, mehr und besser für mich herauszufiltern, was für mich gut, was für mich schlecht ist? Der Sinn des Lebens besteht darin, klar im Kopf zu sein. Es kommt. Ich weiß es. Vergiss, was du vergessen musst. Lebe, was gelebt werden soll! Integrieren und Ausgleich in sich schaffen! Ich spüre, dass etwas passiert, was thematisiert werden muss. Ich, meine Hochsensibilität, meine Gefühle, meine Emotionen. Gefühle und Emotionen können wir nicht abschneiden, als Hochsensibler schon gar nicht. Hier hilft *Ockhams Rasiermesser*[60] nicht weiter.

Inspiration

Bin ich Mensch?
Ja,
das bin ich sehr...

Bin ich Arzt?
Ja.
Doch es fällt mir schwer.

Bin ich Künstler?
Wer sagt mir das,
ob ja oder nein?

Bin ich Gesellschaftskritiker?
Ich bin und tue es,
es ist mein Sein!

Seit meiner Kindheit weiß ich, dass ich äußerst sensibel bin. Sensibler als andere Kinder, es scheint so zu sein, wenn ich mich mit ihnen vergleiche. Ich dachte früher immer, die Menschen sind wie ich, sie gehorchen den gleichen Gesetzen und Gesetzmäßigkeiten, sie empfinden die gleichen Empfindungen und fühlen die gleichen Gefühle wie ich, mit gleicher Dauer und in gleicher Intensität. Sie denken die gleichen Gedanken in der gleichen Tiefe wie ich. Sie haben die gleichen Vorstellungen vom Leben und vom Sein wie ich. Sie haben die gleiche Wahrnehmung. Sie haben die gleichen Ansichten. Die gleichen Vorstellungen. Den gleichen Geschmack. Den gleichen Geruchssinn. Alle Menschen sind gleich, so wie ich.

Heute weiß ich, dass ich damit falsch lag. Die meisten Menschen sind nicht wie ich. Ich bin hochsensibel. Die meisten Menschen sind es nicht. Sie leben in einer anderen Welt als ich. Ich lebe in einer anderen Welt als sie. Aber ich bin nicht allein. Zum Glück, das gibt mir Trost: Laut Forschung zu diesem Thema und laut der Bücher zu diesem Thema sind 15-20 % der Menschen hochsensibel. Vielleicht oder vielleicht ganz bestimmt sind sie auch *nur ein Wurf der Natur zum Menschen hin.* So hat das Hermann Hesse[61] beschrieben, ein Bruder im Geiste und im Gefühl, ein Morgenlandfahrer, so wie ich, ein ständig Reisender auf unsicheren Pfaden und Wegen, ohne so recht zu wissen, wohin sie führen. Ein ständig Suchender, sich Suchender, sich selbst Suchender. Ein ständig Kämpfender mit der inneren Zerrissenheit, gegen die innere Zerrissenheit. Das Leben ist hart und ich bin zu weich, zu dünnhäutig für die Angriffe der Welt auf mich und auf sich selbst. Ich empfinde es ständig und noch schlimmer, ich denke ständig darüber nach, wie ich empfinde und warum ich es empfinde. Ich versuche auch ständig, mich für dieses Denken und Empfinden zu rechtfertigen, mir und der ganzen Welt gegenüber. Denn dieses Empfinden von Gut und Böse, Glück und Unglück, von Recht und Unrecht ist meistens schwer zu ertragen für mich. Dieses ständige Empfinden bohrt sich wie Pfeilspitzen in mein Fleisch und durchbohrt meine Seele. Immer wieder denke ich, es sei vollbracht, doch es ist nie vollbracht, immer wieder geht es von neuem los. Ich fühle mich wie ein Schwamm, der alles aussaugt, Lob und Tadel, Liebe und Hass, Zuneigung und Abneigung, Gut und Böse. Leider prallen die positiven Aspekte meist direkt von mir ab oder sie erlöschen in meinem inneren Eis, wohingegen die negativen Aspekte in mir ein Feuer entzünden, ein Feuer, das lodert und lodert und mich innerlich verbrennt und ausbrennt. Was zurückbleibt, ist verbrannte Erde, Asche und die Asche zu beseitigen ist anstrengend und kostet unheimlich viel Kraft. Was bleibt, sind Zweifel. Was bin ich, wer bin ich, was soll ich? Der Zweifel ist mein treuester Begleiter, immer vorhanden, von Kindesbeinen an. Zweifel an mir, an der Sinnhaftigkeit meines Daseins in dieser Welt. Ich bin nicht nur lost in Sex, ich bin lost in Life, lost in Being, lost in Me. Ich lebe nicht, selten vielleicht, nein, ich empfinde, versuche, dieses Empfinden durch mein Denken klarzustellen und zu rechtfertigen. Denkkaskaden, Denkspiralen, die mich, einmal denkend, in ihren Sog hinabreißen. Gefühlsuntiefen, die schmerzen wie ein Harakiri-Messer, das unter dem Brustbein in mich gestoßen und gedreht wird. Ich weiß, ich bin nicht allein. 15-20 % der Menschen sind hochsensibel. 15-20 % der gesamten Natur scheint hochsensibel zu sein. 15-20 % eines jeden Kollektivs, traurig! Eine erschreckend hohe Zahl. Was hat sich die Natur bei diesem Wurf nur gedacht?

56

Kugelgestalt der Zeit. Drehen auf allen Ebenen. Tonbandgerät.
Spulen. Vor und zurück. Ist es gut, in die Vergangenheit zurück-
zuschauen und in die Zukunft zu sehen?
Nein!
Ruhe und Kraft liegen in der Gegenwart. Nur das Hier und Jetzt
ist in der Zeit und im Raum gelebtes Leben. Aber Vergangenheit
und Zukunft sind wichtig, um eine Geschichte zu erzählen. Und
ohne Vergangenheit keine Gegenwart, ohne diese keine Zukunft.
Vergangenheit: Gelebtes oder ungelebtes Leben.
Zukunft: Noch nicht gelebtes Leben.
Kann ich aufhören, mich mit mir zu beschäftigen? Ich weiß es
nicht. Es wäre eine Anstrengung des Willens. Es spielt sich, wie
alles, nur im Kopf ab. Vielleicht wäre mein Leben glücklicher,
wenn ich mich weniger mit mir selbst beschäftigen würde. Vielleicht. Beendet man jedoch eine Lebensbewältigungsstrategie,
die man schon immer benutzt hat, die einem das Leben auferlegt
hat? Ändert man sie wie eine Gewohnheit, nur durch abstellen
im Kopf?

Ein Gespenst geht um. Geht um in meinem Kopf. Ein Geist, der
spukt in mir. Glauben die Menschen noch an Geister? Scheinbar
nicht mehr. Die Wissenschaft will es gerne widerlegt haben, sie
hat die Geister aus der Welt ausgetrieben. Meint man. Wir sehen,
wir nehmen keine Geister mehr wahr in unserer durch und
durch logischen, fortschrittlichen, wissenschaftsorientierten
Welt. Gott ist tot und die Geister auch und wir haben sie getötet.
So wollen wir die Welt, in der wir leben, sehen. Wollen wir. Wo
ist also der Haken an der ganzen Sache? Die Welt spielt sich in
meinem Kopf ab, die Welt ist meine Vorstellung. Das ist das
Problem! Die Welt ist aber auch mein Wille. Das ist das zweite
Problem. Der Wille kann der Vorstellung entsprechen, er kann
ihr aber auch entgegentreten, sie widerlegen, gegen sie ankämp-
fen. That depends on the Perspective! Sind die Geister, die Gespenster einmal im Kopf, spuken sie heftig herum und wirbeln
die Vorstellung mächtig umher, wie ein Wirbelsturm. Ein

Wirbelsturm kann außerordentliche Schäden anrichten. Haben die Geister die Vorstellung erobert, kommt es auf den Willen an, sie zu zähmen und mit ihnen umzugehen. Ob ich (= Ich) an Geister und Gespenster glaube? Ja! Ich habe zwar in den letzten Jahren und durch meine Beschäftigung mit der Wissenschaft versucht, diesen Glauben in mir abzulegen, habe sogar versucht, einen Gott in mir zu töten, muss aber nun erkennen, dass ich im Irrtum war. Es gibt in der Tat keine Geister und möglicherweise keinen Gott in der Außenwelt. So viel scheint klar und bewiesen zu sein. Was aber ist mit der Innenwelt? Die Innenwelt ist nur meine Welt, ist nur meine Vorstellung und unterliegt nur meinem Willen. Das erkenne ich gerade ganz klar. Und ich erkenne auch, dass es in dieser Welt, die nur meine Welt ist, anscheinend durchaus Geister und Gespenster gibt und dass diese mächtig spuken. Ein Geist in der Vorstellung im Kopf entbehrt jeglicher Logik, entbehrt jeglicher Rationalität. Das ist der Spuk! Man kann einen Geist aus einer Flasche lassen. Man kann sie rufen, die Geister, die Gespenster. Und man kriegt sie nicht mehr los. Aber sie existieren nur im Kopf, die Geister, sie vergiften die Vorstellung und stellen den Willen auf eine harte Probe. Aber dort, im Kopf, existieren diese Geister in der Tat. Schlimmer noch, sie wühlen in der Seele und zerschneiden den Körper wie der Pfahl im Fleisch. Und ich habe eine Flasche geöffnet. Ich öffne immer wieder Flaschen mit Geistern, aber zumeist entweichen sie wie Kohlensäure, steigen auf, treten an die Oberfläche und lösen sich auf, zerstreuen sich in nichts und Wohlgefallen.

Aber eine Flasche habe ich geöffnet und den Geist rausgelassen. Und ich bekomme ihn nur schwer wieder los. Und diese Flasche war Social Media. Und der Geist, das Gespenst, trat hervor und nahm meinen Geist, meinen Kopf in Besitz und die Vorstellung davon, meine Vorstellung von diesem Geist, gefangen. Dieser Geist zeigte mir sein Gesicht, zeigte mir seine Form und seinen Körper. Er gab mir das, was ich schon immer gesucht habe, er nährte mein Fass ohne Boden. Er gab mir die Vorstellung, gut zu sein, so wie ich bin. Er gab mir Bestätigung, Anerkennung, er gab mir die Vorstellung von Liebe und Zuneigung. Er gab mir Licht und einen Weg in einer dunklen Phase meines Daseins, er gab mir einen Sinn. Er traf direkt auf meine Empfindsamkeit, auf die Empfindsamkeit eines hochsensiblen Menschen. Die Empfindsamkeit eines Hochsensiblen ist so weit und tief wie der Ozean, unergründlich mit einer riesigen Oberfläche. Alles, was auf diesen Ozean der Empfindsamkeit trifft, trifft auf ihn. Der Geist nahm meine Gedanken, Worte und Werke auf, er akzeptierte sie und er erkannte sie an. Er gab mir Cybersex, sandte Herzen und Liebesbezeugungen. Tief, tiefer. Tiefer geht es nicht. Der Geist nahm mich gefangen und legte meine Flügel lahm. Lost in Sex, lost in Mind, lost in Being. Die Illusion entbehrt jeglicher Logik. Und ich zahlte meinen Preis dafür. Zahlte meinen Preis für das Körnchen Wahrheit unter sieben Matratzen Illusion und sieben Matratzen Rationalität, die das Körnchen für unwahr und unwirklich erklären wollten. Zahlte meinen Preis für das Körnchen an Wahrheit in meiner Vorstellung. *Was ist Wahrheit?* heißt es an bedeutender Stelle in der Weltliteratur. Nur ich fuhr auf dieses Körnchen an Vorstellung von Wahrheit ab, so dass es meine ganzen Gedanken gefangen nahm. Dieses sprudelte hoch an die Außenwelt der Innenwelt meiner Außenwelt. Totally lost. Aber der Preis dafür war hoch, so hoch, dass ich irgendwann entschied, nachdem es mir bewusst geworden war, die Flasche wieder zu schließen und sie mit dem Geist darin wieder ins Meer zurückzuwerfen. In den unergründlichen Ozean des Daseins zurückzuwerfen. Die Illusion von Glück ist ein Zeichen einer absurden Welt. Die Absurdität hatte einen Gott, den Gott der Vernunft, des Verstandes und der Rationalität in mir getötet. Sie hatte versucht, die Göttlichkeit gegen ein vermeintliches Glück in meiner Vorstellung einzutauschen. Doch das vermeintliche Glück war eine Illusion, ein Fake. Also warf ich den Geist in der Flasche in den Ozean des absurden Lebens zurück. Und dachte tief darüber nach. Ich dachte tief darüber nach, ob es richtig war, was ich getan hatte. *Ein tiefes Denken ist in ständigem Werden, es vermählt sich mit der Erfahrung eines Lebens und formt sich an ihr.* Ja, ich weiß, Camus, der Philosoph des Absurden. Ja, aber die Absurdität ist das absolut Authentische in der Welt. Wie die Gedanken im Kopf, in der Vorstellung des Geistes. Der Geist war schon immer da, er schwebte sozusagen über den Wassern von Anfang an, schon bevor überhaupt etwas erschaffen worden war. Und genau diesen Geist, der meinem Kopf und meiner Seele und meinem Körper Nahrung gegeben hatte, warf ich in seiner Flasche zurück ins Meer der Unergründlichkeit. Ich dachte, ich hätte ihn ein für alle Mal besiegt, diesen Geist, er wäre versunken in die tiefsten Tiefen des Ozeans. Aber es gibt keinen Geist, der nicht im Geiste bleibt. Immer wieder beschäftigte sich mein Geist mit diesem Gespenst. Diesem Gespenst, das mich mit Zuneigung und immer wieder mit Herzen ergriffen hatte auf Social Media. Just, als ich dachte, ich hätte ihn endgültig überwunden und der Spuk sei vorüber, taucht er wieder auf. Auf Social Media. Auf dem letzten noch offenen Kanal. Und erweckt das Körnchen Wahrheit, bedeckt mit sieben und sieben Matratzen, zu neuem Leben. Und bringt meinen Geist erneut in Wallung, dreht am Gedankenkarussell, schneidet tief in Körper, Herz und Seele. Aber schachmatt im System ist kein Zustand. Wie treibt man einen Geist aus? Nur mit dem Verstand! Es gibt keine andere Möglichkeit. Nur durch Arbeit an sich selbst. Nur durch den Willen, die Vorstellung des Absurden, der Illusion, zu überwinden. Durch schaffen. *Schaffen heißt: Seinem Schicksal Gestalt geben.* Also gebe ich meinem Schicksal Gestalt und packe meinen Geist wieder in die Flasche zurück. Nur werfe ich ihn diesmal nicht ins Meer, sondern schleudere ihn ins Weltall, in die Unendlichkeit, auf dass es kein Zurück mehr gibt.

Ich sitze am Wegesrand.
Der Fahrer wechselt das Rad.
Ich bin nicht gerne dort, wo ich herkomme.
Ich bin nicht gerne dort, wo ich hinfahre.
Warum sehe ich den Radwechsel mit Ungeduld?
Bertolt Brecht[62]

57

Jetzt, wo ich meinen Stempel gefunden habe, mir meinen von mir gefundenen Stempel der Hochsensibilität aufgeprägt habe, jetzt, wo ich weiß, was ich bin, sehe ich um einiges klarer. Bislang hat mir von außen noch keiner diesen Stempel aufgeprägt, keiner der Menschen, die ich bislang kennengelernt habe, wusste weder um diesen Stempel, noch dass dieser Stempel auf mich passt, mir eine Bezeichnung und eine Form gibt. Ich musste ihn selbst für mich finden und ihn mir selbst aufdrücken. Doch im Grunde wurde ich schon mit diesem Stempel geboren. Ich wusste es nur nicht, ich wusste noch nicht darum. Ich durchlebte damit eine Kindheit, schritt und quälte mich durch eine Jugend und erreichte das Erwachsenenalter, ohne je erwachsen zu werden. Ich wollte so viel, sehr viel sogar, ohne jemals zu wissen, was ich genau wollte. So fing ich vieles an und ließ vieles angefangen und unvollendet liegen. Bücher, die nicht ausgelesen wurden. Bilder, die nicht zu Ende gemalt wurden. Musik machen. Gitarre spielen. Üben ohne Strategie. Einfach drauf los. Ohne Plan und Ziel. Nicht mehr üben für lange, lange Zeit aufgrund großer Frustration aufgrund fehlenden Fortschritts. Was nicht funktionierte, weil es nicht intuitiv funktionierte, funktionierte nicht in meinem Leben. Die fehlende Erkenntnis, dass Qualität von Quälen kommt, vom Dranbleiben, vom Durchhalten, von Disziplin. Von nichts kommt nichts im Leben in der Außenwelt, selten fallen die Geschenke der Glückseligkeit einfach so vom Himmel, ohne etwas dafür tun zu müssen. Das fehlende Bewusstsein, dass das Sein vom Handeln kommt, dass Ereignisse von Auseinandersetzung und Lösen von Aufgaben abhängig sind, von der Investition in die Aufgabe mithilfe der Zeit, von sehr viel Zeit und von Blut, Schweiß und Tränen[63].
Ich wusste so wenig über die Welt, über die Vorgänge, die wahren Vorgänge der Welt und wie die Ergebnisse darin zu Stande kommen. Die Außenwelt war mir fremd, meine Ungeduld, meine innere Unruhe, meine Überforderung mit ihren Aufgaben, mit ihren Zielen, mit ihren Gesetzen und Normen verhinderten den Zugang zu ihr. So blieb ich Träumer, Illusionist in meiner

Innenwelt und dachte daran, dass das Schicksal mir eines Tages einen Weg dorthin führen möge. Aber das Schicksal schlief weiter. Ich jedoch musste etwas tun. Etwas tun, um weiterzukommen in diesem Leben.

Da ich schon immer das Gefühl und die Vorstellung hatte, als Leidender geboren zu sein und im Leid zu wachsen, das Leben mir aber kein Elixier gab, welches mich davon erlöste, musste ich mir etwas suchen, was mir Erlösung versprach. Ich musste mich auf die Suche nach dem heiligen Gral machen. Also wurde ich statt Musiker oder Maler oder Dichter Arzt. Der Arzt, der *Iatros*, versprach mir Heilung. Ich wollte Arzt werden, um mich von meinem persönlichen körperlichen und seelischen Leid zu befreien. Das war meine Vorstellung. Und ich zeigte guten Willen. Ich kämpfte mich durch ein Medizinstudium, was mir nicht in den Schoß gefallen war, sondern was ich mir über die Zeit erkämpfen musste. Durch Kampf zum Sieg. Trotzdem fühlte ich mich darin irgendwie fehl am Platz. Ich fühlte mich so anders als meine Mitstudenten. Ich wusste damals nicht, warum. Heute weiß ich warum: Wegen meiner Hochsensibilität. Ein Medizinstudium ist für einen Hochsensiblen ein wahrer Spießrutenlauf. In ihm wird das Selbstvertrauen, das Selbstbewusstsein, das Selbst auf eine harte Probe gestellt. Als Selbst, als Individuum, als Mensch zählt man nichts in diesem System, als Maschine schon, aber nur dann, wenn diese funktioniert, wie es die Ausbilder, die Programmierer in ihren Regularien, in ihrem maßlosen Selbstbewusstsein der Überlegenheit dem Studiosus gegenüber, gerne hätten. Nein, als Selbst zählt man nichts, es sei denn, man kompensiert dies durch maßlose Selbstdarstellung. Dann generiert man Aufmerksamkeit. Und Aufmerksamkeit ist wichtig, wenn man als Selbst wahrgenommen werden will. Selbstbestätigung durch Fremdbestätigung, so funktioniert die Welt nun einmal, nicht nur im Medizinstudium, aber auch dort. Ich aber, wie gesagt, hatte kein Selbst. Ich war nur ich. Ich hatte meine Vorstellung, meine Welt, darin meine Vorstellung vom *Iatros* als Heiler, als ehrfürchtiges, ehrwürdiges, erhabenes Wesen. Der Traum vom Menschen für eine bessere Welt. Aber weit gefehlt! Die Außenwelt des Medizinstudiums nahm mir so nach und nach diese Illusion. Die Regeln und Vorgaben und die Aufgaben der Außenwelt waren mir fremd. Ich lernte nicht, die Probleme des kranken Menschen zu lösen, dafür lernte ich, die Michaelis-Menten-Gleichung[64] in elf Schritten zu lösen. Eine sinnvolle Aufgabe denke ich heute, denn die Michaelis-Menten-Gleichung habe ich in so vielen Jahren nicht einmal gebraucht, eine Lösung für die Probleme der Menschheit brauche ich tagtäglich und habe keine. Oft dachte ich darüber nach, dieses Studium aufzugeben, da ich nicht so wirklich wusste, worum es ging, und dieses Nichtwissen erschöpfte mich maßlos. Die Vorstellung, ein Idiot zu sein, gefiel mir gar nicht und immer wieder überkam mich die Idee, damit aufzuhören, das Studium abzubrechen. Aber ich wollte und wollte kein Loser sein. Also kämpfte ich weiter und biss mich durch. Durch Kampf zum Sieg! Und bekam dafür die Stempel der Außenwelt. Ich schloss mein Studium im Endexamen mit *gut* ab und promovierte mit *magna cum laude*[65]. Die Außenwelt gab mir ihre Stempel, ein ordentlicher Student gewesen zu sein und ich nahm diese dankend an. Sie stärkten mein Selbst. Schade, dass ich damals noch nicht um meinen inneren Stempel wusste. Da hätte ich mir viel Leid erspart.

58

Dennoch bleibe ich dran an der Zeitkugel. Sie kristallisiert sich immer mehr als Glaskugel heraus. Ich drehe sie in alle Richtungen und alle Ebenen und blicke in ihr in Zeit und Raum vorwärts und rückwärts, suche mir die Augenblicke heraus, die ich näher beleuchten und tiefer betrachten will. Gut oder schlecht, wichtig oder unwichtig: Es ist passiert und ich möchte es noch einmal anschauen und darüber nachdenken.

Ich bin wieder 25 Jahre alt und mittendrin im Medizinstudium. Ich weiß noch nicht, dass ich hochsensibel bin, aber ich fühle so etwas, da ich immer das Gefühl habe, anders zu sein als meine Kommilitonen. Ich war, wie ich war, es gab meine Art der Beobachtung und meine Betrachtungsweise. Sonst nichts. Aber ich machte erste wissenschaftliche und wissenschaftlich erklärbare Erfahrungen mit meiner Hochsensibilität, physiologische und psychologische. Im Studium lernten wir einige Testverfahren und Experimente kennen. So prüften wir zur damaligen Zeit im Physiologie-Praktikum unsere Nervenleitgeschwindigkeit, wir testeten sie an uns gegenseitig. Und in der Tat, meine Nervenleitgeschwindigkeit lag über 50 % über dem Durchschnitt. Ich war mal wieder der Ausreißer in die extreme Richtung. Ein hochreaktives, ultraschnell leitendes Nervensystem. Ja! Was ich damals noch nicht wusste und nicht erklären konnte, weiß ich heute und kann es erklären, ich denke, dass ich es kann. Daneben mussten wir uns im Psychologieseminar einmal einem Test anhand eines Fragebogens unterziehen, wobei wir nicht wussten, worum es bei dem Test geht. Nach Auswertung durch die Dozentin wurden die Ergebnisse chiffriert veröffentlicht und wieder gab es einen Ausreißer außerhalb der Standardabweichung. Nachdem ich mich anhand meines individuellen Codes dechiffriert hatte, wusste ich, wer der Ausreißer war. Wieder einmal ich. Nur worum ging es in dem Test? Nachdem jeder für sich seinen Platz im Ranking dechiffriert hatte, teilte die Dozentin uns mit, dass es um das Thema Angst gehe! Ich war schockiert. Sollte ich so viel mehr Angst als der Durchschnitt der Medizinstudenten haben? Das wollte ich damals, unreif, wie ich war, einfach nicht glauben.

Aber glauben ist nicht wissen. Heute weiß ich es und ich versuche tagtäglich, damit zu leben.

Etwa zu der Zeit war ich auch aufmerksam auf sie geworden. Ich sah sie erstmalig um die Mittagszeit im Foyer der Unimensa, ich kam gerade vom Essen. Sie saß gedankenversunken auf einer Bank über einem Heizkörper und wärmte sich, anscheinend war sie draußen im Regen nass geworden. Sie sah so süß aus, dunkelblonde, halblange Locken, ein toller Mund, interessante, hellblaue Augen. Auch wenn alles andere etwas kleiner geraten war als im Durchschnitt – das machte ihren Reiz aus. Ich war sofort in sie verknallt! Ich sah sie, aber wir verloren uns auch wieder aus den Augen. Für eine unbestimmte Zeit. Dann sahen wir uns immer wieder mal, manchmal in der Bibliothek, manchmal in der Mensa und irgendwann lächelten wir uns an. Und irgendwann an einem Samstag, ich war, wie so oft, allein in meiner Szenedisco, unter Rock 'n' Roll- und Hardrockgedonner, zupfte mich jemand am Ärmel. Das war sie. Und es folgte ein erstes kurzes Gespräch, ein Versuch, wegen der Lautstärke. Ein unbeholfener Smalltalk meinerseits, mehr war nicht. Aber es war ein Auslöser. Von da an war ich hinter ihr her. Ich hatte herausgefunden, wo sie am Studienort wohnte und fuhr oft mit dem Rad am Haus vorbei, in dem sie wohnte, in der Hoffnung, sie zu sehen. Wie es allerdings passierte, dass wir uns zum ersten Mal trafen, weiß ich nicht mehr, aber es passierte. Ich wollte sie haben und ich bekam sie. Wir gingen beim ersten Mal nur spazieren. Beim zweiten Mal gingen wir spazieren und danach in ihre Wohnung und unterhielten uns weiter. Als der Gesprächsstoff auszugehen schien, musste ich lachen, und sie meinte, ich lache sie aus. Als ich ihr antwortete, dass das nicht in meiner Absicht lag, schlang sie ihre Arme um mich und küsste mich innigst. Nach Stunden des intensiven Zungenküssens und der Umarmungen wäre ich beinah in ihren Armen eingeschlafen. Also verabschiedete ich mich irgendwann, spät in der Nacht. Aber wir telefonierten die folgenden Tage regelmäßig und am nächsten Wochenende trafen wir uns wieder. Ich war gerade in eine neue WG eingezogen und dort besuchte sie mich zum ersten Mal. Wir hatten zum ersten Mal Sex und noch viele Male für die nächsten zweieinhalb Jahre. So lange hielten wir es miteinander aus. Und wenn Liebe ein Kampf sein soll, dann kämpften wir ihn beide, jeder für sich, jeder für und gegen den anderen und auch gemeinsam. Es war harte Kost. In der Liebe war sie sehr leidenschaftlich, oft eilte sie mir davon und ich kam nur mit Mühe hinterher. Im Leben hatte sie große Probleme, keine unendliche Leichtigkeit des Seins, genauso wie ich. Sie hatte andere Probleme als ich, einige Bagatellen, aber auch sehr tiefgreifende, mir zum Teil sehr fremde. In einer Sache unterschieden wir uns allerdings kaum: In unserem Selbst. Dies war bei uns beiden Mangelware. Selbstbestätigung, Selbstachtung. Es fehlte an vielem. Selbstvertrauen und Selbstbewusstsein erwuchsen bei ihr häufig als kontraphobisches Verhalten[66], wenn die Angst zu drohen schien, das fehlende Selbst zu unterwandern. Und in noch einer Sache unterschieden wir uns kaum: In unserer Impulsivität. Diese war manchmal in der Tat nur schwer zu kontrollieren. Und wenn wir auch beide eher zurückhaltende und teilweise traurig depressive Charaktere waren, konnten wir doch beide sehr scharf und herausfordernd reagieren, wenn man uns in die Enge trieb.

Wie gesagt, sie war in allem kleiner als der Durchschnitt, körperlich gesehen, Hände Füße, Titten und Gesamtkörpergröße. Aber es passte zu ihr, es machte ihren Reiz aus. Sie hatte jedoch große Probleme damit und ließ mich das oft und deutlich spüren. Ich weiß nicht, ob ich damals schon Tittenmaniker war, wenn nicht, wurde ich es damals aus kontraphobischem Schutzverhalten. Es war ein Kampf. Und ich lernte eine Eigenschaft an ihr kennen, eine Charaktereigenschaft, von der ich dachte, dass nur ich sie in diesem Übermaß besitzen könne.… Eifersucht! Eifersucht ist eines der Kardinalzeichen eines fehlenden Selbst. Wer sich seiner Selbst bewusst ist, ganz tief in sich selbst, wer sich selbst mehr vertraut als irgendwem sonst, für den ist Eifersucht eine brotlose Kunst, denn er weiß, was er selbst wert ist. Wir waren zwar beide eifersüchtig, da es uns beiden am Selbst mangelte, aber meine Eifersucht war gegen ihre ein Kinderspiel. Ich will das gar nicht in der Realität darstellen, man stelle sich nur in seiner Vorstellung die schlimmste Form von Eifersucht vor und man hat eine

Vorstellung davon. Und so entstand und verging eine Liebe zwischen zwei selbstlosen Individuen, zerriss und wurde wieder gekittet, auf dass sie wieder zerrissen und erneut gekittet wurde. Sicher, wir hatten auch schöne Momente, Augenblicke der Nähe und der Zärtlichkeit. Aber wo die Sicherheit fehlt, und die Angst überwiegt, kann auf Dauer nichts gelingen. Wir zogen uns an wie gegenpolige Magnete, um uns im nächsten Moment wie gleichpolige wieder abzustoßen. Mal zog der eine an sich heran und der andere schob von sich weg, dann, im nächsten Augenblick, wenn schon die Fliege an der Wand störte, war es genau umgekehrt. Die Bipolarität des Seins war uns beiden gemeinsam. Wir waren, wir standen hier, wie wir waren und konnten nicht anders. Doch irgendwann hat alles ein Ende. *Nothing lasts forever but the Earth and Sky*, wie es im Song *Dust in the Wind* der Rock-Gruppe Kansas heißt. Irgendwann war unsere Beziehung, unsere Liebe, wenn es denn jemals eine gewesen war, mit zunehmender Dauer immer mehr unter die Räder gekommen. Unter die Räder und durch diese Räder, diese Mühlräder, zermahlen. Zermahlen zu Staub, der im Winter davonflog. Irgendwann nach zweieinhalb Jahren konnte ich nicht mehr anders. Ich musste einen Cut machen und die Beziehung beenden. Einen harten Cut. *The last Cut is deeper than the Deepest*[67]. Und ich floh, ich flog davon, auf meine Art und Weise.

Halt

Es war einmal ein Mann
der tiefen Gefühle.
den seine Lebenswassermühle
ihn ständig innen aufwühlte.

Innerlich
so stark zerrissen
ging es ihm doch oft
beschissen.

Es gab nur einen Halt,
eine Frau,
die sagte zu ihm:

Schau,
Du bist einfach
sehr zart besaitet,
was Dich oft dazu verleitet
Dich in Gedanken
zu zermahlen.
Du schaffst Dir damit
unendliche Qualen.

Doch im Grunde weißt Du,
So wie es ist,
bist Du gut
so wie Du bist.

59

Individuell

Liest man dies Buch
versunken in Gedanken tief,
meint man zunächst,
es geht ums Kollektiv.

Doch mit der Dauer
erkennt man genauer
und kommt um den
Eindruck nicht herum –
Es geht ums Individuum.

Ich bin häufig geflohen im Leben, Flucht vor der Realität, selten räumlich in der Außenwelt, viel mehr tief in meine Innenwelt. Flucht vor dem Sein meiner Existenz in diesem Dasein, das mir oft zu hart, zu rau und zu unerträglich schien. Irgendwie war die Außenwelt schon immer seltsam und dieses Seltsame war das Absurde. Die Welt regte sich ständig darüber auf und beklagte es, aber sie gefiel sich im Quälen. Im Quälen des anderen, der anderen und dadurch auch sich selbst. Sadismus, Sadomasochismus, ist die Welt wirklich so veranlagt? Kann Kreatur Spaß am Quälen haben? Haben Quälen und Qualität nicht nur einen gleichen Wortstamm, sondern auch eine gleiche Deutungswurzel? Man könnte meinen in der Tat.
Tatsächlich schien die Welt so zu sein, scheint sie immer noch so zu sein. Ich zumindest quälte mich die meiste Zeit durch eine Außenwelt, die Gefallen daran und darin fand, mich zu quälen. Als kleiner Junge quälten mich die großen Jungs, die an meiner Angst vor ihnen Gefallen fanden. Es bereitete ihnen großen Spaß, mich zu quälen, so wie die Katze die Maus quält, wenn sie sie gefangen hat. Hier scheint die Kultur von der Natur sich nicht nur eine große Scheibe abgeschnitten zu haben, nein, sie scheint sie komplett aufgesaugt zu haben. Sollte der Mensch Kultur

besitzen, so war und ist diese Natur pur. Also quälten mich die großen Jungs in ihrer Überlegenheit meiner Andersartigkeit und Ängstlichkeit gegenüber. Bis ich endlich der Sache einen Riegel vorschob. Ich selbst, ja, ich selbst! Ich erkannte irgendwann selbst, dass ich Fußball spielen konnte, und auch die anderen, die großen Jungs erkannten es, ich konnte es sogar besser als manch einer von denen. Somit wurde ich einer von denen und Teil einer Gemeinschaft. Mein Selbst wuchs über mich hinaus. Selbstbestätigung durch Fremdbestätigung schafft Selbstvertrauen. Ein erster Erfolg in der Außenwelt meiner Kindheit. Und nicht nur durch mein Talent, auch durch meine Intuition gewann ich sehr viel. Intuitiv schien ich die Dinge aufzunehmen, um die es in der Außenwelt zu gehen schien: Lesen, schreiben, rechnen. Es war einfach irgendwann da. Intuitiv da. Trotzdem schien mich das Leben zu quälen, nicht nur in den Gedanken meiner Vorstellung in meiner Innenwelt, nein, das Leben und mein Körper stellten es über meine Barriere zur Außenwelt nach außen dar: Meine Haut blühte auf und ich bekam Psoriasis, Schuppenflechte. Das Aufblühen meiner Sexualität, meine Pubertät, die Erkenntnis, dass es Rock 'n' Roll gab und das Leben Rock 'n' Roll war, dass es ein anderes Geschlecht gab, zu dem sich meine Aufmerksamkeit uneingeschränkt hingezogen fühlte, brachte meine Haut zum Erblühen. Dadurch fühlte ich, durch meine Seele und meinen Körper, eine durch mich selbst gebildete Grenze zur Außenwelt. Ich möchte das nicht noch mal hervorheben und noch mal und noch mal, so viel Wiederholung kann auch ermüdend sein. Aber es war nun mal so. Es war Realität. Es war ein sichtbares Zeichen der Andersartigkeit. Vielleicht ist das anders sein gar nicht so andersartig, wenn man damit in der Normalität integriert ist und sich integriert fühlt. Aber eine Gleichartigkeit mit den anderen konnte mir einfach keiner vermitteln und ich ließ es auch in meiner Andersartigkeit nicht zu. Rückzug war die beste Verteidigung für mich, um nicht angegriffen zu werden und sich nicht angegriffen zu fühlen. Also zog ich mich aus der Außenwelt zurück in meine Innenwelt. Aus der Welt der Darstellung in die Welt der Empfindung und Vorstellung. Träume, Gedanken, Illusionen. Klar lebte meine Fassade irgendwie in der Welt der

Äußerlich- und Oberflächlichkeiten weiter, klar nahm ich Anteil, versuchte ich, in dieser Welt und an dieser Welt teilzuhaben, klar versuchte ich irgendwie, deren Normen und Regeln einzuhalten, aber ich fühlte mich meist fehl am Platz. Eine Welt des Absurden, wie ich für mich später erst erkannte. Und ich schritt, ich wanderte, ich reiste durch diese Welt des Absurden. Und das absurde war, ich sah die Außenwelt, die Welt der anderen, die Welt, in der sich die Ereignisse der Welt abspielten, als normal an und mich als nicht normal. Wie sollte ich mich nur darin zurechtfinden?

Aber ich suchte, suchte ständig nach Gleichgesinnten, nach Menschen, die waren, die empfanden und fühlten wie ich, nur ich fand keine. Ich fand und empfand die anderen als so anders als mich. Doch ich suchte dennoch weiter. Und irgendwann fand ich einen Gleichgesinnten, einen Bruder im Geiste, in Körper, Seele und Dasein. Ich fand ihn im Dichter Alexander März. Ich war 18 Jahre alt. Ich las das Buch *März* von Heiner Kipphardt[68], musste es lesen, weil es Schullektüre war. Seltsam! Aber ich fand mich darin wieder, ich erkannte mich im schizophrenen Dichter März wieder, in der gequälten und von der Welt missachteten Gestalt, die an der Welt und am Dasein zerbricht und deswegen in die Psychose aussteigen musste, weil es der einzige Ausweg war, mit der Absurdität klarzukommen und in ihr weiter zu existieren. Es war eine Offenbarung für mich! Zum ersten Mal im Leben hatte ich das Gefühl und die Vorstellung, eine Figur gefunden zu haben, die wie ich fühlte und empfand, einen schizophrenen Menschen, der mit einem Handicap, einer Hasenscharte geboren wurde und in seiner Entwicklung als Mensch durch dieses Stigma physisch, psychisch und sozial diskriminiert wurde, dem Leben und Welt seine Andersartigkeit wie einen Stempel aufdrückten und somit sein Anderssein und seine Entwicklung der Andersartigkeit prägten. Dieser Mensch war ein Dichter, er beschrieb die Welt und die Andersartigkeit des Daseins so anders und für mich doch so treffend. Es war wahr, so wahr. Es war, wie gesagt, eine Offenbarung. Also fing ich auch an, Gedichte zu schreiben. Gedichte sind der wahrhafte Weg zur wahren Darstellung der Wahrheit der Seele, sie stellen das Fühlen, das

Empfinden in ihrer ganzen Reinheit und ganz unverblümt dar. Gedichte schreiben als Ausweg aus tiefster innerer Not und innerer Zerrissenheit. Als Haltenetz, als Rettungsanker vor dem Abgrund, vor dem Sog im Strudel der Absurdität. Als Ausweg. Ich fing an, Gedichte zu schreiben und tue es bis heute. Das ist mein Karma.

60

Ich habe etwas wieder gefunden in den letzten Tagen: Was es heißt, entspannt zu sein, was es heißt, ohne Stress zu leben. Urlaub, ich mache Urlaub. Ich wusste gar nicht mehr, dass es ein Leben ohne Sorge geben kann! Trotzdem habe ich viele Ideen und kann nachdenken, ich hatte Zeit, an der Gemeinschaft der Menschen, mit denen ich zusammen war, teilzunehmen, konnte mich aber auch zurückziehen, wenn ich es wollte. Die 20 zu 80 Regel wird immer mehr zu meiner eigenen Regel: Ich gehöre zu den 20 % der Hochsensiblen, ich habe 20 % Außenwelt in mir, ich kann in 20 % der Zeit an der Außenwelt (aktiv an der Konversation) teilnehmen und finde in 20 % meiner Zeit Interesse an den Themen der Außenwelt. Diese Bewusstheit, dieses Bewusstsein ist mir neu, aber ich kann sehr gut damit leben. Gebt mir Zeit für mich und ich kann ein guter Team-Player sein!

Noch etwas ist mir aufgefallen, heute: Ich habe die Angst vor dem tiefen Wasser verloren, kann darin tauchen und auch schwimmen. Ich habe gelernt! Dinge, die mir nicht intuitiv in den Schoß fallen, für die brauche ich sehr lange, bis ich sie einmal beherrsche, aber wenn es einmal so weit ist, dann kann ich diese Dinge auch richtig gut. Ich muss mich doch einmal loben! Ich brauche einfach immer Zeit, meine eigene Zeit, meine mir individuell vorgegebene Zeit. Da ich ein unruhiger Geist und Mensch bin, brauche ich für das Lernen, für das konzentrierte Lernen von Dingen einfach länger. Hier zeigt sich auf menschlicher Ebene wieder einmal die spezielle Relativitätstheorie:

Bewegte Uhren gehen langsamer. Ich freue mich, dass es weiter-geht, freue mich in der Tat darauf, wieder zu arbeiten. Ich muss mir einfach nur mehr Zeit für alles lassen, weniger Geschwindig-keit und mehr Konstanz. Und weniger Probleme der Welt in mei-nem Kopf!

Ich weiß nicht, ob ich jemals resilienter werde. Wahrscheinlich nicht. Meine Hochsensibilität scheint das nicht zuzulassen. Aber vielleicht ist es ja auch gar nicht so wichtig. Wichtiger ist, mich als hochsensiblen Menschen anzunehmen, zu akzeptieren und somit klarzukommen mit dieser Eigenschaft. Mir ist mittlerweile bewusst und auch wirklich bewusst, dass auf schlechte Lebens-phasen auch wieder gute kommen. Welt und Existenz sind nun einmal Yin und Yang, im steten Wechsel der Gezeiten. Das Uni-versum wird sich nicht ändern, Natur bleibt Natur, Mensch bleibt Mensch und ich bleibe ich.

Harmonie.

Spielt sich die Welt ab
ganz tief innen,
im Menschen drinnen,
dort, wo das Leben
ein anderes ist,
gibt es daraus kein Entrinnen,
was Mensch auch gerne mal vergisst.

Er will dieser Welt entfliehen!
Doch kann er nicht, muss weiterziehen,
tiefes Suchen in der Seele
und finden das, was für ihn zähle.

Findet er dort Harmonie,
so mag er es vergessen nie:
Sie ist das Einzige, was zählt.
In dieser so absurden Welt.

61

Dennoch drehen sich die Welt und meine Zeitkugel weiter.

Was macht mir am meisten zu schaffen?

- Meine innere Unruhe.
- Meine Motivations- und Antriebslosigkeit.
- Mich zu oft im Hamsterrad des Daseins zu fühlen, mit dem, was ich tue, überfordert zu sein.
- Mein Leben zu verschlingen und durchzusprinten.
- Meine Inkonstanz und Inkonsequenz in dem, was ich tue.
- Meine Müdigkeit.
- Mein innigster Wunsch nach Ruhe.
- Mein innigster Wunsch, von nichts angegriffen zu werden (*Noli me tangere*).
- Meine Unfähigkeit, mich anhaltend mit etwas zu beschäftigen.

Also versuche ich, immer wieder, mich zu beschäftigen.

Bin ich ein philosophischer Mensch???

Ja: Ich denke nach über: Mich, die Welt, das Leben.

Nein: Ich verstehe die Philosophen nicht.

Also versuche ich, mich zu beschäftigen. Mit Philosophie. Obwohl ich Arzt bin oder vielmehr trotzdem ich Arzt bin, traktieren mich die Patienten/die Welt häufig nicht mit medizinischen Fragestellungen, sondern mit Lebensproblemen. Die medizinischen Fragen, der Wunsch, nach alles umfassender physischer, psychischer und sozialer Gesundheit der Menschheit sind oft nur die Hüllen ihrer eigentlichen Probleme als Menschen. Sie sind im Prinzip wie in Geschenkpapier eingewickelt. Enthüllt man die Fragen nach allumfassender Gesundheit, findet man im Kern die eigentlichen Probleme als philosophische. Daher sind die Sätze, mit denen man auf die Fragen der Menschheit antwortet, keine wirklichen Lösungen. Sie sind im Grunde nicht nur unwahr, sie sind unsinnig. Hat man das als Gefragter erkannt, kann man erkennen oder erahnen, was es bedeutet, wenn man die wittgenstein'sche Leiter wegwirft, nachdem man auf ihr hinaufgestiegen ist. Man sieht erst dann die Welt richtig, wenn man die Sätze, mit denen man Fragen beantworten soll, für die es keine Antworten gibt, als unsinnig erkennt[70]. Hat man die Sätze überwunden, hat man die Welt erkannt. Für sich. Nicht für die Welt. Denn die Welt fragt. Nach Lösungen, permanent. Nur die gibt es nicht. Denn die Lösungen sind vielmehr philosophische, keine wissenschaftlichen. Das ist nicht nur das Dilemma des Arztseins, nein, es ist das Dilemma der Welt.

Wie kämpfe ich nur gegen das Gefühl an, dass alles sinnlos zu sein scheint? Wie gegen das Gefühl, ständig im Hamsterrad gegen Windmühlen anzurennen? Wie kämpfe ich dagegen an, mich schlecht zu fühlen, morgens nicht wach zu sein und mein Frühstück auszukotzen, weil mein Magen übernervös ist? Warum geht mir nicht alles am Arsch vorbei? Warum geht alles so tief in mich hinein und scheint so unlösbar zu sein? Was kann ich nur tun, um trotzdem glücklich zu leben? Zu leben, ohne zu sehr darüber nachzudenken, ob die Absurdität des Daseins das Leben lebenswert macht. Ich fühle mich häufig von allem überfordert, von der Entwicklung der Welt förmlich überrannt. Ständig erfindet die Welt neue Spielregeln, denen alle ganz unkritisch hinterherlaufen, obwohl wir die alten Regeln noch nicht einmal verstanden haben.
Ich fühle mich so oft fehl am Platze…
Ich denke zu viel nach.
Ich sollte weniger nachdenken.
Ist es ein Leid, ein Buch zu schreiben, das zum großen Teil von einem selbst handelt? Ist es wirklich ein Kampf? Wie ist es bei anderen, die schreiben? Leiden diese auch, oder sind sie total abgebrüht? Leiden sie nicht oder sind sie nur mit ihrer Fantasie beschäftigt? Wenn sie nicht leiden, was sie leben, was sie schreiben, oder wenn sie gar nicht leiden, was sie schreiben, was sie vielleicht gar nicht leben? Die großen Denker, sind sie vielleicht nur große Erfinder im Denken und leben selbst ein ganz anderes Leben? Ist es vielleicht alles nur reine Hirnwichse, was andere schreiben, was sie denken, und hat dies mit dem wahren Leben als Leidender im Dasein des Leids gar nichts zu tun? Ich weiß einfach nichts über die Welt, über die anderen, über die Welt der

anderen. Ich bin nicht in den anderen, nicht in ihnen drin, in ihrer Welt, ich kann mir nicht wirklich ein Bild davon machen, ein für mich wahres Bild. Nur das Bild, das ich davon, von dieser Welt, projiziert bekomme, scheint mir nicht nur absurd zu sein, es ist absurd. Ehrlich, ich habe den Kampf gegen die alltäglichen Windmühlen des Daseins, des sich Zurechtfindens in den Irrgärten und Einbahnstraßen satt. Ständig rollt mein Felsbrocken, nachdem ich ihn mit aller Kraft den Hügel hinaufgerollt habe, sofort wieder hinab, nachdem ich auf dem Gipfel angekommen bin. Zwar raffe ich mich immer wieder von neuem auf, den Stein gegen die Schwerkraft des Daseins ins Rollen zu bringen, ich merke aber immer mehr, wie mir die Kräfte schwinden. Die Überwindung, die Kraftanstrengung wird von Mal zu Mal größer.

Vielleicht bin ich endlich reif für eine Insel...

62

Ich denke über Gewissheit[71] nach. Was ist Gewissheit? Gewissheit ist die subjektive Sicherheit bezüglich bestimmter Überzeugungen! Worin bin ich mir sicher? In nichts! Trotzdem muss ich bei allem, was ich tue, nur dranbleiben! Warum bleibe ich so oft nicht dran? Weil mir die Energie fehlt! Die Energie, *Elan vital, QI*! Warum fehlt mir immer wieder Energie? Weil ich mich vom Leben aussaugen lasse. Weil ich mich selbst überfordere, meine eigenen Grenzen nicht kenne. Ich bin ein Mensch, der viel schaffen kann, der aber auch viele Pausen, weil Zeit für sich, braucht. Meine Zeit hat ihre eigenen Gesetze meiner Raumzeit. Ich verstehe sie nur nicht. Vielleicht werde ich sie auch nie verstehen, die Wahrscheinlichkeit ist sehr groß. Die Gesetze und den Sinn des Seins, in meiner mir gegebenen Raumzeit zu verstehen, würde vielleicht bedeuten, meine Lebensprobleme zu lösen. Aber bekanntlich sind diese, trotz all meines Denkens, Tun und Handelns, trotz meiner Arbeit in meiner Welt mit dem mir gegebenen Verstand, trotz meiner mir gegebenen Intuition, noch nicht einmal berührt. Was ist eigentlich der Sinn des Seins, allen Daseins? Ich denke schon sehr lange darüber nach, im Grunde, solange ich denken kann. Ich habe allerdings noch nie eine gute, eine für mich annehmbare Antwort auf diese Frage gefunden. Der Sinn allen Seins? Eine große, aber nicht großartige Frage. Über den Sinn allen Seins nachzudenken, das scheint die Aufgabe der Philosophie zu sein. Sie denkt über die Lebensprobleme nach, in einer gedanklichen Abstraktion, in immer größeren und unübersichtlicheren Gedankenirrwegen, so dass am Ende keine Lösung der eigentlichen Lebensprobleme, sondern immer nur noch mehr Unverständnis erreicht wird, worüber erneut tief und lösungslos nachgedacht werden kann. Da die Philosophie zwar über Lebensprobleme nachdenken, sie aber nicht lösen kann, gibt sie die Aufgabe, das Rätsel zu lösen, an die Wissenschaft weiter. Und die bemüht sich, mit allen ihr zur Verfügung stehenden Kräften. Sie experimentiert! Sie stellt Thesen auf, Hypothesen, die im Experiment verifiziert oder falsifiziert werden. Sind sie wahr, scheinen sie wahr zu sein, sind sie falsch, scheinen sie falsch zu sein. Doch nichts ist von Dauer. Was gestern wahr war, scheint heute falsch zu sein, was falsch war, wahr zu sein. Das ist der Apfel vom Baum der Erkenntnis[72], in den wir gebissen haben. Gutes kann böse, Böses gut werden. Ist das der Sinn allen Seins? Ist es nicht vielleicht doch viel mehr ein Irrsinn? Was ist der Sinn allen Seins? Evolutionsbiologisch scheint es recht einfach zu sein. Leben, Überleben des Individuums, sich fortzupflanzen und die Art zu erhalten. Hierzu hat die Natur, die Evolution, der Kreatur aber nicht den Verstand, das, wovon Wissenschaft und Philosophie Gebrauch machen, gegeben, sondern den Trieb, die Sexualität. Trieb und Sexualität funktionieren ohne jeglichen Verstand. Also ist der Sinn der Evolution, sich fortzupflanzen, wofür es den Verstand, wofür es Wissenschaft und Philosophie gar nicht braucht? Oder ist der Sinn des Ganzen nicht evolutionsbiologisch zu erklären, sondern zielt viel mehr letzten Endes auf die Frage hin: Wozu das alles? Wozu sich fortpflanzen, obwohl man leidet, einfach nur um neues Leid zu erzeugen? Sich fortzupflanzen und sich weiterzuentwickeln, nur um sich irgendwann überzubevölkern und sich so weit zu entwickeln, um sich selbst auszuschalten? Ist dieser Sinn des Seins, wenn es ein Sinn sein soll, nicht wirklich eher ein Irrsinn? Warum Macht über andere gewinnen? Warum Kriege anzetteln wegen nichtiger Gründe, um sich gegenseitig zu zerstören, nur um am Ende doch wieder, und sei es nur vorübergehend, Frieden zu schließen?

Macht das Sinn?

Vielleicht ist nicht das Sein der Sinn des Daseins, sondern das Nichtsein, das Ende allen Seins, der Tod. Das nicht mehr sein, das nicht gewesen sein. Eines ist mit Sicherheit gewiss, die einzige Gewissheit: Am Ende von allem steht der Tod. Der Tod ist das größte, vielleicht das Lebensproblem schlechthin. Aber er ist letztlich auch die einzige Erlösung aus dem Karma des Seins.

L.E.B.E.N.S.P.R.O.B.L.E.M.E

Die Schmerzen, die keiner nimmt.	Nicht zu wissen, was morgen ist und was man morgen isst.
Auftauchen neuer Probleme, obwohl die alten noch nicht gelöst sind.	Arm zu sein, obwohl man reich sein will.
Zu dick zu sein – zuzunehmen, obwohl man nichts isst.	Zu dünn zu sein – abzunehmen, obwohl man frisst, frisst, frisst.
Arbeiten zu müssen, obwohl man nicht will.	Nicht arbeiten zu können, obwohl man will.
Sich hässlich zu fühlen (obwohl man schön sein will).	Nicht schlafen zu können, weil… … es zu dunkel ist. … es zu hell ist.
Sich einen Medikamentenvorrat zulegen zu wollen und der Arzt unterstützt das nicht.	Mit dem Rauchen aufhören zu wollen, aber man kann nicht.
Intelligente Nachfahren haben zu wollen, obwohl man dumme hat.	In Frieden leben zu wollen, obwohl Krieg herrscht.
Gewinnen zu wollen, obwohl man weiß, dass man verliert.	In Ruhe arbeiten zu wollen, obwohl der Chef/die Kollegen was dagegen haben.
Einen Turm besteigen zu wollen, obwohl man Höhenangst hat.	Krank zu sein, trotz aller Therapien, die es gibt.
Berge nicht versetzen zu können, obwohl man daran glaubt.	Schweigen zu müssen, obwohl man viel zu sagen hat.
Im Hamsterrad rennen zu müssen.	Gegen Windmühlen ankämpfen zu müssen.

Lebensprobleme gibt es mindestens so viele, wie es Menschen gibt, wahrscheinlich weitaus mehr. Die genannten sind nur die Spitze des Eisbergs oder der Boden davon. That depends on the Perspective...

63

Ich muss. Ich muss, auch wenn es mir schwerfällt. Ich muss wieder hineinschauen in meine Kristallkugel und damit in eine vergangene Zeit. Ich muss, ich muss das schreiben, auch wenn es mir schwerfällt. Schreiben fällt mir schwerer als andere Dinge. Das Laufen zum Beispiel, das läuft von allein, so gut, dass ich zeitweise sogar rennen kann. Aber schreiben? Dafür scheinen meine Hände nicht geeignet zu sein. Dennoch schreibe ich. Weil ich muss. Und ich sehe mich in meiner Zeitkugel in meiner Vergangenheit rennen, davonrennen, fliehen. Flucht aus einem Dilemma, Flucht nach vorne.

Ich musste meine letzte Beziehung beenden, musste einen Cut machen, weil Sucht danach und Eifersucht mich mürbe gemacht hatten. Tiefer konnte ich in die Sackgasse nicht gelangen. Ich musste aus dieser wieder heraus, und das tat ich, indem ich floh, davonrannte. Ich musste raus aus Raum und Zeit meiner Raumzeit und in eine andere Raumzeit reisen. Also floh ich, flog ich in einen anderen Raum und damit auch in eine andere Zeit. Ich floh und flog nach Afrika. Ich war 27 und intensiv mit meiner Doktorarbeit beschäftigt. Trotzdem musste ich für eine gewisse Zeit weg. Da ich für meine Doktorarbeit ein Stipendium von der Universität bekommen hatte, konnte ich mir einen Traum erfüllen und ein Studentenpraktikum, eine Famulatur in einem afrikanischen Land am Äquator machen. Das hatte ich mir schon immer erträumt und ich konnte es nun in die Tat umsetzen, die Zeit war reif dafür sozusagen.

Ich reiste in der Tat in eine andere Zeit. Ich reiste aus der Gegenwart in die Vergangenheit. Und in eine andere, mir bis dato fremde Welt. Aus einer Welt des Überflusses in eine Welt des materiellen Mangels an allen Ecken und Enden. Aus einer Welt der emotionalen Starre in eine Welt des emotionalen Flusses. Aus einer Welt des Unperfekten in seiner Perfektion in eine Welt der Perfektion im nicht Perfekten. Aus einer Welt, in der Improvisation ein Fremdwort war, in eine Welt, in der ohne Improvisation im Alltag kein Überleben möglich war.

Aber ich war ein Fremder in dieser Welt, der Fremde. Man sah es mir an. Ganz offensichtlich. Man sah es an meiner Hautfarbe. Die war anders als die der, die dort lebten. Und ich fühlte mich sofort fremd in dieser Welt, sofort, nachdem ich das Flughafengebäude verlassen hatte. Die, die mich dort empfingen, sahen sofort das Geld in mir. Die Taxifahrer sahen das Geld in mir an meiner Hautfarbe und versuchten es mit aller List und Gewalt, aus mir herauszukitzeln. Das war mein erster Kontakt mit Schwarzafrika und es machte mich fremd und befangen. Ich war einfach fremd und fühlte mich so. Es war aber auch das erste Mal in meinem Leben, zu fühlen, wie es sich anfühlt für die, die von dort zu uns kommen. Nach einer Übernachtung am Ankunftsort in einem Hotel, wo mich bekannte Einheimische eines Onkels empfingen, fuhr ich am nächsten Morgen mit einem kleinen Bus zu meinem Zielort. Die Bekannten meines Onkels hatten mich noch am Abend der Ankunft zu sich nach Hause zu einem Essen eingeladen. Dort lernte ich dann die Gegenseite meines ersten Eindrucks kennen, etwas, was ich bis dahin im Leben nicht kennengelernt hatte, da man es bei uns verlernt hat: Wahre Herzlichkeit! Dort fühlte ich mich nun nicht mehr fremd, denn ich fühlte mich als Mensch, ohne Wenn und Aber, akzeptiert. Wie gesagt, am nächsten Morgen fuhr ich mit einem Überlandkleinbus zu meinem Zielort in den Nordwesten des Landes. Wiederum lernte ich etwas kennen, was ich zuvor nicht hätte nachvollziehen und beschreiben können. Denn eine Reise in einem afrikanischen Kleinbus durch ein afrikanisches Land ist für einen Europäer ein unbeschreibliches Ereignis. Der Bus war über und über mit Menschen, Tier und Gepäck vollgepackt. Und afrikanische Straßen sind, vor allem in der Provinz und außerhalb der großen Städte, mit nichts zu vergleichen, was ich bislang kennengelernt hatte. Dennoch kam ich am Zielort an. Und landete in einem großen Provinzkrankenhaus, einem katholischen Krankenhaus. Die afrikanischen Nonnen, die das Haus führten, empfingen mich allerdings sehr herzlich, obwohl sie, wie sich mit der Zeit herausstellte, dem katholischen Regulator mit Übereifer nachgingen. Ob sie ihn auch lebten, wie sie ihn propagierten, blieb eine unbeantwortete Frage für mich. Und bleibt es bis heute. Die

Menschen vor Ort empfingen mich, wie die Menschen nun mal sind, wie Menschen, und so unterschiedlich behandelten sie mich auch. Manche zeigten ehrliches Interesse, manche sahen mein Geld durch meine Hautfarbe und wandten sich von mir ab. Andere sahen mein Geld anhand meiner Hautfarbe und wandten sich mir deswegen zu. Die Menschen sind, so unterschiedlich sie auch sein können, im Grunde doch überall gleich. Manche einheimischen Ärzte, bei deren Arbeit ich hospitieren durfte, ignorierten mich aus besagtem Grund, andere wiederum waren an mir und meiner Herkunft interessiert. Aber irgendwann fühlte ich mich nicht mehr ganz so fremd, ich gewöhnte mich daran und man gewöhnte sich aneinander. Ich schloss Freundschaft mit afrikanischen Studenten, die ebenfalls dort hospitierten und mit mir im Guesthouse des Hospitals einquartiert waren. Wir aßen und tranken zusammen, besuchten und behandelten zusammen mit den Ärzten die Kranken und tauschten uns in unserer Freizeit rege aus. Ich lernte viel, viel für mich und mein weiteres Berufsleben und mein weiteres Leben.

Zusätzlich zum Leben und Sterben in einem katholischen, afrikanischen Krankenhaus lernte ich, wie sollte es auch anders sein, in Afrika den Sex kennen. Am ersten Samstagabend fuhr ich mit meinen afrikanischen Kollegen in den nächsten Ort, in eine Diskothek. *You can have any Girl you want!* sagte einer der Kollegen auf der Fahrt dorthin zu mir. Und in der Tat, die Girls in der Disco wurden natürlich sofort auf mich aufmerksam und einige baggerten mich an. Aber recht schnell konnte ich erkennen, worum es ging: Sie sahen das Geld an meiner Hautfarbe. Und ich bemühte mich, aus der Nummer schnell wieder rauszukommen. Nur ein Mädchen, das an der Bar saß, hielt die ganze Zeit Blickkontakt mit mir. Irgendwann lächelten wir uns, ich zumindest, schüchtern an. Nachdem die anderen Groupies irgendwann abgedampft waren, kam sie auf mich zu und forderte mich zum Tanzen auf. Und wir tanzten, wir tanzten! Ich sah, wie viel erotischer afrikanische Frauen tanzen konnten! Anders, als ich das bis dato in meinem Leben gesehen hatte. Und wir tanzten und in den Tanzpausen unterhielten wir uns, so gut wir konnten. Sie stellte mir ihre W-Fragen und ich beantwortete sie. Doch die Zeit verging und irgendwann musste ich mich mit meinen Kollegen auf den Weg zurück zum Hospital machen. Zum Abschied sagte sie mir nur, dass sie mich dort besuchen wolle.

Ja, das sagte sie…

Ich dachte allerdings nicht mehr daran und vergaß es sogar, da ich am folgenden Tag mit einigen Leuten einen Ausflug in die Umgebung machte. Am darauffolgenden Nachmittag kam sie allerdings zum Guesthouse, wo ich mich mit meinen afrikanischen Studentenfreunden gerade auf der Veranda aufhielt. Tja, zunächst waren Situation und Konversation etwas stockend und sie wollte wieder gehen. Ich bat sie aber, zu bleiben. Sie tat es und die Konversation wurde besser und gelöster. Irgendwann verließen uns die Kollegen und wir blieben allein zurück. Und da es bald dunkel wurde, nahm ich sie mit mir in mein Zimmer. Wir unterhielten uns weiter, es machte Spaß.

Und irgendwann waren wir mit unserem Latein am Ende. Und daraus wurde Sex. Guter Sex!

Danach ging sie…

Es ließ mir jedoch keine Ruhe. Am nächsten Nachmittag, nach der Arbeit, fuhr ich in ihren Ort und suchte sie. Und fand sie. Sie arbeitete als Hair Dresser. Nirgends gibt es so viele Hair Dresser wie in Afrika. Zunächst schien sie befangen zu sein, weil sie wohl nicht daran geglaubt hatte, dass ich sie aufsuchen könnte. Aber die Befangenheit löste sich schnell, wir gingen in eine Kneipe und tranken afrikanisches Bier. Und redeten und erzählten uns viel. Sie war 18 und ich 27. Und wir hatten uns viel zu erzählen, da unsere Leben so verschieden waren.

Am nächsten Tag kam sie wieder zu mir. Und wir hatten wieder Sex. Wir trafen uns jetzt jeden Tag. Und hatten meistens Sex.

Is Love without Sex possible? – Maybe…

Is Sex without Love possible? – No way!

Also waren wir ein Paar. Das afrikanische Mädchen und der europäische Medizinstudent, den alle nur als Doktor wahrnehmen wollten und wahrnahmen. Eine hohe Bürde für mich, denn mein moralischer Regulator schlief natürlich nicht. Durch ihn war es unmöglich, aus einer Affäre lediglich eine Sex-Affäre werden zu lassen. No way! Zudem war ich in sie verliebt. Es war eine schöne, eine wunderschöne Zeit, trotz all der Fremdartigkeit, die ich nicht aufhören konnte, zu verspüren. Da ich sie liebte, musste ich mich um sie kümmern. Wir waren ein Paar, ich der Mann und sie die Frau. Ich gab ihr, was ich konnte, was meine Mittel erlaubten und was in meiner Macht stand. Aber keine Zeit dauert ewig, auch diese nicht. Die Zeit verging, sechs Wochen, in denen ich so viel gelernt und erlebt hatte, vergingen und ich musste die Reise zurück antreten, die Reise in eine andere Zeit und einen anderen Raum. Sie begleitete mich in die große Stadt am Meer. Dort hatten wir eine wundervolle gemeinsame Woche. Ich lernte nochmals sehr viel, lernte, wie man sich in einer afrikanischen Gesellschaft, in einer afrikanischen Großstadt durchschlägt, durchschlagen muss, lernte, wie afrikanische Menschen in einer afrikanischen Großstadt miteinander umgehen. Lernte, dass sie sich alle als *Brothers and Sisters* bezeichnen, auch ohne miteinander verwandt zu sein. Nun, wir waren ein Paar, sehr ungleich, aber dennoch.

Sie begleitete mich zum Flughafen, und wir mussten *Leb' wohl!* sagen. Ich sagte ihr, dass ich wiederkommen würde. Wie ich das anstellen sollte, wusste ich da allerdings noch nicht.

Wieder zurückgekehrt, versuchte ich, mich wieder in das kalte Leben der Überflussgesellschaft einzufinden. Aber ich dachte ständig an sie. Und dachte an meine Liebe und meine Verantwortung. Gelegentlich, was selten war, telefonierten wir miteinander, soweit es Distanz, Telekommunikation der damaligen Zeit und Verbindung zuließen. Hin und wieder schrieben wir uns Briefe, manchmal mit Fotografien. Sie immer wieder mit unterschiedlichsten Outfits und Frisuren. Afrikanische Frauen stehen sehr auf ihr Äußeres, oh ja! Ich überlegte, wie ich sie zu mir holen könnte. Wie sollte ich das anstellen? Noch war ich Student und hatte kein Geld. Doch es ließ mir keine Ruhe. Ich arbeitete noch mehr neben dem Studium und sparte. Und nachdem genug zusammengekommen war, schickte ich ihr in einem versiegelten und versicherten Umschlag das Geld für einen Pass, da sie keinen besaß und für ein Flugticket an eine Adresse, die sie mir in einem Brief genannt hatte.

Aber der Umschlag kam nie an…!

Ich hakte nach, bei allen Quellen, die mir hierfür zugänglich waren. Keine Chance! Ich lernte wieder einmal etwas Neues: Für Geld, um in den Besitz von Geld zu gelangen, tun die Menschen alles! Sie gehen sogar über Leichen.

Nun denn, es war frustrierend! Ich bekam das Geld jedoch von der Postversicherung, bei der ich den Umschlag versichert hatte, zurück. Immerhin. Aber ich musste sie wieder sehen. Also plante ich, mit dem zurückerhaltenen Geld erneut in den nächsten Semesterferien nach Afrika zu reisen. Jedoch die Zeit verging und meine Zweifel wuchsen, ob ich das auch tun sollte. Ich ließ mich aber nicht von meinen Zweifeln abbringen und bereitete sorgfältig alles vor. Ich teilte ihr das alles telefonisch und per Post mit und sie war happy. Es kam die Zeit, in der die erneute Reise dorthin nahte.

Eine Woche vor der Abreise traf mich jedoch das Verderben und am Tag und in der Nacht vor dem Abflug traf es mich vollends. Und wieder hat es mit Sex zu tun…

64

Dank meiner Zeitkugel bin ich wieder in der Gegenwart.

Nie war ich so platt wie derzeit. Nie hat mich die Außenwelt so wenig interessiert wie heute. Diese hat sich langsam, aber stetig von mir verabschiedet in den letzten Jahren. Mein Interesse daran ist so nach und nach gesunken und ich weiß noch nicht einmal, ob der Tiefstand an Weltinteresse schon erreicht ist, oder ob es noch weiter nach unten geht.

Jeden Tag aufs Neue historische Interessenspegeltiefststände…

Da mich so wenig an der Welt interessiert mittlerweile, da ich sozusagen zum Egalismus[73] konvertiert bin, frage ich mich nun natürlich, ob ich für diese Welt, in der so viel passiert, was mir egal ist, gut bin. Bin ich gut, bin ich gut so, wie ich bin? Wann ist man gut, wann ist etwas gut, wann ist es gut so, wie man ist, wie etwas ist? Schwierige Fragen, aber dennoch existenzielle Fragen. Ich finde in mir, in meinen vier Wänden meines logischen Raumes des mir beschränkten Denkens keine Antwort darauf, ob ich gut bin, ob ich gut so bin, wie ich bin. Da mich die Antwort, oder eine Antwort oder Antworten auf die Frage, ob ich gut und gut so bin, wie ich bin, aber brennend interessiert, frage ich das größte Orakel, das es je gegeben hat, das Orakel, das alle fragen, die Fragen haben, ob sie es zugeben oder nicht: Ich frage das Internet. Doktor Google weiß alles, obwohl er im tiefsten Grunde doch keine Lebensprobleme löst. Ich frage dennoch. Will ich wissen, ob ich gut bin, muss ich erst einmal analysieren, wer und was ich überhaupt bin und was daran gut ist. Nun, ich möchte die Darstellung, wer und was ich bin, nicht zu sehr überstrapazieren, da ich es auf vielen der vergangenen Seiten bereits getan habe. Aber wenn ich darüber nachdenke, komme ich immer wieder zu der Feststellung, wer und was ich bin: Ich bin Mensch, Arzt, Künstler, Gesellschaftskritiker.

Aber bin ich in diesem Sein, diesem Menschsein, Arztsein, Künstlersein und Gesellschaftskritikersein auch gut? Das ist es, was mich interessiert. Bin ich ein guter Mensch, ein guter Arzt, ein guter Künstler, ein guter Gesellschaftskritiker? Warum interessiert es mich überhaupt so sehr, ob ich in meinem Sein gut bin? Weil es mir ein Leben lang, eine lebenslange Entwicklung als Mensch, meine individuelle Evolution und Progression, von meinem moralischen Regulator auferlegt wurde, gut zu sein. *Edel sei der Mensch, hilfreich und gut...* Goethe. Das sagte Goethe, in gewissem Sinne das personifizierte Internet einer vergangenen Zeit als Wissender. Gut so! Gut sein. Das Gut-sein-müssen scheint in mir genetisch fixiert zu sein, nur weiß ich eben nicht, ob ich es auch wirklich bin. Also frage ich, ganz naiv, Doktor Google und das WorldWideWeb:

Wann ist man ein guter Mensch?
Wann ist man ein guter Arzt?
Wann ist man ein guter Künstler?
Wann ist man ein guter Gesellschaftskritiker?

Die Fülle der Antworten, die man im Internet auf diese Fragen bekommt, ist phänomenal, das Internet weiß alles, denn jeder, der etwas weiß, weiß es im Internet. Ob die Antworten auf die Fragen, die man dem Orakel Internet stellt, dann auch wahr oder unwahr sind, ob richtig oder falsch, sei dahingestellt. Sie sind auf jeden Fall vielfältig. Und es ist auch egal und bestärkt mich in meinem Egalismus, ob eine Antwort auf eine gestellte Frage wahr oder falsch ist. Denn beides, wahr oder falsch, ist eine Tatsache und Tatsachen sind logisch und unabhängig voneinander im logischen Raum, der Menge aller logisch möglichen Welten. Die reale Welt ist eine unter mehreren logisch möglichen Welten. Sie ist die einzige Menge von Sachverhalten im logischen Raum, deren Elemente ausnahmslos Tatsachen sind. Ja, Tatsachen! Ja, in der Tat, welchen Inhalt eine Antwort hat, welchen Sachverhalt sie darstellt, hängt nicht davon ab, ob sie wahr ist oder nicht. Denn der Sachverhalt ist eine Tatsache. Selbst wenn man nicht weiß, ob eine Antwort wahr oder falsch ist, können wir uns ein Bild von der Welt machen. Der Inhalt einer Antwort und deren Wahrheit sind zwei verschiedene Paar Stiefel.

Nun denn, ich weiß nicht, ob es gut ist, so abzuschweifen und ich wollte ja auch nicht Wittgenstein fragen, ob ich gut bin, gut so, wie ich bin, sondern das Internet.

Also frage ich jetzt das Internet. Ich tippe ein:

Wann ist man ein guter Mensch?

Und ich bekomme unzählige Antworten, so viele, dass ich noch nicht einmal auswählen kann, sondern nach dem Zufallsprinzip, aleatorisch sozusagen, vorgehen muss.

Eine Antwort lautet:

Gute Menschen bringen anderen Anerkennung entgegen und freuen sich aufrichtig für sie.

petra.de listet *acht Dinge, an denen Du gute Menschen erkennst,* auf:

1. *Sie bringen Dir Vertrauen entgegen.*
2. *Sie sind immer für Dich da.*
3. *Sie sind ehrlich.*
4. *Sie freuen sich aufrichtig für Dich.*
5. *Sie werden von anderen geliebt.*
6. *Sie sind großzügig mit Komplimenten.*
7. *Sie sind genügsam.*
8. *Sie zeigen Mitgefühl*

Einen zum Teil ähnlichen, zum Teil anderen Ansatz verfolgt *brigitte.de*:

1. *Gute Menschen vertrauen anderen.*
2. *Gute Menschen versuchen nicht, Dich zu überzeugen.*
3. *Gute Menschen schauen Dir in die Augen.*
4. *Gute Menschen werden geliebt.*
5. *Gute Menschen leben umweltbewusst.*
6. *Gute Menschen machen Fehler.*
7. *Gute Menschen zeigen Mitgefühl.*
8. *Gute Menschen erzählen Dir von sich.*

So weit, so gut. Es gibt noch viele, viele weitere Websites, die das Gutmenschentum, durch ihre subjektive, rosarote Brille beleuchten. Ich will mich aber auf die genannten Aussagen von *petra.de* und *brigitte.de* beschränken. Danach bin ich allerdings nicht wirklich ein guter Mensch. Zwar versuche ich immer, den genannten Aussagen zu entsprechen, doch es gelingt mir nie so richtig wirklich und vollständig, manchmal ja, meistens aber eher nein. Nur eine Aussage trifft auf mich zu – *brigitte.de* (6): Ich mache Fehler, tagtäglich, immer und immer wieder. Diese Aussage ist die Einzige, die mich in ihrem Inhalt zu einem guten Menschen macht, denn das ist eine Tatsache. Also, in der Gesamtschau, der 2 mal 8 dargestellten Aussagen bin ich eher kein guter Mensch, bin ich nicht gut so, wie ich bin, weil es mir meistens nicht gelingt, wie dargestellt gut zu sein.

Eine weitere Website gibt einen etwas differenzierteren Ausblick. Eine Schülerin einer sechsten Klasse stellt folgende Fragen:

1. Gibt es gute Personen?
2. Kann ich eine gute Person werden?
3. Wie wird man eine gute Person?
4. Ist man eine schlechte Person, wenn man große Fehler im Leben macht?

Diese klugen Fragen werden der Schülerin anhand von drei Philosophen beantwortet:

A) *Aristoteles*[74]: Eine Person ist dann gut, wenn sie gute Charaktereigenschaften hat. Dieses sind Tapferkeit, Großzügigkeit, Weisheit und Selbstbeherrschung.

B) *Jeremy Bentham*[75]: Eine Person ist dann gut, wenn sie so handelt, dass möglichst viel Glück und möglichst wenig Leid entstehen.

C) *Immanuel Kant*[76]: Eine Person ist dann gut, wenn sie die Handlung ausführt, von der man wollen kann, dass alle diese Handlung ausführen würden.

Frage	Aristoteles	Bentham	Kant
1. Gibt es gute Personen?	Ja	Ja	Ja
2. Kann ich eine gute Person werden?	Ja	Ja	Ja
3. Wie wird man eine gute Person?	Indem man gute Personen nachahmt und versucht, sich gute Charaktereigenschaften anzueignen; dies bedarf der Übung.	Indem man so handelt, dass möglichst viel Glück und möglichst wenig Leid entstehen.	Wenn man die Handlung ausführt, von der man wollen kann, dass alle diese Handlung ausführen würden.
4. Ist man eine schlechte Person, wenn man große Fehler im Leben macht?	Erfolgt der Fehler durch eine schlechte Charaktereigenschaft, dann ja. Erfolgt er durch eine gute, dann nein.	Wenn durch die Folgen des Fehlers viele Menschen leiden, dann ja.	Wenn durch den Fehler Handlungen erfolgen, von denen wir nicht wollen, dass alle sie tun, dann ja.

Toll, das ist schon besser. Ich verstehe das Dargestellte so, dass ich immer wieder versuchen soll, ein guter Mensch zu sein. Gelingt mir das, bin ich gut und gut so, wie ich bin. Vielleicht bin ich aber auch nur ein Mensch wie Büchners *Woyzeck*: Ein guter Mensch, aber er denkt zu viel…

Trotzdem, weiter im Text.

Ich gebe ein:

Wann ist man ein guter Arzt?

Eine Internetaussage lautet:

Gute Ärzte und Ärztinnen verfügen über sehr gute Kenntnisse und Wissen. Sie sind belastbar, bereit, Verantwortung zu übernehmen und Entscheidungen zu treffen, sich dabei ihrer Grenzen wohl bewusst. Vor allem sind sie empathisch und stellen den Patienten in den Mittelpunkt.

Stern.de Liste zehn Punkte auf, woran man einen guten Arzt erkennt:

1. *Respekt für den Patienten.*
2. *Zeit für den Patienten.*
3. *Augenmaß: Nicht mehr, aber auch nicht weniger Medizin als notwendig.*
4. *Übersetzungsarbeit: Dem Patienten verständlich erklären, worunter er leidet.*
5. *Unvoreingenommenheit: Zuhören, hinsehen, nachforschen, Alternativen in Betracht ziehen.*
6. *Augenhöhe: Den Patienten in die Entscheidung mit einbeziehen.*
7. *Grenzen erkennen: Hilfe in Anspruch nehmen, wenn man nicht mehr weiter weiß.*
8. *Erfahrung durch häufiges tun.*
9. *Bewertung: Was sagen andere über die Kompetenz des Arztes?*
10. *Patientenwohl durch keine Leistungen zum Eigennutz verkaufen.*

Auch hier weiß ich wieder nicht, ob ich das immer und in allen Fällen bin. Denn als Mensch, der ich als Arzt auch bin, mache ich auch Fehler (siehe *brigitte.de*). Also kann ich nur immer wieder versuchen, als Arzt so zu sein, wie es gerade dargestellt wurde. Gelingt mir das, bin ich als Arzt gut und gut so, wie ich als Arzt bin. Und hoffentlich nicht so, wie der Doktor in Büchners *Woyzeck*.

Nun will ich natürlich auch wissen, wie gut ich als Künstler bin. Also:

Wann ist man ein guter Künstler?

Ich finde ein interessantes Fazit eines Editorials auf _grafikbrief.de_: _Gute Kunst ist die, die für mich richtig ist. Der einzig mögliche Experte auf diesem Gebiet bin ich selbst. Vertrauen Sie sich, auch in Bezug auf Kunst, selbst zu entscheiden, was für Sie gut ist! Sie haben Ahnung!_ Und ich finde auf _editionf.com_ die _20 Dinge, woran man einen echten Künstler erkennt:_

1. Echte Künstler bewahren sich kindliche Neugier und Entdeckungsdrang

2. Echte Künstler umgeben sich mit positiven Menschen.

3. Echte Künstler lernen von anderen Künstlern.

4. Echte Künstler entwickeln sich persönlich weiter.

5. Echte Künstler erkennen konstruktive Kritik und setzen sich mit ihr auseinander.

6. Echte Künstler konzentrieren sich auf das Was _in der Kunst, nicht auf das_ Wie.

7. Echte Künstler kenne ihre Grenzen.

8. Echte Künstler respektieren die Vielzahl ihrer Ideen.

9. Echte Künstler wissen die Vielseitigkeit ihrer Talente zu schätzen.

10. Echte Künstler akzeptieren ihre Angst.

11. Echte Künstler betrachten ihre Kunst (auch) als Unternehmen.

12. Echte Künstler dürfen auch einen Teilzeitjob haben.

13. Echte Künstler haben eine gesunde Portion Narzissmus.

14. Echte Künstler haben keine Staralüren.

15. Echte Künstler beherrschen den Spagat zwischen Künstler und Privatpersonen.

16. Echte Künstler sehen die Fassade.

17. Echte Künstler sagen nein.

18. Echte Künstler praktizieren Grundregeln des menschlichen Miteinanders auch im Job.

19. Echte Künstler leiden nicht den ganzen Tag.

20. Echte Künstler sagen Nein zu Drogen.

Wow! Im Grunde habe ich dem nichts anzumerken oder hinzuzufügen. Zum ersten Mal fühle ich mich supersubjektiv erfasst und dargestellt. Denn all das, was gesagt wurde, trifft auf mich, so sehe ich das, zu. Also bin ich Künstler, weil es gar nicht darauf ankommt, darin gut oder nicht gut zu sein, sondern vielmehr authentisch, so sehe ich das zumindest. Und da auch mein Leben kurz, die Kunst aber lang ist, scheint dieses Sein in meinem Dasein vielleicht doch der eigentliche Sinn zu sein.

Abschließend gebe ich noch die Frage ein:

Wann ist man ein guter Gesellschaftskritiker?

Das lässt sich schnell beantworten, denn man findet nichts über gute Gesellschaftskritik, sondern nur über Gesellschaftskritik an sich. Gesellschaftskritik ist, laut *Wikipedia,* die *Kritik an der Gesellschaft, an gesellschaftlichen Teilsystemen oder an, als Missstand empfundenen, gesellschaftlichen und kulturellen Phänomenen. Gesellschaftskritik kann darauf abzielen, das Kritisierte zu verbessern oder abzuschaffen. Es gibt keine allgemein gültige Ansicht darüber, was die Gesellschaftskritik beinhalten muss.*

Gesellschaftskritik gab es schon immer, seit es Menschen in der Gesellschaft gibt und Gesellschaftskritiker gibt es unzählige, wie Sand am Meer. Und ich bin einer von ihnen, einer von vielen. Schon immer gewesen. Auch das scheint in mir genetisch fixiert zu sein.

Mein Fazit zu all dem Gesagten lautet nun ganz kurz: Ja, ich bin Mensch, Arzt, Künstler und Gesellschaftskritiker. Ob ich darin auch gut bin, mögen andere für sich entscheiden. Aber ich versuche für mich, in dem, wer und was ich bin, gut zu sein. Denn dieses Bemühen darum ist genetisch in mir fixiert. Und durch dieses Bemühen, gut sein zu wollen, bin ich gut so, wie ich bin.

65

Das Bürokratiegen

Es bleibt dabei, es ist wie es ist und wird immer so sein: Was und wer wir eigentlich sind, was wir werden, wie wir umgehen und uns zurechtfinden in unserer Mitwelt Umwelt, was wir können und nicht können und niemals können werden – dafür können wir nichts. Denn es ist uns gegeben, mitgegeben, von Gott gegeben und in die Wiege gelegt worden und es bestimmt unsere Reise vom Gestern über das Hier und Jetzt in das Morgen. Wer wir sind, wie wir handeln und denken, wir wir empfinden, reden und tun ist uns zum größten, zum allergrößten Teil gegeben. Es ist eine Gabe Gottes, wenn man an ihn glaubt oder eine Mitgabe unserer Eltern, auf dass wir es an die nächste Generation weitergeben. Was und wer wir sind, liegt in unseren Genen, zumeist vergraben, zum Teil aber auch quicklebendig zum Vorschein tretend. Ob wir weit und hochspringen können, schnell rennen oder nur langsam dahinschlendern, einmal fett werden oder für immer schlank bleiben, ob wir zunehmen wie die Hefeteige, obwohl wir tagtäglich hungern oder dünn bleiben, obwohl wir fressen wie die Scheunendrescher, ob wir diese oder jene Krankheit bekommen, obwohl wir das gar nicht wollen, ob wir reden können wie ein Buch oder nur Schweigen wie die Lämmer, all das liegt in unseren Genen begründet. Ob wir denken und rechnen können wie Einstein oder nur wie ich, nämlich gar nicht, auch das ist darin zugrundegelegt. Für alles und jeden gibt es ein Gen. Wir Menschen haben sehr viele davon, mehr als drei Milliarden Gene und das in jeder Zelle. Bauplan des Lebens, des Seins und der Existenz. In der Tat, so viele sind es. Die meisten schlafen, einige schlafen in der einen, die anderen in der anderen Zelle und auch in dem einen und dem anderen Menschen. Nur wenige Gene erblühen zu Leben und gestalten unser Schicksal. Manche schlafen ewig, manch andere erwachen irgendwann zum Leben und machen Sinn oder häufig auch keinen Sinn. Nonsense-Gene nennt man die dann. Manche machen Nonstop-Nonsense[77]. So ist zum Beispiel die Bereitschaft, der Alphagorilla zu sein oder ständig Krieg spielen zu wollen, genetisch begründet und Mann oder Frau kann tun und lassen was er oder sie will, die Expression eines solchen Gens bekommt man nicht los, man kann es weder verkaufen noch verschenken. Die Fähigkeit, mit welcher Intensität wir Hass und Wut, Trauer, Glück und Seeligkeit empfinden können, ist zum Großteil in unseren Genen fixiert. Auch ob wir cholerisch, phlegmatisch, sanguinisch oder melancholisch sind oder von allem ein bisschen in individuell unterschiedlicher Ausprägung. Das ist unser Schicksal, unser Karma.

Ich als Mensch habe auch viele, sehr viele, ja alle Eigenschaften, die in meinen Genen begründet liegen und sich ausgeprägt haben oder nicht, denn ich bin mir sicher, dass noch viele Gene, die für bestimmte Charaktereigenschaften und Persönlichkeitsmerkmale codieren, in mir schlummern. Viele Züge meines Wesens und Seins, wie meine Ängstlichkeit, meine manchmal cholerische Ader, mich über Dinge aufzuregen, für die es sich nicht lohnt, sich aufzuregen, mein Hang mich zu erschöpfen und dann dauerhaft erschöpft zu sein und noch so vieles mehr, was taugt oder nicht taugt, haben sich evolutionär aus meinen Genen entwickelt.

Nur ein Gen ist bei mir nicht vorhanden, es findet sich nirgendwo in meinem Genom und ist auch nach aufwändigster Suche, Selbst- und Fremdanalyse nirgends in mir zu finden.

Es ist das Bürokratiegen.

Warum das so ist, weiß ich nicht. Nur ich leide darunter, es nicht zu besitzen. Ich habe keine Charaktereigenschaften, Wesenszüge oder Talente, die auf das Vorhandensein dieses Gens zurückzuführen sind. Und da ich nichts davon in mir habe, macht mir das Leben es oft schwer, da ich mich oft, sehr oft in dieser Welt und diesem Leben nicht zurechtfinde, da ich die Regeln der Bürokratie einfach nicht verstehe, nein, nicht nur nicht verstehe, sondern gar nicht verstehen kann. Das ist, als wenn einem das Gen für den Geschmacksinn fehlt. Man kann schmecken wollen, so viel man will, aber man schmeckt einfach nichts. Man ist dann durch und durch geschmacklos. Hat man kein Bürokratiegen und ergo keine darauf zurückzuführenden Eigenschaften, ist man in dieser Welt verloren und außen vor. So geht es mir und ich leide darunter. Ich habe mich sehr oft, sehr lange und sehr intensiv damit auseinandergesetzt, warum ich es nicht habe. Ich habe einfach keine Ahnung. Gar viele Ärzte und Psychologen habe ich gefragt, warum ich es nicht besitze oder ob ich es nicht doch irgendwie bekommen kann, ob es nicht eine Therapie gibt, die es mir vermitteln oder eine Impfung, die es mir einimpfen könnte. Keine Chance! Es gibt keine Möglichkeit. Als ich noch gebetet habe, habe ich zum lieben Gott gebetet, darum gebettelt, es bekommen zu dürfen. No Chance! Weder die Welt noch Gott und die Welt hatten und haben mit mir Erbarmen.

Die Wissenschaft, die alle Fragen der Wissenschaft irgendwann löst, löst leider keine Lebensprobleme. Aber meine Unfähigkeit, an der Bürokratie teilzuhaben und sie zu verstehen, ist eines meiner größten Lebensprobleme, da ich einfach das Gen hierfür nicht besitze. Ich bin sozusagen ein Besitzloser und damit teilnahmslos am Sinn des Seins, des Daseins. Es ist nicht so, dass ich mich nicht bemühte, an der bürokratischen Welt teilzunehmen, genauso, wie ich gerne gut essen gehe, obwohl ich geschmacklos bin. Aber ich finde keinen Sinn im bürokratischen Dasein. Wie man auf konkrete Fragen keine klaren Antworten bekommt. Wie bedrucktes Papier, Unmengen bedruckten Papieres, bedruckten Papieres ohne Inhalt wichtiger ist als das Papier selbst. Wie die Regeln, die trotz aller Regularien dennoch nicht eingehalten werden, wichtiger sind als das Leben zu regeln. Wie der Vorsatz, dem Leben die Steine aus dem Weg räumen zu wollen dadurch konterkariert wird, indem immer mehr Steine in den Weg gelegt werden. Wie die Normen, mit denen der Mensch gleichgeschaltet wird, wichtiger sind als der Mensch selbst. Wie der Sinn des Seins darin besteht, immer mehr Unsinn zu verzapfen. Der Volkssport in der Bürokratie ist die Dummheit. Rennen gegen Windmühlen, Schwimmen in den Strudel hinein und sich mitreißen zu lassen, einen Felsbrocken den Berg hinaufzurollen im Bewusstsein, dass er oben angekommen den Berg gleich wieder hinabrollt. Nachdenken darüber ist gesetzes- und regelwidrig und wird mit dem Tode, dem Ausschluss aus der Gesellschaft und Sanktionen bestraft. Deswegen fühle ich mich als Verbrecher, als Sträfling. Aber eigentlich kann ich nichts dafür. Ich besitze einfach dieses beschissene Gen nicht, damit klarzukommen. Es ist wie mit allen Genen: Entweder man hat sie oder nicht…

Aber ich setze dennoch große Hoffnungen in die Wissenschaft. Ich hoffe, dass die Gentechnik es irgendwann schafft, dieses Gen zu entwickeln und es in einen Organismus einschleusen kann. Ich stelle mich sofort als Versuchskaninchen zur Verfügung…

66

Wann ist der Mensch glücklich, bedingungslos glücklich? Eine schwierig zu beantwortende Frage. Ist er glücklich, wenn er alles haben kann, was er haben will? Oder ist er dann unglücklich, wenn er alles hat, weil er sich Ängste und Sorgen machen muss, es irgendwann nicht mehr zu haben? Ist er glücklich, wenn ihm alle Sorgen, jeglicher Kummer und jegliche Not genommen werden? Ist er glücklich als König Midas oder doch glücklicher als Hans im Glück? Machen Reichtum und Macht glücklich oder vielmehr doch eher Armut und Ohnmacht, weil man dann Reichtum und Macht nicht wegnehmen kann? Wann ist der Mensch glücklich? Bin ich ein glücklicher Mensch? Nein, bin ich nicht, ich denke zu viel nach. Und nachdenken macht nicht glücklich. Aber ohne nachdenken kann ich selbst die Frage nicht beantworten, ob und wann der Mensch glücklich ist. Wieder einmal muss ich passen, wieder einmal muss ich eine schwierige Frage, die doch so einfach ist und so häufig gestellt wird, für mich unbeantwortet lassen. Und dennoch interessiert mich die Antwort. Da ich aber die Frage zum glücklich sein selbst nicht beantworten kann, muss ich das tun, was ich immer wieder tun muss, wenn ich etwas nicht weiß: Mich informieren und nachlesen. Und ich befrage wieder einmal das größte Orakel, das man befragen kann, das endevolutionäre Orakel. Das Internet. Ich delegiere sozusagen die Aufgabe, eine Frage, die ich nicht beantworten kann, weiter an eine kompetentere Institution.

Wann ist der Mensch glücklich?

Und wieder finde ich viele, viele, viele viele Antworten. Hunderte von Zitaten großer und weniger großer Menschen über Glück.

Dinge, die glücklich machen. Mal sind es drei, dann fünf, dann 25 Dinge. Glück scheint etwas Ambivalentes zu sein, jeder hat seine individuelle Vorstellung davon. Enthält ein Leben eines Menschen, viel von dem, was er subjektiv als richtig erachtet, dann scheint er glücklich zu sein. Laut einer *Harvard-Studie* brauchen wir drei Dinge dazu: Soziale Kontakte und gute

Beziehungen, Aufgaben und Glaube und Passion. Daneben aber vor allem Eigeninitiative, den Schlüssel zum glücklich werden. Eigeninitiative? Glück durch Leistung? Glück nur durch Anstrengung? Kann das Glück denn nicht ganz von allein kommen? Muss man für alles im Leben etwas tun? Kein Lohn ohne Leistung?

Ich will mich gar nicht mehr in die Antworten zum glücklich sein des größten Orakels der Menschheitsgeschichte vertiefen. Ich stelle einfach weiter meine Fragen und suche nach meinen Antworten. Und erkenne, dass ich weiß, dass ich nichts weiß.

Was macht den Menschen glücklich?

Essen und Trinken? Ja, bis zum nächsten Hunger und Durst. Ein Dach über dem Kopf? Ja, bis man erkennt, dass einem die Decke auf den Kopf fällt. Geld und Reichtum? Ja, bis man erkennt, dass Reichtum nie ausreichend vorhanden ist. Macht? Ja, so lange, bis man erkennt, dass man trotz seiner Allmacht noch nicht einmal mehr allein aufs Klo gehen kann. Liebe? Macht Liebe glücklich? Das kommt darauf an, wie lange die Liebe hält. Liebe ist nicht unsterblich und nicht von unendlicher Dauer. Sie muss ständig erneuert werden und man muss immer wieder um sie kämpfen, was Initiative, Fremd– und Eigeninitiative, erfordert (siehe oben). Sex. Macht Sex glücklich? Gute Frage. Vielleicht ein Minutenglück. *…Und viel zu kurz ist das Minutenglück und ich muss wieder auf die Straße zurück,* wie es in einem Song der Spider Murphy Gang[78] so schön heißt. Sex macht vielleicht nicht dauerhaft glücklich, kann aber süchtig machen. Eine Sucht ist ein trügerisches Glück, Unglück auf Dauer vorprogrammiert! Dementsprechend können andere Süchte (Drogensucht, Spielsucht, Eifersucht…) nur ein kurzzeitiges Glücksgefühl vermitteln, dauerhaft führen sie jedoch eher ins Unglück. Also gibt es gar kein wirkliches Glück? Doch, aber nur von kurzer, sehr kurzer Dauer. Ein Wimpernschlag im Dasein eines Menschen. Es ist viel leichter, unglücklich zu werden. Denn das Unglück unterliegt der Schwerkraft, der Gravitation, der schwächsten, aber bedeutendsten der physikalischen Grundkräfte. Unglück windet sich sozusagen in sich selbst und zieht alles zu sich hin. Alles Leben ist nun mal Leid…

Sie rollt wieder, die Zeitkugel, in alle Richtungen. Die Kugel, die eine Kristallkugel ist, in die man hineinschauen, in der man lesen und aus der man Dinge herauslesen kann. Sie ist eine Murmel, die man wirft und die dahin rollt und irgendwann, wenn ihr die Bewegungsenergie ausgeht, einfach stehen bleibt. Bis man sie erneut anstößt oder wirft, indem man ihr neue Energie zufügt. Die Murmel des Lebens, das Leben selbst, sozusagen.

Und meine Zeitkugel ist mal wieder in der Gegenwart angekommen, die Gegenwart, die ohne die eigene Vergangenheit nicht möglich ist. Immer wieder sieht man Dinge in der Kugel, neue Ereignisse, die durch alte bedingt sind. So ist das Leben nun mal. Ich werde erpresst. Ich scheine vielmehr erpresst zu werden. Erpresst durch die Cyberwelt, an der ich, wenn auch nur vorübergehend und nur für kurze Zeit, teilgenommen habe. Ich schaue in meine Kristallkugel, blicke zurück in meine Vergangenheit, ich blättere im bereits Geschriebenen viele Seiten zurück in die Zeit, in der ich Teil dieser unglücklichen Cyberwelt war. Ich habe mich, immer wieder, in meinem Leben gefragt, ob es Gott und den Teufel wirklich gibt. Nun, heute muss ich erkennen, es gibt beide, Gott und den Teufel, sie sind vielleicht realer, als sie es jemals gewesen waren, und sie sind wahrscheinlich nicht getrennt voneinander zu betrachten, sie sind vereint, vereint als Medaille, als Vorder- und Rückseite. Sind präsent, tagtäglich, in jeder Sekunde und wahrscheinlich bis ans Ende aller Zeiten oder vielmehr bis ans Ende des Seins der denkenden und sich selbst oder nicht sich selbst reflektierenden Wesen. Sie sind präsent im Internet, in Social Media und der virtuellen Cyberwelt. *Deus ex Machina et Diabolus etiam*[79].

Wie gesagt, ich werde erpresst von der Cyberwelt oder scheine erpresst zu werden. Und es geht um Sex. Endlich geht es wieder um Sex! Und plötzlich steigt die Aufmerksamkeit aller wieder auf ein Höchstniveau! Denn Sex ist im Grunde das, was alle interessiert, auch die, die es nicht zugeben, nicht zugeben wollen und auch die, die es nicht dürfen. Ich werde erpresst und es hat mit Sex zu tun, mit Cybersex.

Ein schwieriges Unterfangen, mich erpressen zu wollen, da ich nicht erpressbar bin, ebenso wie ich mich als nicht bestechlich erachte. Ich glaube zumindest, beides nicht zu sein. Aber es hat, obwohl ich mittlerweile ein Mann und Mensch im vorgerückten Alter bin, noch nie so wirklich jemand probiert. Trotzdem glaube ich von mir, weder bestechlich noch erpressbar zu sein. Ich stehe zu dem, was ich als Mensch bin und getan habe. Ich habe, aufgrund meines moralischen Regulators und meines hochsensiblen Wesens immer versucht, die Regeln des Verkehrs einzuhalten: *Nicht behindern, nicht schädigen, nicht gefährden, nicht belästigen.* Und die meisten Zeiten meines Lebens ist mir das auch gelungen.

Glaube ich…

Und auch, nachdem ich, und das ist noch nicht allzu lange her, endlich und definitiv festgestellt habe, ein hochsensibler Mensch zu sein und deswegen drauf geschissen habe, einem, mich alles kontrollierenden, moralischen Regulators gehorchen zu müssen. Weil ich mit der Akzeptanz meines sensiblen Wesens genug um die Ohren habe, habe ich nicht aufgehört, mich an die Regeln des Verkehrs zu halten.

Nun:

Ich habe niemanden behindert.

Ich habe niemanden gefährdet.

Ich habe niemanden belästigt.

…ob ich jemanden geschädigt habe, weiß ich nicht. Darüber muss ich noch genauer nachdenken.

Nun, wer das bereits Geschriebene, worum es in diesem langen Text geht, bis hierher gelesen hat, wer darüber reflektiert hat, dem ist sicherlich aufgefallen, dass Sex darin eine große Rolle spielt. Und da der Sex ein wesentlicher Teil allen Lebens ist, muss es darin auch darum gehen.

Wer, der das Geschriebene bereits alles gelesen hat, sich an den Anfang des Textes zurückbeamen kann, kann sich gewiss daran erinnern, dass Sex und die Aufgabe des moralischen Regulators die Initialzündung waren, diesen Text zu schreiben, diesen Text über ein Leben, in dem der Sex, ob real, nicht real oder surreal, einen Großteil in Anspruch nimmt. Und Cybersex, der erlebte Cybersex, war das Streichholz für diese Zündung.

Nun, ich scheine erpresst zu werden. Mit einem Sex-Tape. Und ich sehe mich auf diesem Tape, das mir aus dunklen, nicht nachvollziehbaren Kanälen via WhatsApp zugestellt wird. Eine 0233 – Ländervorwahl, das ist Ghana, das habe ich, wie soll es denn auch anders sein, im Internet recherchiert. Die Cyberwelt ist wirklich überall.

Ich bin natürlich zunächst geschockt. Aber nach zehnhochminusdreiundvierzig Sekunden ist die Schockstarre schon wieder vorbei. Nun, mit Sex kann man mich wirklich nicht mehr schocken, selbst dann, wenn ich der Partizipierende sein sollte.

Ich leide zwar zuweilen an Depressionen und Ängsten, das aber kann meine Depressions- und Angsterkrankung beim besten Willen nicht befeuern. Es gibt andere, wirklich wichtigere Probleme, die mir das Leben schwer machen. Wahre und wahrhafte Lebensprobleme. Sex mit mir als Beteiligtem ist wahrhaft kein Lebensproblem. Milliarden von Menschen haben tagtäglich Sex als Beteiligte und haben wahrhaft, zumeist zumindest, keine Lebensprobleme damit.

Aber ich will nicht abschweifen.

Ich will analytisch an die Sache herangehen, mit dem Verstand arbeiten, auch wenn ich nicht allzu viel davon besitze. Aber vielleicht habe ich durch meine Beschäftigung mit der Philosophie, die ich zwar nicht verstehe, dennoch etwas gelernt.

Also:

Ich schaue mir das Tape noch mal an. Das Erste, was mir dazu einfällt, ist mal wieder, wie so oft, ein Gedicht:

Sexual Harassment in the Workplace

(In memory of Frank Zappa[80]).

You see me working, working, working
on Myself
without
talking, talking, talking
to Myself.

You see me sweatin` and moanin`!

You see my Dick,
you see me working on it.
Hard, hard, harder.
Fast, fast, faster.

But you don't see the One
who lick
my Dick.
And keep her Attention on it.

Don't see her bleeding Lips
and her tiny Tits
and her wide-open Cunt.

On the other Side
of the Cyber Channel.

She don't look like Coco Chanel.
But she wants Money.

On the Other Side
of the Cyber Channel.

And after all:
It was no good.
Was only Sex.
Not Love.

Das ist, was ich sehe und woran ich mich erinnere. Nun, ich gehe weiter analytisch vor und benutze das, was und wer ich bin. Ich bin, wie schon so oft gesagt, Mensch, Arzt, Künstler und Gesellschaftskritiker. Das kann ich leider nicht abstreiten. Vor allem aber bin ich Mensch. Und somit nicht fehlerfrei. Also untersuche ich das Tape auf eventuelle Fehler. Toll ist das nicht, was ich da so von mir und über mich sehen kann. Der Gesichtsausdruck ist ziemlich mies. Zum Pornodarsteller tauge ich anscheinend nicht, wieder ein Grund mehr, Arzt und Künstler geworden sein zu müssen. Eine Erektion, etwas rüchig-anrüchiges, kann ich auch nicht erkennen, vielleicht geht der Videoclip hier auch nicht weit genug. Und wenn schon, Erektionen sehen ja im Grunde auch immer irgendwie gleich aus, als ob das etwas Besonderes wäre. Und zu einer Ejakulation, dem eigentlichen Sinn jeder Kopulation, ist es erst gar nicht gekommen.
Cause after all: Was no good…

Als Arzt habe ich häufig mit sexuellen Fragestellungen und Problemen meiner Klienten zu tun. Keinen Sex mehr, Sex, der nicht mehr funktioniert, weil es einfach nicht mehr funktioniert. Das kann für die Betroffenen ein riesiges Lebensproblem darstellen. Also ein Video mit mir, wo man nicht sehen kann, sich vielleicht vielmehr als Betrachter in seiner Fantasie ausmalen muss, ob etwas funktioniert oder nicht funktioniert, was aber funktionieren muss, damit alles Sein ist und wird, das sind für mich bekannte und olle Kamellen. Als Künstler kann ich nicht anders, als zu dem zu stehen, wer und was ich bin, wen oder was ich darstelle. Zwar sagte mein einstiger Großinquisitor, die Katholische Kirche: *Sex ist Sünde!* Aber ohne Sünde in Gedanken, Worten und Werken keine Kunst. Ich kann das einfach nicht anders sehen, weil ich das als Künstler so lebe. Ganz nebenbei: Viele in der gutbürgerlichen Moralwelt später geachteten und beliebten Schauspieler haben ihren Einstieg über die Sexfilmbranche geschafft. Auch wer hierzu den Satan Internet befragt, wird reichlich mit Information beschenkt werden. Vielleicht werde ich ja, wenn schon nicht als Künstler, als Schauspieler berühmt. Doch: *Vade retro!*

Noch einmal zurück zur Katholischen Kirche und damit hin zur Gesellschaftskritik: Wir sind alle Sünder vor dem Herrn, aber wo keine Sünde, da keine Vergebung. Und auch ich bin einer von diesen. Vielleicht habe ich ja gesündigt.

Aber ich habe mich an die Regeln des Verkehrs gehalten. Ich habe keinen gefährdet, behindert oder belästigt. Zudem ging in meinem Falle die Initiative zum Cybersex nicht von mir, sondern vom anderen Geschlecht auf der anderen Seite des Cyber-Channels aus. Ich habe dafür bezahlt. Mit Geld. Via PayPal. Amen. Im Grunde habe ich ja etwas Gutes getan, mein Gegenüber hatte immerhin einen materiellen Nutzen. Trotzdem versucht man mich nun aus einem Paradies, dem der Unschuld, zu vertreiben. Macht nix, ich habe nie so wirklich an das Paradies geglaubt.

Die Katholische Kirche glaubt nach wie vor an das Paradies. Trotzdem hat sie gesündigt in Gedanken, Worten und Werken, hat sie belästigt, gefährdet und geschädigt, hat sie sich sexuell vergangen an Menschen, an denen man sich nicht, nicht, nicht und niemals vergehen darf, und sie hat keinen Preis dafür bezahlt, sie hat sich in Lügen verstrickt und die Belästigten weiter belästigt, die Gefährdeten und Geschädigten weiter gefährdet und geschädigt. Sie hat diese in ihrem Lebensfluss behindert und behindert weiterhin die Ermittlung und Aufdeckung ihrer eigenen Sünde. Wo keine Sünde, da keine Vergebung.

Ich will mich ja nicht selbst über den grünen Klee loben, aber meine Sünde scheint dagegen nur eine kleine Sünde zu sein.

Und nun bin ich beim Menschen angekommen. Ich bin ein Mensch. Und als Mensch passieren einem tagtäglichen Dinge, die tollsten Dinge. Dinge, für die man oft etwas kann, manchmal aber auch nichts kann. Das Menschsein ist nun mal verrückt. Und es ist absurd. Ja, ich hatte Cybersex. Ja, ich stehe dazu.

Cause I was blind for Love and blinded by Sex. And I did Things I did that I shouldn`t do. Denn es passiert tagtäglich, millionen-, ja, vielleicht milliardenfach. Wieder einmal muss ich Büchners *Woyzeck* bitten. *Als armer Mensch hat man keine Tugend und keine Moral, nur Fleisch und Blut. Nur als feiner Mann* (wie der Hauptmann) *kann man am Fenster liegen und den weißen Strümpfen nachsehen, wie sie über die Gassen springen und dann kommt einem die Liebe. Aber als einfacher Mensch?* Nun trotzdem, wer von Euch ohne Schuld ist, der werfe den ersten Stein. Wer mich nun erpressen will, wegen einer Cybersex-Lappalie, soll es tun. Die sich stark fühlen, fühlen sich in der Tat häufig als die Starken, obwohl sie im Grunde schwach sind. Und wer ihn werfen will, den Stein, möge ihn werfen. Ich fange ihn einfach auf! Und geselle ihn zu dem riesigen Felsbrocken dazu, den ich tagtäglich den Hügel hinauf rolle, im Wissen, dass er von ganz allein wieder hinabrollt.

68

Merken Sie, der Sie dies lesen, etwas? Haben Sie meine Macke erkannt? Denn ich habe eine Riesenmacke. Ich rechtfertige mich! Ständig versuche ich, mich zu rechtfertigen. Für meine Gedanken, für meine Worte, für meine Werke. Für mein Sein als Mensch. Für meine Träume, Gedanken, Erinnerungen. Für meine Süchte und Sehnsüchte. Für meinen Anstand und meine Unanständigkeit. Für meine Vorlieben und Abneigungen. Für meine Moral und meine Unmoral. Für mich und für andere, mir und den anderen gegenüber. Das mich rechtfertigen bestimmt einen Großteil meines Lebens. Ich rechtfertige oder denke mich rechtfertigen zu müssen, wenn es überhaupt kein Grund dazu gibt, mich rechtfertigen zu müssen. Rechtfertigungsneurose, Rechtfertigungspsychose! Im Gefühl, mich rechtfertigen zu müssen, bin ich ein wirklich großer, denn es ist eine Handlung, die ich tagtäglich anwende. Würde ich das, mich rechtfertigen müssen, vergütet bekommen, wäre ich ein reicher Mann. So aber bin ich nur ein Mann. Ein Mann, der das Gefühl hat, sich ständig rechtfertigen zu müssen.

Warum ist das so?

Nun, ich denke, es ist genetisch in mir fixiert. Wie meine Zweifel, meine Unsicherheit, meine Depressivität, aber auch meine Bipolarität. Es ist einfach ein Sein, ein Wesenszug meines Seins.

69

Weiter geht's im Text, weiter mit meiner Zeitkugel, die ich wieder einmal in meine Vergangenheit zur Beleuchtung dieser drehe. Es muss weitergehen, denn die Geschichte muss einmal zu Ende erzählt werden. Doch bis zum Ende ist es noch ein Weg, allerdings weiß ich nicht, wie weit. Ich lese gerade die *Kreutzersonate* von Tolstoj[81], ein Buch, welches ich schon einmal lesen wollte und es nicht getan habe. Die Lektüre der *Kreutzersonate* beamt mich zurück in eine Zeit, von der ich im Folgenden erzählen will. Und wieder hat es mit Leben zu tun, mit Lebensproblemen, mit Beziehung, Sex und Titten. Das lässt sich einfach nicht aus der Welt, aus dem Leben und aus meinem Leben und meiner Welt eliminieren. Aber manchmal sind das Leben und Beziehungen, der Sex darin und Titten dabei vom Verderben gezeichnet.

Ich hatte alles vorbereitet für meine erneute Abreise nach Afrika. Aber irgendwie hatte sich der Zweifel in mir eingeschlichen, ob meine Liebe zu meiner Afrikanerin auch stark genug sei, weiterzuleben, trotz der Distanz und trotz der verschiedenen Zeiten, in der wir lebten, weiter zu existieren. Irgendwie fühlte ich mich mit zunehmender Dauer und aufgrund der weiten Distanz zwischen uns nicht mehr stark genug, ob ich die Beziehung aufrechterhalten könne. Wieder einmal wusste ich nicht so recht, was ich wollte, wie so oft in meinem Leben.

Eine Woche vor meinem Abflug hatten wir in der Studenten-WG, in der ich damals wohnte, ein Abendessen. Eine Mitbewohnerin hatte eine Freundin eingeladen, die ich an diesem Abend zum ersten Mal sah und kennenlernte. Der Abend war nett und schön, die Freundin aber war mir zunächst gar nicht so sehr aufgefallen. Vielleicht war ich, wie so häufig, in meinem Kopf auch mit anderen Dingen beschäftigt. Allerdings blieben wir beide, nachdem die Stunden vergangen waren, allein in der Küche zurück. Wieder einmal, wieder einmal eine Zufallsbekanntschaft. Wir unterhielten uns und die Unterhaltung schien nicht enden zu wollen. Sie machte gar keine Anstalten, gehen zu wollen. Ich konnte, wenn man mir die Chance gab und das Gehör schenkte, von mir zu erzählen, ein wunderbarer Erzähler sein. Wenn man mich geöffnet hatte, konnte ich über mich erzählen, ohne Punkt und Komma. Und ich erzählte von mir, aus meinem Leben und auch über meine afrikanische Beziehung. Das alles legte ich vor ihr aus, weil sie mir die Möglichkeit hierzu gab. Ich gab mein *Seelenfünklein*[82] Preis, und das schien ihr zu imponieren. Sie gab mir auch ein Stück von ihrem, irgendwie schienen wir Seelenverwandte zu sein. Scheinbar. Aber zu mehr als zum Austausch unserer *Seelenfünklein* kam es nicht. Am frühen Morgen machte sie sich dann doch auf den Weg, nachdem mich irgendwann die Müdigkeit überkommen hatte. Ich hatte mir in dieser Nacht auch nicht viel dabei gedacht und hatte sie in der Folge auch wieder aus meinem Gedächtnis gestrichen. Doch es kam anders. Ein paar Tage später rief sie mich an, ob wir uns nicht noch einmal treffen könnten. Ich sagte zu und sie besuchte mich am Vortag meines Abfluges erneut. Wir verbrachten den Nachmittag miteinander, ich musste auch noch einmal an die Uni, weil ich noch etwas für meine Doktorarbeit zu erledigen hatte. Wir liefen nebeneinander über das Unigelände, sie war etwas größer als ich und auch ihre Schuhgröße schien mir größer als meine zu sein, was keine große Kunst ist. Mehr war mir aber nicht aufgefallen. Sie sah nicht schlecht aus, wenn sie auch nicht die Fassade eines Alphaweibchens hatte. Und sie schien ein Faible für weite Pullis zu haben, das war mir in der Woche zuvor schon aufgefallen. Mehr war nicht, mehr sollte aus meiner Sicht auch nicht sein, war ich doch mit dem folgenden Tag, mit Afrika und meiner Abreise dorthin, beschäftigt. Also zurück von der Uni in unsere WG und dort einen Kaffee in der Küche. Unsere Unterhaltung schien zumindest zu funktionieren, wir hatten uns immer noch genug zu erzählen. Also irgendwann auf mein Zimmer. Wir lagen auf meinem Bett nebeneinander und es passierte nichts. Es sollte von meiner Seite ja auch nichts passieren, denn immer noch war ich auf meine afrikanische Freundin fixiert, die ich ja in Kürze wiedersehen sollte. Am frühen Abend verließ sie mich dann, da sie noch eine Verabredung hatte. Nun, das war auch okay für mich. Das sollte so sein.

Mitten in der Nacht allerdings öffnet sich meine Zimmertür. Und da stand sie. Ich hatte schon geschlafen und keine Ahnung, wer ihr die Wohnungstür geöffnet hatte. Aber es sollte wohl so sein. Und aus nichts und wieder nichts wurde Sex. Oder sollte Sex werden, denn es wurde nur so etwas in die Richtung. Ohne Pulli hatte sie ganz schön große Titten, die sie allerdings nicht sehr zu mögen schien, so kam mir das vor. Aus übergroß (gespielter?) Begierde zunächst von ihrer Seite, wurde dann nur so etwas mit angezogener Handbremse. Dass sie nicht auf Tittenfick stehe, erzählte sie mir von sich aus, ich hatte weder danach gefragt noch in irgendeiner Form eine Anspielung hierzu gemacht oder eine Begierde kundgetan. Sie erzählte mir das aus ihrer Vergangenheit und von früheren Affären. Dass sie dennoch ihre körperlichen Vorzüge bewusst einzusetzen pflegte und es genoss, wenn Männer darauf abfuhren, erkannte ich erst später. Und dieses später kommt noch.

Schien sie zunächst übergroße Lust zum Sex gehabt zu haben, verschwand diese, als es wirklich auch körperlich dazu gekommen war. Sie meinte, sie fühle sich nicht. *Auweia, ganz schön anstrengend das Ganze!* dachte ich mir frustriert. Aus diesem Grunde war ich nicht unglücklich, als die Zeit vorgerückt war und ich mich auf den Weg zum Flughafen machen musste. Eine Mitbewohnerin brachte mich mit dem Auto dorthin.

Das war's, eine Affäre, mehr nicht, dachte ich mir auf dem Weg dorthin. Und das war auch okay so für mich.

70

Gimme some big, big Tits…!
Das schrie Lemmy Kilmister auf den Motörhead-Konzerten in die Menge.
Und die Girls taten es…
Lemmy Kilmister ist einer meiner Rock `n´ Roll-Heroen. Oder vielmehr war. Er starb vor einigen Jahren an Krebs und an den Folgen des Rock `n´ Roll. Und ehrlich, wenn ich einmal sterbe,

dann möchte ich auch an den Folgen des Rock `n´ Roll sterben. Lieber als an jeder anderen Erkrankung.

Zu Lemmy Kilmister gibt es übrigens eine witzige Story, die mich bewegt hat und die ich in einem früheren Buch schon einmal beschrieben habe. Parodie nennt man das Wiederaufgreifen eines früheren künstlerischen Gedankens in einem neuen Werk. Zumindest bei J.S. Bach nennt man das so.

Bei mir nennt man das wohl eher Dyskreativität[84]. Wie dem auch sei…

Ian Fraser *Lemmy* Kilmister, legendärer Sänger, Bassist und Gründer der Rockband *Motörhead*, Rock `n´ Roller durch und durch aber auch Gesellschaftskritiker, war wenige Jahre vor seinem Tod in der Sendung *Lanz* zu Gast und durfte in der Runde direkt neben einem damaligen Bundesminister Platz nehmen. Und während des Interviews wurde wiederholt das Gesicht des Ministers eingeblendet. Wer kann, sollte sich das Video hierzu einmal bei *YouTube* anschauen (zu finden unter: *Lemmy bei Lanz*). Es ist ein Lehrvideo zum Thema nonverbale Interaktionspsychologie! Denn man konnte dem Minister im Gesicht ansehen, wie ein bestimmtes Körperteil immer kleiner wurde, insbesondere als Lemmy auf Viagra angesprochen wurde und erst recht als Lanz zum Ende des Interviews dem Minister den Vorschlag machte, beim nächsten Motörhead-Konzert zusammen in der ersten Reihe zu stehen…

(…Sorry, Minister, ich habe Lemmy vier Wochen vor seinem Tod noch live auf der Bühne gesehen und bin dabei trotz der immensen Lautstärke leider eingeschlafen, weil ich nach einem langen Arbeitstag einfach müde war…).

Tja, so ist das halt. Es gibt Menschen, die sagen, was sie denken, und es gibt Menschen unter den Menschen, die viel sagen, von denen man aber nicht so wirklich den Eindruck hat, dass sie so etwas wie einen Arsch in der Hose haben…

71

Nun, ich mache weiter, weiter in meiner Erzählung, denn irgendwann muss diese auch zu Ende erzählt werden. Irgendwie war ich schon immer lost in Sex, verloren in der Suche nach körperlicher Nähe, Zuneigung und Geborgenheit, aber auch nach Lust und Begierde. Es war nur auch zu viel Kopf dazwischen, zu viel moralischer Regulator, zu viel Unsicherheit, die Dinge nicht richtig anzupacken, meine fehlende Selbstsicherheit und meine übergroßen Selbstzweifel. Ich war mit Sicherheit kein schlechter Mensch, dennoch dachte ich zu viel über alles nach. Über alles und natürlich auch über Sex, in dem ich verloren zu sein schien, weil ich nicht wusste, wie ich mich richtig darin bewegen sollte. Und in dieser Suche nach dem Sinn allen Seins, schaue ich wieder in meine Zeitkugel hinein und komme ein zweites Mal in Afrika an. Meine afrikanische Freundin holte mich vom Flughafen ab. Aber irgendwas schien sich in mir nicht richtig anzufühlen. Irgendetwas. Wir machten uns am Folgetag auf den Weg in den Nord-Westen des Landes, wo ich erneut als Praktikant im katholischen Krankenhaus untergekommen war und auch gerne aufgenommen wurde. Da es bei der Ankunft schon spät war, stellte ich mich erst am folgenden Morgen bei der Mutter Oberin, der Leiterin des Krankenhauses, vor. Sie freute sich, mich wiederzusehen und begrüßte mich herzlich. Daneben gab sie mir ein siebenseitiges, an mich gerichtetes Fax, mit dem sie, glücklicherweise, nicht viel anfangen konnte. Es war aus meiner Heimat. Es war von meiner Affäre! Und es war Liebe darin. Liebe und Zuneigung. Gefühlsgleichheiten, Seelengleichheiten. Und ein Songtext von Metallica: *Nothing Else Matters*. Ich war berührt, zutiefst berührt, und ich war gefangen. Und es war Liebe in mir. Ich war verliebt und konnte nichts dagegen tun. Da war sie zum ersten Mal da, die Liebe zu zwei Frauen gleichzeitig, zu zwei Frauen gleichzeitig an zwei unterschiedlichen Plätzen auf dieser Welt. Die Vorgänge eines Lebens spielen sich auf unterschiedlichen Ebenen und zu verschiedenen Zeiten oft gleichzeitig ab, zumindest in der Welt der Gedanken und auch der der Illusion. Das schafft die Kugelgestalt der Zeit. Das scheint immer wieder zu passieren. Aber ich musste mich, zum damaligen Zeitpunkt, für eine von beiden Frauen entscheiden. Und ich entschied mich für die einfachere Variante. Für die daheim. Ich wusste, dass Afrika nur eine vorübergehende Episode sein konnte und daher auch sein musste. Zu mehr fühlte ich mich damals und für lange Zeit noch nicht gewachsen. Also hieß es nun, sechs Wochen lang von meiner afrikanischen Freundin Abschied zu nehmen. Mit Liebe, Zuneigung und mit Sex. Und mit Geld. Denn ich versuchte, diesen Abschied damit zu kompensieren, indem ich ihr die Dinge kaufte, die meine finanziellen Möglichkeiten zuließen. Und es kam ein Abschied. Für immer. Trotz Briefkontakte, die auch irgendwann verstummten, sahen wir uns niemals wieder.

72

Ich denke. *Cogito, ergo sum.* Ich denke, also bin ich. Ich kann nicht anders, als zu denken und nachzudenken. Selbst wenn ich wollte, ich könnte gar nicht anders, denn das Leben gibt mir tagtäglich die Steilvorlagen dazu, ständig denken und nachdenken zu müssen. Also denke ich nach. Somit denke ich zwangsläufig über alles und damit auch den Sinn von allem nach. Über den Sinn des Lebens. Wahrscheinlich die sinnloseste Sache, über die man nachdenken kann. Der Sinn des Lebens. Darüber haben sich schon so viele, angeblich kluge Köpfe das Hirn zerbrochen und außer vielen dicken, unlesbaren Büchern, viel Hirnwichse, geschrieben für die, die das geil finden, ist nichts Handfestes dabei herausgekommen. Der Sinn des Menschendaseins, der Sinn des Lebens. Trotz allem muss ich immer wieder darüber nachdenken. Eigentlich ist das ja recht einfach. In der Evolution scheint der Sinn allen Lebens zu sein, zu werden, zu sein und sich fortzupflanzen. Zur Erhaltung der Art. Zur Erhaltung der Abart Mensch. Denn wir sind immer noch und pflanzen uns auch weiterhin munter drauflos fort. Aber über diesen Sinn oder Unsinn denken wir nicht und nicht mehr nach, wir tun es einfach. In einer Zivilisationsgesellschaft ist das Nachdenken darüber auch zum Unsinn degeneriert. Wer wie ich, als Arzt, tagtäglich in dieser und für den Erhalt dieser Zivilisationsgesellschaft arbeiten muss, dem wird immer mehr klar, dass es nur einen Sinn im Leben geben kann. Wer in einer Welt wie der unseren lebt, in der außer Bürokratie, Borniertheit und Berufsschwachmatentum ansonsten nur Geld und Macht uns alle regieren, der muss irgendwann traurigerweise feststellen, dass der einzige Sinn des Lebens darin besteht, nicht verrückt zu werden und nicht in die Psychiatrie zu kommen. Wahrhaftig, das ist so!

Selbst wenn ich morgens oder nach einem Wochenende oder sogar nach einem Urlaub zur Arbeit gehe, vollkommen gechillt und im Geiste bereinigt, muss ich nach wenigen Stunden feststellen, dass darin der einzig wahre Sinn des Lebens besteht. Nicht in die Psychiatrie zu kommen! Das erkenne ich tagtäglich. Immer wieder, nicht nur bei mir, sondern auch bei denen, die mit mir zusammen in dieser Absurdität Alltag arbeiten und auch bei denen, die mich konsultieren. Denn die große Kunst des Lebens besteht darin, in diesem Wahnsinn nicht in Wahnsinn zu verfallen.

Als Arzt kann ich da in der Regel leider nichts tun. Zu oft sind mir die Hände gebunden und auch meine sonstigen körperlichen und geistigen Kapazitäten sind nicht in der Lage, die vom Wahnsinn bedrohte Menschheit vor diesem zu bewahren. Da ich dies als Arzt nicht kann, mache ich mir als Künstler, Gesellschaftskritiker und Mensch so meine Gedanken dazu. Und ich schaffe es nur, wenn ich meine Kräfte als Künstler, Gesellschaftskritiker und Mensch bündele. Und noch nicht einmal durch diese heilige Kräfteallianz schaffe ich es, eine sinnvolle Methode gegen den Verfall in den Wahnsinn zu entwickeln, der uns unausweichlich von den 3-B und Geld und Macht aufgebürdet wird.

No Chance!

Wie denn auch, war ich doch selbst schon einmal Insasse in einer Psychiatrie gewesen, weil mich die genannten Instanzen in den Wahnsinn getrieben hatten. Zum Glück habe ich es wieder geschafft, irgendwie da herauszukommen. Aber nur mit eisernem

Willen, ganz viel Arbeit an mir selbst und mit Hilfe meiner 3-D (dranbleiben, durchhalten, Disziplin). Ich habe meinen Wahnsinn zwar insofern überwinden können, dass ich nicht mehr dauerhaft in einer psychiatrischen Anstalt sein muss, aber vollständig bin ich meinen Wahnsinn nicht losgeworden, wird er doch tagaus, tagein genährt, ohne dass ich mich dagegen zur Wehr setzen könnte. Aber ich habe ja große Vorbilder, denen es ähnlich wie mir ergangen ist. Nietzsche zum Beispiel. So lange über den Schwachsinn nachdenken und darüber schreiben, bis man zuletzt vollständig verrückt geworden ist und nur noch dahindümpeln und bis zum Ende dahinvegetieren kann. Man hat keine Chance, man wird ohne Gnade in den Irrsinn getrieben. Und ich gehöre zu denen, die tagtäglich in den Wahnsinn getrieben werden. Aber obwohl ich das weiß, lasse ich mich dennoch nicht unterkriegen und kämpfe weiter. Und trotz meiner unumstößlichen Erkenntnis, dass das ein absurder Felsbrocken ist, den ich immer und immer wieder den Hügel hinaufrolle, mache ich dennoch weiter. Ich bin zwar als Arzt machtlos, obwohl ich als dieser ständig danach gefragt werde, aber meine anderen drei Wesenheiten, Mensch sein, Künstler sein und Gesellschaftskritiker sein, helfen mir in gewissem Sinne weiter. Das ist auch die einzige, wenn auch klitzekleine Chance, den kompletten Absturz ins dunkle Loch der totalen geistigen Umnachtung zu verhindern. Und Humor, Sarkasmus und Zynismus sind die einzigen Waffen, mit denen man sich in dieser Schlacht weiterhelfen kann. Also mache ich davon regen Gebrauch und wenn ich nicht durch und durch frustriert und deprimiert bin von dem ganzen Irrsinn, habe ich auch in diesem Dasein eine gewisse Lebensqualität. Es kann auch nur so funktionieren, denn wir Menschen und auch ich als Mensch müssen Mittel und Wege finden, wie man mit dem Wahnsinn zurechtkommt, werden wir doch als Menschen gewissermaßen in die Strukturen des Wahnsinns geboren. So schreibt Heinar Kipphardt in seinem Roman *März* folgenden Satz: *Das Kind wird unter Aufsicht der Eltern geboren und kommt in eine Anstalt, wo es sich an die Ordnung gewöhnen soll.* Karriere als Wahnsinniger in der Anstalt des Lebens quasi vorprogrammiert. Und weiter schreibt er, ein Kind habe eine größere Chance, *in eine Heilanstalt zu kommen als auf eine Universität.* Danke, ich für meinen Teil als Mensch habe beide Chancen genutzt. Und dank meiner Fähigkeit, als Mensch, Künstler und Gesellschaftskritiker mit Humor, Sarkasmus und Zynismus umgehen zu können, habe ich gelernt, mich von diesem ganzen Wahnsinn nicht unterkriegen zu lassen. *Der Wahnsinnige flüchtet vor der unerträglichen Widersprüchlichkeit der Begierden und des Gewissens, der Dichter übersteigt freiwillig die Banalität, damit er das Unsagbare in Worte fassen kann,* schrieb der niederländische Psychiater Frank van Ree. Wie wahr! Das ist der Sinn meines Daseins, der Sinn meines Lebens: *Mensch sei verrückt, damit du dem Wahnsinn entkommen kannst!*

73

Moritat von der Eifersucht

Zu den größten Martern für den Eifersüchtigen – und in unseren ge-
sellschaftlichen Verhältnissen sind alle eifersüchtig – gehören gewisse
gesellschaftliche Konventionen, die eine große und gefährliche Intimität
des Verkehrs zwischen den Geschlechtern gestatten. Man würde sich
zum Gespött der Leute machen, wenn man dieser Intimität beim Tanz,
bei der ärztlichen Untersuchung, bei der Beschäftigung mit Kunst, mit
Malerei und vor allem mit Musik entgegentreten wollte. Zwei Men-
schen geben sich der edelsten Kunst, der Musik, hin; das bedingt eine
gewisse Intimität des Umgangs, und diese Intimität ist in keiner Weise
anstößig, und nur ein dummer, eifersüchtiger Partner *kann sich dar-*
über aufregen.

Tolstoj – Die Kreutzersonate

Im bisher erzählten habe ich einiges über Süchte und meine
Süchte erzählt. Über Sexsucht, Tittensucht, aber auch meine
Sucht nach Perfektion, nach Musik, Jazz, Rock `n' Roll und klas-
sischer Musik, aber auch meine Sucht nach Liebe und Anerkennung. Es gibt so viele Süchte, die Mensch (und auch Mensch –
Ich) haben kann. Und bei mir sind sie immer abhängig von der
Tagesform, treten zu bestimmten Zeiten im Intervall unterschiedlich intensiv auf und sind zuweilen vorübergehend auch
komplett erloschen. Süchte über Süchte! Süchte über Süchte, das
Leben eines Menschen ist so voll davon, keiner kann sich freisprechen davon, keiner kann es! Und das kann gefährlich werden, wenn man die Süchte unterdrücken muss, wenn man sie
nicht ausleben darf. Eines meiner Lieblingsthemen, Kirche und
Moral, Scheinmoral und Scheißmoral sind ein gutes Beispiel. Ist
doch die zwanghafte Unterdrückung der Sexualität in der Kirche
und bei Kirchenangehörigen mit Sicherheit einer der Haupt-
gründe, warum solche Dinge wie heimlicher, unheimlicher sexueller Missbrauch von Schutzbefohlenen überhaupt stattgefun-
den haben. Dieses Thema wird nun seit einigen Jahren

zwanghaft und pseudobeschämt aufgearbeitet, eigentlich möchte man gar nicht darüber sprechen. Und worüber spricht man nicht? Über die heimlichen, versteckten Süchte des und der Betroffenen, die von einer verqueren Sexualmoral dogmatisch unterdrückt werden. Sorry, das ist meine Meinung. Und wenn ich nicht viel habe, so habe ich doch eines: Eine Meinung zu den Dingen!

Wie dem auch sei. Kommen wir zu mir und meinen Süchten zurück. Meine größte Sucht bin ich selbst, ist die ständige Sucht nach Nährung meiner Selbstsucht durch die Welt da draußen und meiner Innenwelt. Nach Fütterung meiner charakterlichen Raubtiere meines Selbst. Selbstbewusstsein, Selbstvertrauen, Selbstsicherheit, Selbstbestätigung durch mich und durch Fremdbestätigung. Diese Selbstbestätigung durch Fremdbestätigung ist ein Fass ohne Boden in mir. Ständig will ich über mich hören, wie toll und überragend ich bin und wie großartig die Dinge sind, die ich tue. Das ist echt die Pest! Im Grunde verachte ich diese Sucht nach mir selbst in mir aufs schärfste. Sie zeigt nur an, wie sehr ich Mensch bin, wie sehr ich auf der zweiten Stufe der vier edlen Wahrheiten feststecke. Ein Dilemma!
Und diese Sucht nach selbst, nach Selbstbestätigung durch Fremdbestätigung hat eine übergroße Untersucht die, ich weiß nicht, ob symbiotisch oder parasitär, damit verbunden ist: Die Eifersucht. Und von dieser Eifersucht soll das folgende handeln.

Was ist Eifersucht? Wenn ich Dinge nicht weiß, wenn ich keine Definition dafür habe, wenn ich Sachverhalte in der Welt nicht erkennen und darstellen kann, dann tue ich das, was ich immer tue: Ich lese nach.
Eifersucht ist die Leidenschaft, die mit Eifer sucht, was Leiden schafft! Heißt es so schön. Laut Wikipedia bezeichnet Eifersucht *Gedanken oder Gefühle von Unsicherheit, Angst und Besorgnis über einen relativen Mangel an Besitz oder Sicherheit. Eine schmerzhafte Emotion, die entsteht, wenn man das Gefühl hat, Zuneigung, Anerkennung, Aufmerksamkeit, Liebe oder Respektbezeugung von einer Bezugsperson nicht oder nur unzureichend zu bekommen.*

Tja, ein Selbst, oder vielmehr ein fehlendes Selbst als Fass ohne Boden für das Beschriebene, gepaart mit Hypersensibilität sind ein idealer Nährboden für Eifersucht.

Und weiter heißt es, dass sie entsteht, *wenn die Bezugsperson die Erwartung von Liebe oder Zuneigung einem anderen als einem selbst zukommen lässt und dadurch Verlust, Angst, Kränkung oder Minderwertigkeitsgefühle auslöst.*

Ich frage mich des Weiteren: Gibt es Eifersucht im Rock `n' Roll? Ja, gibt es! Aber hallo! Und mein Leben ist und war Rock `n' Roll pur! Also, gibt es darin auch Eifersucht. Aber hallo!

74

So close, no matter how far
Couldn't be much more from the heart
Forever trusting who we are
And nothing else matters

Never opened myself this way
Life is ours; we live it our way
All these words, I don't just say
And nothing else matters

Trust I seek and I find in you
Every day for us something new
Open mind for a different view
And nothing else matters

Never cared for what they do
Never cared for what they know
But I know

So close, no matter how far
It couldn't be much more from the heart

Forever trusting who we are
And nothing else matters

Never cared for what they do
Never cared for what they know
But I know

Never cared for what they say
Never cared for games they play
Never cared for what they do
Never cared for what they know

And I know, yeah, yeah
So close, no matter how far
Couldn't be much more from the heart
Forever trusting who we are
No, nothing else matters

Metallica – Nothing Else Matters

Wieder und wieder gehen mir dieser Song und sein Text durch den Kopf, während ich wieder mal an der Kugelgestalt der Zeit drehe. Ein Teil, ein zentraler Anteil des siebenseitigen Faxes, das ich bei meiner zweiten Ankunft im afrikanischen Krankenhaus entgegennahm, handelte davon. Ich hatte versucht, meine Affäre zu vergessen und hatte sie schon fast vergessen. Aber dann hielt ich ihr Fax in den Händen. Und somit hatte ich sie nicht vergessen: Mitnichten!

Und ich kam ein zweites Mal zurück aus Afrika und aus einer Affäre wurde eine Beziehung. Eine Beziehung, die ein Kampf war, ein einjähriger Kampf. Mein Kampf, einer meiner vielen Kämpfe, die ich im Leben gekämpft habe.

Wenn ich heute so darüber nachdenke, weiß ich nicht, was mich an dieser Frau, außer großer Titten, so interessierte. War sie wirklich so überragend, dass sie mich so gefangen nahm, überragte sie mich wirklich? Nun, an Körpergröße und Größe der Hände und Füße tat sie es gewiss, aber sollte es das sein? Nein, es war

Nothing Else Matters und das, was sie über mich und sich dazu geschrieben hatte.

Ich nenne sie einfach Smokie. Sie rauchte wie ein Schlot. Rauchende Frauen finde ich persönlich absolut unsexy, aber das reichte damals nicht aus, ihr nicht zu verfallen. Es war einfach mein fehlendes Selbst, das hoffte, von ihr genährt zu werden, das ihr verfiel. Sie rauchte, wie gesagt, wie ein Schlot, und ich tat es ihr einfach nach. Mein fehlendes Selbst suchte einfach nach Anerkennung. Und fiel ins Bodenlose, ins Meer der Unergründlichkeit, in einen Ozean der Selbsterniedrigung. Ich kam, wie gesagt, zurück aus Afrika mit der Erwartung von *Nothing Else Matters* und war gespannt auf das, was kommen sollte. Es kam und es war schwierig, superschwierig. Ich entdeckte das quasi sofort, nur wenige Tage nach meiner Ankunft und quälte mich ein ganzes Jahr lang damit. Selbstzweifel wurden zur Selbsterniedrigung, Selbstsicherheit, das bisschen, das ich besaß, zur absoluten Selbstunsicherheit, Sucht zur quälenden Eifersucht. Es war der Höhepunkt an Eifersucht in meinem Leben.

Auch sie war süchtig. Süchtig nach Zigaretten, aber auch nach Liebe und Anerkennung und nach Fremdbestätigung zur Selbstbestätigung. Sie suchte diese Bestätigung durch? Durch Männer! Ich weiß nicht, warum mir damals, zu diesem Zeitpunkt, die *Kreutzersonate* von Tolstoj in die Hände fiel. Manchmal spielt das Leben sein Spiel nach seinen eigenen Spielregeln und das scheint auch in diesem Fall so gewesen zu sein. Ich hatte das Buch damals zwar begonnen, konnte es allerdings nach wenigen Seiten nicht weiterlesen, da mich das alles zu sehr irritierte.

Heute lese ich es. Und erkenne zwar nicht alles, aber vieles wieder, was mich irritierte.

Wie gesagt, Smokie stand auf Zigaretten und stand auf Männer. Und sie konnte das, beides hervorragend, mir gegenüber kommunizieren. Und ich Arsch musste mich natürlich mit jedem Arsch dieser Erde vergleichen und zog für mich natürlich immer den Kürzeren. Ständig analysierte ich mich und setzte mich mit den anderen in Relation. Was an mir war ICH, was an diesem ICH war gut und gut für Sie? Warum war sie denn mit mir zusammen, wenn die anderen alle so toll waren, wenn sie, so dachte ich das, so viel männlicher und interessanter als ich waren? Oder war sie gar nicht mit mir zusammen, spielte sie das einfach nur? Und was daran sollte gut für mich sein?

Es ist erstaunlich, wie der Mensch sich so ganz der Täuschung hingeben kann, dass das Schöne auch das Gute sei[85], dachte ich mir immer wieder. Sollte ich sein, wie alle Männer und erkennen, dass die Dinge, über die wir gesprochen hatten, *dass die Gespräche über hohe Dinge eben nur Gespräche sind, dass der Mann vor allem den Leib begehrt und alles, was in ihm besonders trügerisch, aber anziehend im Lichte erscheinen mag?* Aber, *mich zu fangen, war nicht schwer, alles war auf Täuschung abgesehen.* Mir schien es, als *seien die Frauen* und sie als Frau *aufs tiefste herabgesetzt,* so stellte sich mir das dar, *während sie andererseits die Macht in den Händen halten. So werden wir Euch durch die Sinnlust zu unseren Sklaven machen, sagen die Frauen* und genau das ließ sie mich spüren. *Sie stachelte einfach meine Sinnlichkeit an. Kaum hatte ich mich dieser Frau genähert, so war ich schon von ihr berauscht und hatte den Verstand verloren[86].* Das Sprechen über unsere eigenen Dinge, über unsere *Seelenfünklein,* wurde mit der Zeit immer schwerer. *Wären wir Tiere gewesen, so hätten wir gewusst, dass wir nicht zu reden brauchten.* Aber wir waren Tiere, und jeder von uns beiden war im Kampf um seine eigene Selbstbestätigung durch Fremdbestätigung gefangen, jeder mit seinen eigenen Mitteln, sie mit ihren Reizen als Frau den Männern gegenüber und ich… Ja, womit ich? Ich weiß es nicht. *Ich halte es für notwendig, die Wahrheit darüber zu sagen. Es ist peinlich, beschämt, hässlich, jämmerlich und vor allem langweilig, unerträglich langweilig[87].* Dennoch tue ich es.

Ich, ganz einfach, war süchtig nach Bestätigung von ihrer Seite und wollte diese mit keinem anderen teilen müssen. Das schien mir der Zweck meines Daseins zu sein. *Wenn aber das Leben einen Zweck hat, so ist ganz klar, dass das Leben aufhören muss, wenn dieser Zweck erreicht ist[88].* Aber dieser Zweck war noch nicht erreicht. Also musste das Leben weitergehen, unsere Beziehung weitergehen, so dachte ich. Aber dieses Ziel, Bestätigung, Anerkennung, Liebe, konnte nicht erreicht werden, ganz einfach, *weil ich von Leidenschaft beherrscht war[89],* von der Leidenschaft, die mit

Eifer sucht, was Leiden schafft. Ich war süchtig danach, süchtig nach Liebe, uneingeschränkter und ungeteilter Liebe. *Liebe soll doch ein Seelenbündnis sein, und sieht es so damit aus? Das kann nicht, das ist sie gar nicht*[90]. Und das war sie nicht. Unsere Beziehung wurde zu einer On/Off-Beziehung. Mal waren wir zusammen, mal nicht. Häufig hatten wir Streit, *aber es war kein Streit, es war nur ein offenbar werden des Abgrunds, der in Wirklichkeit zwischen uns klaffte. Die Verliebtheit war aufgezehrt worden, und nun standen wir einander in unserem wahren Verhältnis gegenüber, als zwei einander völlig fremde Egoisten. In meinem inneren Herzen hatte ich gleich in den ersten Wochen gefühlt, dass ich verloren war, aber wie alle wollte ich mir das nicht eingestehen. Heute wundere ich mich, wie ich damals meine wahre Lage nicht erkannte. In der Theorie wird vorausgesetzt, die Liebe sei etwas Ideales, erhabenes; in der Praxis aber war diese Liebe etwas Gemeines, Schweinisches*[91]. Sie mit ihrer Art, mich eifersüchtig zu machen und ich in meiner Art, eifersüchtig zu sein. *Sie verhinderte meine Vorwärtsentwicklung als Mensch*, sie, diese Frau, ja. *Und warum war sie so? Eben deswegen. Wenn es Streitigkeiten zwischen uns gab, so lag die Schuld nicht an mir, sondern an ihr, an ihrem unglücklichen Charakter*[92]. So dachte ich damals. Ich hatte einfach zu wenig Selbst. Heute denke ich, dass ich diesen unglücklichen Charakter einfach nicht gesehen habe, da ich in meiner Eifersucht und meiner Suche nach mir selbst einfach zu sehr beschäftigt gewesen war. Ihre Art, ihrer Suche nach Selbstbestätigung war die, *möglichst viele Männer an sich zu ziehen, um wählen zu können*. In meinem Bild von ihr war sie die Frau, *die glücklich ist und alles gewinnt, was sie sich nur wünschen kann, wenn sie den Mann bezaubert. Und darauf schien ihre wichtigste Aufgabe zu sein: Zu lernen, wie man Männer bezaubert. Während unserer ganzen On/Off - Beziehungen hatte ich nie aufgehört, Eifersuchtsqualen zu leiden*[93]. Ich dachte über mich: *Ich bin ja eine Art Verrückter. Ich bin eine Ruine, ein Krüppel. Eines nur habe ich den anderen voraus. Ich weiß! Ja, so ist es, ich weiß das, was die anderen noch nicht bald erfahren werden. Dennoch bemerkte ich noch, dass die Perioden der Erbitterung bei mir ganz regelmäßig und pünktlich eintrafen, abwechselnd mit Perioden dessen, was wir Liebe nannten*[94]. Wieso das, mag man sich fragen? Nun, irgendwie wollte und konnte sie wohl auch nicht so wirklich von mir lassen, waren meine Hochsensibilität, um die ich damals noch nicht wusste und mein *Seelenfünklein* dennoch etwas, was sie suchte. Ob ich das war, was ICH in ihren Augen sein wollte, ein attraktiver Mann, der mit den Stärken der anderen, der in meinen Augen vermeintlich starken Männern, mithalten konnte, erfuhr ich nicht. Und noch etwas Unglückliches geschah damals. Sie zog in unsere WG, da ein Zimmer zu dem Zeitpunkt frei geworden war. So war die Katastrophe eingetreten! Wir lebten fortan unter einem Dach und liefen uns ständig über den Weg, ich hatte keine Chance mehr zu Distanz und Rückzug, keine Chance mehr zum Cut off! *Es wäre entsetzlich gewesen, so zu leben, wenn wir unsere Lage begriffen hätten; aber wir begriffen und sahen sie nicht. Darin liegt zugleich die Rettung und die Strafe des Menschen: Wenn er verkehrt lebt, dann kann er sich etwas vortäuschen, um das Furchtbare seiner Situation nicht zu sehen. So machten wir es auch.* Ich hatte *den Abgrund von Unglück und* unglücklicher *Liebe, in dem ich zappelte,* zwar erkannt, konnte aber nichts dagegen tun. *Wir waren quasi zwei Sträflinge, die an eine Kette geschmiedet sind, einander* lieben und *hassen, sich gegenseitig das Leben vergiften und sich bemühen, dies nicht zu sehen*[95].

Sie war eine *gewisse herausfordernde Schönheit, die die* Männer *unruhig machte. Ihr Anblick* und vielmehr ihre körperlichen Vorzüge *wirkten aufreizend. Wenn sie sich unter Männern zeigte, zog sie die Blicke auf sich. Sie war ein gut genährtes, in den Wagen gespanntes Pferd. Ein Zaum war nicht vorhanden,* wie er bei vielen Frauen nicht vorhanden ist. *Und ich fühlte das, und mir wurde bange*[96]. Ich konnte es einfach irgendwann nicht mehr ertragen. Ich dachte, *ob ich nicht fliehen sollte, weit fort von ihr, nach Amerika*[97]. Was natürlich zum damaligen Zeitpunkt nicht möglich war, befand ich mich doch gerade in der Vorbereitung auf mein zweites medizinisches Staatsexamen. Ich war 29 und zu unglücklicher Liebe, Eifersucht, On/Off-Beziehung und fehlender Fluchtmöglichkeit gesellten sich noch das ständige Lernen, was im Prinzip kaum möglich war, da mein Kopf und mein Herz so voll waren, sowie der Prüfungsstress hinzu. Dennoch bestand ich die Prüfung, Schnürzelwelt gab mir ihr Zeugnis des bestandenen Examens mit der Note *gut*. Danach konnte ich fliehen. Das Leben half mir weiter. Dennoch war es kein Cut, sondern ein langsamer und quälender Abschied.

75

I'm gonna take it to the limit of my love,
Before I turn and walk away
I've had enough of holding on
The promises of yesterday
Every day of my life, it seems,
Trouble's knocking at my door,
It's hard to try and satisfy
When you don't know what you're fighting for

Time and again I sing your song,
But, I've been runnin' on empty far too long
I've had enough holdin' on to the past,
Make no mistake, it could be your last

Don't break my heart again, like you did before
Don't break my heart again, I couldn't take anymore

I never hide the feeling inside,
And though I'm standing my back to the wall,
I know that even in a summer love
A little bit of rain must fall
But, every road I take I know
Where it's gonna lead me to,
Because I've traveled every highway
And they all keep coming back to you

Time and again I sing your song,
But, I've been runnin' on empty far too long

I've had enough holdin' on to the past,
Make no mistake, it could be your last

Don't break my heart again, like you did before
Don't break my heart again, I couldn't take anymore
Don't break my heart
Don't break my heart again, like you did before
Don't break my heart again, I couldn't take anymore
Whitesnake – Don`t Break My Heart Again

Ich muss eine kurze Pause machen. Eine Verschnaufpause, obwohl mich mein Inneres dazu drängt, die Geschichte zu Ende zu erzählen, denn sie muss zu Ende erzählt werden, die Geschichte. Kurze Verschnaufpause, kurze Denkpause. Nicht zu denken, fällt mir außerordentlich schwer. Bewege ich mich in meiner Zeitkugel von der Einstzeit in die Jetztzeit, frage ich mich, ob ich heute noch genauso über viele Dinge, die in meinem Leben passiert sind, denke, wie ich früher darüber gedacht habe?
Ja!
Emotionsfreies Denken ist mir fremd. Immer noch bin ich impulsiv, depressiv, manisch, cholerisch. Immer noch bin ich selbstkritisch und selbstzweifelnd. Immer noch bin ich auf der Suche nach dem wahren Selbst. Immer noch ist meine Suche nach Liebe und Anerkennung, meine Sucht nach Selbstbestätigung durch Fremdbestätigung ein Fass ohne Boden. Immer noch bin ich hochsensibel. Nur weiß ich heute darum und versuche, damit umgehen zu lernen. Und obwohl ich heutzutage nicht mehr so häufig Gründe habe, eifersüchtig zu sein, bin ich dennoch immer noch ein eifersüchtiger Mensch. So bin ich nun mal!

76

Das Leben half mir weiter. Und auch wenn es ein langsamer und quälender Abschied bis zum *Final Cut* war, konnte ich dennoch fliehen und mich letzten Endes befreien und gestärkt daraus hervorgehen. Nach dem zweiten Examen konnte ich in eine andere Stadt fliehen. Das letzte Jahr meines Medizinstudiums, das praktische Jahr, weg von der Theorie, hin zum praktischen Arbeiten als Arzt, weg von der Uni und hin in ein peripheres Ausbildungskrankenhaus, das mir den letzten Schliff zum Arztsein vermitteln sollte. Und endlich weg aus der Wohngemeinschaft, der WG der unglücklichen Liebe und der räumlichen Enge, in eine neue Wohngemeinschaft am neuen Ort, zwei Autostunden von meinem bisherigen unglücklichen Leben entfernt. Und ich genoss die neue Freiheit. Es schien sich etwas zu tun, sich etwas zu bewegen in meinem Leben. Schien!

Allerdings beendete ich die Beziehung damals nicht. Leider! Und sie beendete sie auch nicht. Leider! Also nichts mit *aus den Augen, aus dem Sinn.* Wir machten, räumlich nun getrennt, einfach weiter mit unserem unglücklichen Beziehungsdasein. Mal besuchte ich sie an den Wochenenden, mal sie mich an meinem neuen Ort. Manchmal auch gar nicht. Wenn wir uns trafen und ausgingen, auf Partys, Feiern oder sonstige Festivitäten, musste ich immer mit ansehen, wie sie die Blicke der Männer auf sich zog und wie ihr dies zu gefallen schien. Wenn diese dann mit ihr persönlich ins Gespräch kamen, sahen sie sie an *wie unsittliche Männer schöne Frauen ansehen, taten, als interessiere sie nur der Gegenstand des Gesprächs, also das, was sie in Wahrheit gar nicht interessierte. Sie bemühte sich, gleichgültig zu erscheinen, aber das ihr so wohlbekannte heuchlerische Lächeln des Eifersüchtigen lag auf meinem Gesicht, und der geile Blick der Männer erregte sie offensichtlich. Ich musste freundlich zu ihnen sein, um meinen Wunsch, sie sofort umzubringen, unterdrücken zu können*[98]. Häufig, wenn ich wieder alleine war, fühlte ich plötzlich *etwas Schweres, gleich einem Stein, der auf mein Herz fiel. Ich wollte mir* keine *Rechenschaft geben, was das ist*[98]. Ich wusste es. Es war meine Eifersucht. *Wenn ich jetzt an das Tier denke, dass damals in mir steckte, so packt mich das Entsetzen! Mein*

Herz zog sich plötzlich zusammen, stockte und fing danach an, heftig zu pochen wie ein Hammer. Das vorherrschende Gefühl, wie bei jeder zornigen Erregung, war Mitleid mit mir selbst[99].

Aber immer wieder, wenn sie mich besuchte, erzählte sie mir von irgendwelchen tollen Typen, die sie bewunderte, die sie in der Zwischenzeit getroffen hatte, mal war es ein Kollege, mal war es ein Typ, der sie im Auto zu mir mitgenommen hatte. Wie viel dahinter steckte, wie viel Sex, konnte ich niemals herausfinden. Am Sex konnte es jedoch nicht gelegen haben, dass ich sie nicht endlich aufgab, denn der Sex mit ihr war nicht gut, da halfen auch die Titten nicht weiter. Aber war es denn mit den anderen Typen, von denen ich nicht wusste, ob der Sex mit ihnen stattfand, es mir aber bildhaft ausmalte, besser als mit mir? Diese Frage stellte ich mir. Waren sie so mehr Mann als ich? Ich hatte so wenig Selbst. Ihre Art, mit mir umzugehen, oder wie ich es empfand, wie sie mit mir umzugehen pflegte, verletzte und kränkte mich pausenlos zutiefst. *Ich wollte sie ausschimpfen, sie hinauswerfen,* wenn sie bei mir auf meinem Bett saß und mir solche Stories erzählte, *aber ich fühlte* trotzdem, *dass ich wieder höflich und liebenswürdig zu* ihr *sein musste[100],* wollte ich nicht alles verlieren. Aber es war unerträglich. Absolut unerträglich. Ich musste einfach einen *Final Cut[101]* machen.

77

I would have given you all of my heart
But there's someone who's torn it apart
And she's taking almost all that I've got
But if you want, I'll try to love again
Baby, I'll try to love again but I know

The first cut is the deepest
Baby, I know the first cut is the deepest
'Cause when it comes to being lucky, she's cursed

When it comes to loving me, she's worst
But when it comes to being loved, she's first
That's how I know
The first cut is the deepest
Baby, I know the first cut is the deepest

I still want you by my side
Just to help me dry the tears that I've cried
'Cause I'm sure gonna give you a try
And if you want, I'll try to love again
But baby, I'll try to love again but I know

The first cut is the deepest
Baby, I know the first cut is the deepest
'Cause when it comes to being lucky, she's cursed
When it comes to loving me, she's worst
But when it comes to being loved, she's first
That's how I know
The first cut is the deepest
Baby, I know the first cut is the deepest

Baby, I know the first cut is the deepest
Baby, I know the first cut is the deepest
'Cause when it comes to being lucky, she's cursed
When it comes to loving me, she's worst
But when it comes to being loved, she's first
That's how I know
The first cut is the deepest
Baby, I know...

Cat Stevens – The First Cut Is The Deepest

Ich mache einen Cut. Ich lege Tolstoj und die *Kreutzersonate* aus der Hand! Ich beende meine seltsame, surreale Beziehung zu Smokie. Ich setze ihr die Pistole auf die Brust. Und bitte sie um das uneingeschränkte und unumstößliche Eingeständnis zu mir und meiner Liebe. Das kann sie nicht. Das war's dann also. Game over! Ich werfe sie raus. Hinaus aus meiner Wohnung und hinaus aus meinem Leben. Auf Nimmerwiedersehen!

Ein paar Tage später fragte mich ein Arzt der Station, auf der ich als Student mein Praktikum machte, warum ich auf einmal so fröhlich, offen und zugänglich sei und ich antwortete: *Ich habe mich von meiner Beziehung getrennt…!*

You're over my shoulder, I think I'm possessed
Your constant undertone, is making me toothless
Times come to trim you out of my life
Gonna cut you out, baby, out of my life

Dare-devil, she-devil, printer's-devil, evil
I love you like sin, but I won't be your pigeon

The power that I give you, I'm so sick of your voice
In my body, you don't give me no choice
But to boot you, honey, to give you the shove
So take back your despot, I'll keep you love

Dare-devil, she-devil, printer's-devil, evil
I love you like sin, but I won't be your pigeon

I'm searching by symbols, looking for a pistol
To laser you out, it looks like a keyhole
I'll just stick my key back, seamless and whole
No more idols, got my own self control

Dare-devil, she-devil, printer's-devil, evil
I love you like sin, but I won't be your pigeon

Blue Öyster Cult – Sinful Love

78

Uff! Trotz aller Vergangenheit gibt es eine Gegenwart. Eine all-
gegenwärtige Gegenwart. Und diese Gegenwart ist Schnürzelwelt in all ihrer Schnürzelhaftigkeit, ohne Sinn und Verstand.
Zumindest für mich nicht erkennbar. Grundpfeiler der Schnürzelwelt sind alle nur erdenklichen 3-B dieser Welt, wie:

- Bürokratie, Borniertheit, Berufsschwachmatentum
- Behaglichkeit, Beschaulichkeit, Bürgertum
oder
- Babbeln[102], Bobbes[103], Bimbes[104]

Kreativität ist gefragt. Ist gefragt in diesem System des ultimati-
ven Schwachsinns, um frei von Schwachsinn überleben zu können. Die Chancen sind allerdings nicht allzu groß, nicht davon
gefangen, besiegt und vernichtet zu werden. Wie sollte dies auch
gelingen?
Die Grenzen meiner Sprache sind die Grenzen meiner Welt! Immer
wieder muss ich Wittgenstein zitieren. Zwar verstehe ich 99 %
des *Tractatus logico-philosophicus* überhaupt nicht, aber die Sätze,
die ich darin verstehe, die verstehe ich sehr wohl. Und die Sprache der 3-B lässt in mir nur Sprachlosigkeit zurück. Jeder, der mit
den 3-B schon einmal Bekanntschaft schließen musste, und es ist
in Schnürzelwelt unmöglich, nicht mit den 3-B Bekanntschaft zu
schließen, kann erahnen, wovon ich spreche. Die Sprachlosigkeit, die Schnürzelwelt in Kreatur hinterlässt, ist deren alles
durchdringendes Gift. *Your Poison running through my Veins[105]...*
Bürokratie, Behörden, Blätter. Formulare. Formulare über Formulare. Und alle Formulare, jedes Formular für sich, haben ihre
eigene Sprache, ihre eigenen Konventionen, ihren eigenen Unsinn. Versteht man die Sprache des einen Formulars, vielleicht
irgendwann oder nie, heißt es noch lange nicht, dass man die
Sprache des anderen versteht. Und das Schlimme bei mir ist: Ich
verstehe nichts davon und sie alle nicht. No Chance! Je älter ich
werde, desto mehr schwindet die Hoffnung in mir, jemals ir-
gendein Verständnis dafür aufbringen zu können.

Warum ist das so? Wieder einmal Wittgenstein als Ratgeber. *Die Welt ist, was der Fall ist.* Und der Fall ist: Jede Behörde in Schnürzelwelt hat ihre ihr eigene Sprache. Das ist eine Tatsache! Und zur Darlegung und Auslegung ihrer ihr eigenen Sprache hat sie die Formulare erfunden, die vieles sagen sollen, aber im Grunde nichts aussagen. Soll ich in einem dieser Formulare einen mir wichtigen Sachverhalt darstellen, kann ich das nicht, weil ich die Sprache nicht verstehe, in der ich den Sachverhalt darstellen soll. Habe ich, mit wessen Hilfe auch immer, irgendwann diese Sprache erlernt und in dieser den Sachverhalt endlich dargestellt, heißt das noch lange nicht, dass dieser Sachverhalt für alle Seiten zufriedenstellend geklärt wurde. Am Ziel bin ich noch lange nicht. Wirklich nicht! Denn habe ich diesen Sachverhalt für Behörde A dargestellt, muss ich diesen ja auch für die Behörden n – A noch darstellen. Und das Problem ist, dass die Behörden n – A, die ich sexuell und asexuell befriedigen muss, um an mein Ziel zu gelangen, auch n – A Formulare haben, die ich bearbeiten muss, um an mein Ziel zu gelangen. Und diese n – A Formulare sind in n – A Sprachen verfasst, denen n – A Konventionen zu Grunde liegen, die sich auf n – A Gesetze und Gesetzmäßigkeiten beziehen. Man sieht, ich habe, man hat überhaupt keine Chance. Seit Jahren versuche ich, die Relativitätstheorie[106] und deren Gleichungen, die Schrödingergleichung[107] und die Maxwell-Gleichungen[108] zu verstehen. Das wird mir in diesem Leben leider nicht mehr gelingen. Aber selbst in 10^{100} Leben würde ich es nicht schaffen, die Konventionen, Regeln und Regelwerke der Schnürzelwelt und ihrer 3-B zu verstehen. Ein sinnloses Unterfangen.

Was bleibt mir übrig?

A) Ich gebe auf und verbleibe bis zum Lebensende in meiner Dezerebrierungsstarre, mache den Nietzsche[109] sozusagen.

B) Ich lasse meine masochistischen Neigungen zum Leben erwecken und lasse mir weiterhin den riesigen 3-B-Dildo in den Hintern rammen.

C) Ich bleibe, was und wie ich bin: Arzt, Künstler, Gesellschaftskritiker. Und Mensch. Und verbleibe weiterhin 80 % meiner Le-
benszeit in meiner Innenwelt.

79

Mundus vult decipi, ergo decipiatur[110]...

Ich hoffe allerdings, dass das von mir Geschriebene und Beschriebene nicht als allzu große Verarsche aufgefasst werden
mag. Aber irgendwie fühle und fühlte ich mich häufig von der
Welt verarscht. Also verarsche ich sie einfach zurück. Zuweilen
tut das ganz gut. Und ich will ja auch keinen vorsätzlich verarschen, sondern nur eine Geschichte erzählen.
Und die Geschichte geht ihrem Ende entgegen. Sie endet an meinem 30. Geburtstag. Mein Medizinstudium war abgeschlossen
und die große, weite Welt des Arztseins wartete auf mich, wartete darauf, einen weiteren Halbgott oder Trottel in Weiß in ihren
Reihen begrüßen zu können. Als Halbgott fühlte ich mich allerdings nie und als Trottel in Weiß häufig; als Halbgott fühle ich
mich, heute, immer noch nicht, aber als Trottel?
Nun ja…
Auf jeden Fall war mein 30. Geburtstag ein Tag der Erkenntnisse
und auch der Erkenntnis schlechthin.
Schon am frühen Morgen machten mir meine besten Freunde,
die ich eingeladen hatte, in der Küche meiner Wohngemeinschaft ein Geschenk. Ich packe aus und finde eine Windel darin.
Für den kleinen Hosenscheisser, für den Einstieg in sein neues,
sein zukünftiges Leben. Ich lache, über die andern und auch über
mich.

Erste Erkenntnis: Ich kann über mich lachen!

Was das eigentliche Geschenk, das in die Windel eingepackt, war, weiß ich allerdings nicht mehr. Mir ist jegliche Erinnerung dazu entfallen, so sehr ich mich auch bemühe. Vielleicht war der erste Eindruck einfach zu groß.

Am Abend veranstaltete ich eine Party in der WG, zu der ich alle meine Studentenkollegen des praktischen Jahres eingeladen hatte. Diese schenkten mir ein Sex-Toy, eine aufblasbare Puppe mit laszivem Mund und allen erdenklichen Löchern, die ein Sex-Toy haben kann. Allerdings waren die Titten zu hart, das gab einen Abzug in der B-Note.

Zweite Erkenntnis: Die andern, die meine Innenwelt gar nicht kannten, hatten mich erkannt, noch bevor ich mich selbst erkannt hatte.

Die eigentliche Erkenntnis, die Antwort auf eine Frage, über die ich ein Leben lang nachgedacht habe, kam mir allerdings erst, als ich allein war. Und sie hängt mit einer meiner frühesten Kindheitserinnerungen zusammen. Im Ort, in dem ich aufgewachsen bin, wurde jedes Jahr im Sommer an einer kleinen Kapelle im Wald eine Wallfahrt veranstaltet. Reliquienhändler[111] gab es schon immer und die gab es auch dort. Der Gründer des ganzen Rummels hatte zwar die Händler einst aus dem Tempel geworfen, sie waren jedoch, schon früh nach seinem Tod vor 2000 Jahren, zurückgekehrt. Wenn die Menschen Scheiße zu Geld machen können, gehen Sie einfach über Leichen. Als kleines Kind faszinierten mich allerdings die bunten, romantisch verklärten Erlöser- und Heiligenbildchen, sowie die Erlöserfiguren oder die seiner Mutter in den Schneekugeln.

Während der Messe, zu der die Wallfahrer von nah und fern angereist waren und wo sie in der Kapelle, vor der Kapelle und auch verstreut in der Waldlichtung standen oder saßen und zum Teil innig, zum Großteil aber weniger innig an dem Heiligtum Anteil nahmen, lief ich, mit meinen zwei oder drei Jahren, umher und sammelte ein großes Kastanienblatt vom Boden auf. Die Kapelle lag nämlich in einem Kastanienhain. Zeitgleich waren die Ministranten losgezogen, um die Kollekte einzusammeln. Ich sehe mich noch und sehe eine Tante neben mir, die gerade Münzen in den Klingelbeutel[112] geworfen hat. Ich halte mein Kastanienblatt hoch und schaue die Tante an und sie sagt: *Schmeiß rein!* Und sie lacht dabei. Ich allerdings frage mich, wieso ich ein Blatt in ein Körbchen reinwerfen solle, in das andere Geld reinwerfen. Und ich frage mich das wieder und immer wieder für die nächsten Jahre, für die nächsten Jahrzehnte, da ich mich immer wieder an diese Szene erinnere.

Und an meinem 30. Geburtstag kam mir schlagartig die Erkenntnis, es fiel mir gewissermaßen wie Schuppen von den Augen: *Mein Gott, Deine Tante wollte Dich nur verarschen…!*

In der Folgezeit übernahmen dann das Leben und die Welt die Aufgabe und den Auftrag der Tante. Mit dem Verarschen, meine ich…

Mundus vult decipi, ergo decipiatur …

Wie gesagt, mit meinem 30. Lebensjahr begann eine neue Zeitrechnung für mich, ich sollte endlich, und wenn auch nur rein formal, in die Welt der Erwachsenen eintreten. Das versuchte ich zwar, habe es allerdings nie geschafft. Andere Geschichten, die ich noch zu erzählen habe, werden davon handeln. Und wenn ich heute, nach einem reichtumsbunten Leben, meine, dass mich Welt und Gesellschaft mit all ihren 3-B nur ausgesaugt haben, muss ich konstatieren:
Nein, sie haben Dich nicht ausgesaugt. Sie haben Dich nur verarscht.

80

C.O.D.A.

Was habe ich getan? Nun, ich habe die Hosen heruntergelassen. Um der Welt zu zeigen, was sich darunter verbirgt. Und was verbirgt sich darunter? Nichts Besonderes. Etwas, was man milliardenfach kennt auf dieser Erde, etwas, was man so oft gesehen hat, dass es durch und durch langweilig erscheint. Einen Einblick in Körper und Seele eines Menschen, in sein Leben, seine Lebensgewohnheiten und seine Lebensgestaltung, die im Grunde nicht mehr als langweilig zu bezeichnen ist. Glatter Durchschnitt also.

Nur habe ich bei dieser Bloßstellung etwas über Bord geworfen. Zumindest habe ich es versucht. Den moralischen Regulator über Bord zu werfen. Es ist mir aber nicht vollends gelungen. Moralische Regulatoren sind die Lieblingskinder von Bürokratie, Borniertheit und Berufsschwachmatentum, von Behaglichkeit, Beschaulichkeit und Bürgertum. Und obwohl ich Arzt bin - dagegen gibt es keine Medizin. Und auch als Künstler und Gesellschaftskritiker habe ich keine Chance, dagegen anzugehen. Als Mensch kann ich mich als Teil dieser Gesellschaft und dieser Welt nur arrangieren damit. Es gibt keine Chance, keine Chance des Entkommens. Also arrangiere ich mich damit. Und werfe meinen moralischen Regulator als Teil dieses Arrangements über Bord und den Geist in der Flasche ins Meer zurück. Im Grunde habe ich gar nichts gegen die Moral an sich, nur etwas gegen moralische Regulatoren, dann, wenn die Moral nur dazu da ist, weil sie moralisch ist, wenn sie uns durch Dogmen oktroyiert wurde und wird. Dogmen waren in der Zivilisationsgeschichte nur dazu da, um die Macht der Mächtigen zu festigen und die Ohnmächtigen zu fesseln. Zur Verbesserung des Lebens haben sie nicht beigetragen.

Moral bezeichnet die normativen Orientierungen (Ideale, Werte, Regeln, Urteile), die das Handeln von Menschen bestimmen bzw. bestimmen sollten. Wenn Moral darauf abzielt, dass die Würde des Menschen gewahrt bleibt, die Würde sowohl aller

Menschen als auch die des Individuums, dann ist sicherlich nichts Verwerfliches daran. Und wenn sie darauf abzielt, dass man seinen Mitmenschen weder belästigt noch beschädigt noch behindert und auch nicht gefährdet, dann ist sie in jedem Fall etwas Erstrebenswertes.

Ich höre *Dr. Feelgood* von Mötley Crue während ich dies schreibe. Eine Band, die mein moralischer Regulator, mein christlicher Zensor vor 40 Jahren, bei besagtem Monsters of Rock-Festival nicht zulassen wollte. Heute frage ich mich warum. Hat mich die Band und deren Musik doch weder behindert, belästigt, gefährdet oder geschädigt und ich habe dies durch deren Musik auch keinem anderen angetan. Es ist einfach nur gute heavy Rock'n'Roll Musik. Und auch Sex, Drugs and Rock 'n' Roll haben keinen schlechten Menschen aus mir gemacht.
I am listening to Mötley Crue and *Dr. Feelgood*.
Yes, I am a Doctor, and I feel good. Und das werde ich auch bleiben!

So call me (Dr. Love)
They call me Dr. Love (calling Dr. Love)
I am your Doctor of Love (calling Dr. Love), haaaaaaa
They call me (Dr. Love), they call me Dr. Love (calling Dr. Love)
I' ve got the cure you're thinkin' of (calling Dr. Love)
Kiss – Calling Dr. Love

286

287

294

Anhang

[1]: *Der Mensch ist des Menschen Wolf; seht den Menschen, dessen Wolf ausgebrochen ist...*

[2]: Die vier Edlen Wahrheiten bilden die Grundlage der buddhistischen Lehre.

[3]: Der edle achtfache Pfad ist die vierte der vier edlen Wahrheiten des Siddhartha Gautama, dem Buddha (ca. 500 v. Chr.). Er gibt eine Anleitung zum Erreichen der Erlösung (Nirwana).

[4]: Wilhelm Busch: *Max & Moritz*

[5]: *Kontradiktion:* Widerspruch

[6]: Hermann Hesse: *Narziss und Goldmund*

[7]: *Dekalog:* Die 10 Gebote

[8]: *The Big Five for Life: Was wirklich zählt im Leben.* Buch von John Strelecky

[9]: *Ich denke, also bin ich.*

[10]: *Ich kämpfe, also bin ich auch.*

[11]: Tetsuo Kiichi Nagaya Roshi (1895-1993), japanischer Zen-Meister

[12]: Im inneren Menschen wohnt die Wahrheit. Zitat von Augustinus (354-430), römischer Bischof und Kirchenlehrer

[13]: John Scofield, amerikanischer Jazz-Gitarrist

[14]: *Alte Meister*, Roman von Thomas Bernhard (1931-1989), österreichischer Schriftsteller

[15]: Georg Büchner (1813-1837): *Woyzeck*. Drama

[15a]: Versroman der mittelhochdeutschen höfischen Literatur von Wolfram von Eschenbach (1160/1180-1120)

[16]: Im Original heißt es aber: *Ein Teil von jener Kraft, die stets das Böse will und stets das Gute schafft.* J. W. von Goethe (1749-1832), Faust I

[17]: Anton Bruckner (1822-1896), österreichischer Komponist

[18]: Unter Aleatorik (von lat. a*lea* = *Würfel, Risiko, Zufall*) wird in Musik, Kunst und Literatur im weitesten Sinne die Verwendung von nicht-systematischen Operationen verstanden, die zu einem unvorhersehbaren, weitgehend zufälligen Ergebnis führen.

[19]: Zitat von Arnold Schönberg (1874-1951), österreichischer Komponist

[20]: *Through the Barricades* (1986): Song der englischen New-Wave-Band Spandau Ballet

[21]: *Amarcord* (1973): Filmkomödie des italienischen Regisseurs Federico Fellini (1920-1993)

[22]: Franz. für etwa *Lebens-Schwung*. Ein von dem französischen Philosophen Henri Bergson (1859-1941) in seinem Werk *L'évoltion créatrice* (Die kreative Evolution) geprägter Begriff

[23]: Form des Internetbetrugs, bei der gefälschte Profile in Singlebörsen und auf Sozialen Medien dazu benutzt werden, den Opfern Verliebtheit vorzugaukeln mit dem Ziel, eine finanzielle Zuwendung zu erschleichen

[23a]: George Bernhard Shaw (1856-1950): Irischer Schriftsteller und Dramatiker

[24]: Schnürzel: Wortneuschöpfung, abwertende Bezeichnung für alles, was mit den 3-B zusammenhängt

[24a]: *Ausweitung der Kampfzone* (1994): Roman von Michel Houellebecq, französischer Schriftsteller

[24b]: Maurice Ravel (1875-1937), französischer Komponist

[25]: Bernd Alois Zimmermann (1918-1970), avangardistischer deutscher Komponist

[25a]: Jakob Michael Reinhold Lenz (1751-1792): Deutscher Dichter und Dramatiker

[25b]: *Erinnerungen, Träume, Gedanken* (1961): Buch von C. G. Jung (1875-1961), Schweizer Psychoanalytiker

[26]: Russ Meyer (1922-2004), amerikanischer Regisseur, Drehbuchautor und Produzent

[27]: Deutsche Version der italienischen Erotik-Spielshow Colpo Grosso

[28]: *Eloquenzbestie*: Wortgewandte Laberbacke

[29]: Ludwig Wittgenstein (1889-1951), österreichischer Philosoph

[30]: Peter Handke, österreichischer Schriftsteller

[31]: Günter Grass (1927-2015), deutscher Schriftsteller

[32]: Programmatischer Text, in dem Karl Marx (1818-1883) und Friedrich Engels (1820-1895) große Teile der später als Marxismus bezeichneten Weltanschauung entwickelten

[33]: Das *Quadrivium* umfasst die vier sogenannten freien Künste Arithmetik, Geometrie, Musik und Kosmologie. Diese vier Wissenschaften galten von der Antike bis in die Renaissancezeit als Schlüssel zur Ergründung des wahren Wesens unserer Wirklichkeit

[34]: Johannes Brahms (1833-1897), deutscher Komponist

[35]: Clara Schumann (1819-1896), deutsche Pianistin und Komponistin

[36]: Unabdingbare Voraussetzung

[37]: Das Eisenhower-Prinzip ist eine Methode des Zeitmanagements, wonach Aufgaben der To-do Liste nach Dringlichkeit und Wichtigkeit kategorisiert werden

[38]: *Keinen Schaden anrichten*

[39]: *Das Heil des Kranken sei höchstes Gesetz*

[40]: *Der Arzt behandelt, die Natur heilt*

[41]: Eigentlich Lobredner, hier Schmeichler

[42]: *Hotter than Hell* (1974): LP der amerikanischen Hardrock-Band KISS

[43]: *Lang ist die Kunst, kurz das Leben*

[44]: s. Anm. 15a

[45]: *Walk of Life* (1985): Song der britischen Rockband Dire Straits aus dem Album *Brothers in Arms*

[46]: Die Quantenphysik beschreibt die Naturgesetze im atomaren und subatomaren Bereich und sagt ebenso Eigenschaften von viel größeren Systemen voraus.

[47]: Besonders attraktive und verhängnisvolle Frauenfigur

[48]: Besondere Kraft der Psyche, Belastungen auszuhalten

[49]: 3. Newtonsches Gesetz (Wechselwirkungsprinzip)

[50]: *Im wirklichen Leben*

[51]: Ludwig Wittgenstein: *Tractatus logico-philosophicus*

[52]: Geschlechtergerechte Sprache

[53]: Die Äquivalenz von Masse und Energie. Albert Einsteins (1879-1955) berühmte Formel

[54]: Held der griechischen Mythologie, der zur Strafe für unklare Vergehen einen Felsblock auf ewig einen Berg hinaufwälzen muss, der, fast am Gipfel, jedes Mal wieder ins Tal rollt. Homer nennt allerdings keinen Grund für die Strafe

55: Die Redewendung stammt aus der Mythologie und drückt aus, dass man Unheil anrichtet, wenn man redensartlich die *Büchse der Pandora* öffnet

56: Albert Camus (1913-1960), französischer Philosoph und Schriftsteller

57: Gesprochen: *Chi.* Der *Lebensfluss* im chinesischen Lebenskonzept

58: Arnold Schönberg (1874-1951), avandgardistischer österreichischer Komponist

59: Elaine Aron, US-amerikanische Psychologin und Sachbuchautorin, hauptsächlich zum Thema Hochsensibilität

60: *Lex parsimonae.* Nach Wilhelm von Ockham (1288-1347), Philosoph und Theologe der Spätscholastik. Sparsamkeitsprinzip, das bei der Bildung von erklärenden Hypothesen und Theorien höchste Sparsamkeit gebietet.

61: Hermann Hesse (1877-1962), deutscher Dichter und Schriftsteller

62: Bertold Brecht (1898-1956), deutscher Dichter und Schriftsteller

63: *Blood, Sweat and Tears* ist der Titel einer kurzen Ansprache, die der britische Politiker und damalige Premierminister Winston Churchill (1874-1965) am 13. Mai 1940 während des Zweiten Weltkrieges vor dem britischen Unterhaus hielt

64: Sie beschreibt die Abhängigkeit der Reaktionsgeschwindigkeit einer Enzymreaktion von der Konzentration des Substrats.

65: Das zweitbeste Prädikat bei einer bundesdeutschen Promotionsprüfung, *sehr gut*

66: Der Versuch, etwas, was einmal passiv als angstauslösend erlebt wurde, später aktiv zu wiederholen, um das erträgliche Maß der Erregung selbst bestimmen zu können und so die Angst zu reduzieren

67: *The* first *Cut is the Deepest* (1967): Song von Cat Stevens

68: Heinar Kipphardt (1922-1982), deutscher Schriftsteller und Dramatiker

69: *Berühre mich nicht!* Der an Maria Magdalena gerichtete Ausspruch Jesu nach seiner Auferstehung (Joh 20,17)

70: Ludwig Wittgenstein: *Tractatus logico-philosophicus*

[71]: Ludwig Wittgenstein: *Über Gewissheit*

[72]: Gen 2,9-3,19

[73]: *Unerheblich etwas darüber zu wissen.* Besagt im Wesentlichen, dass es keine Rolle spielt.

[74]: Aristoteles (384-322 v. Chr.), griechischer Philosoph

[75]: Jeremy Bentham (1748-1832), englischer Jurist und Philosoph

[76]: Immanuel Kant (1724-1804), deutscher Philosoph

[77]: Humoristische Fernsehserie

[78]: *Ich schau` Dich an* (1982): Song der Spider Murphy Gang, bayrische Rock'n'Roll Band

[79]: *Gott von der Maschine und auch vom Teufel*

[80]: Frank Zappa (1940-1993), US-amerikanischer Musiker und Komponist

[81]: *Die Kreuzersonate*: Benannt nach Ludwig van Beethovens populärer Violinsonate. Novelle von Lew Nikolajewitsch Tolstoj (1828-1910), russischer Schriftsteller

[82]: *Das Seelenfünklein* ist die Kraft, die mit Gott vereint. Nach Meister Eckhart (1260-1328), Theologe und Philosoph

[83]: Nonverbale Kommunikation bezeichnet jenen Teil der zwischenmenschlichen Kommunikation, der nicht durch wörtliche Sprache vermittelt wird

[84]: Gegenteil von Kreativität

[85]: Lew Nikolajewitsch Tolstoj (1828-1910): *Die Kreuzersonate*

[86]: ebd.

[87]: ebd.

[88]: ebd.

[89]: ebd.

[90]: ebd.

[91]: ebd.

[92]: ebd.

[93]: ebd.

[94]: ebd.

[95]: ebd.

[96]: ebd.

[97]: ebd.

[98]: ebd.

[99]: ebd.

[100]: ebd.

[101]: *The Final Cut* (1983): LP der britischen Rockband Pink Floyd

[102]: *Babbeln* (pfälzisch): Sprechen

[103]: *Bobbes* (pfälzisch): Hintern

[104]: *Bimbes*: Ein aus eingedicktem Birnensaft hergestellter traditioneller Brotaufstrich. Bimbes hat ebenfalls im pfälzischen Dialekt die volkstümliche Bedeutung für Geld, aber auch für den Hintern. Vom deutschen Bundeskanzler Helmut Kohl (1930-2017) gerne gewählter Ausdruck

[105]: *Poison* (1989): Song von Alice Cooper aus der LP Trash

[106]: Befasst sich mit der Struktur von Raum und Zeit sowie mit dem Wesen der Gravitation. Sie besteht aus zwei maßgeblich von Albert Einstein entwickelten physikalischen Theorien: Der 1905 veröffentlichten speziellen und der 1916 abgeschlossenen allgemeinen Relativitätstheorie.

[107]: Eine der grundlegenden Gleichungen der Quantenmechanik, die ihrerseits eine der Hauptsäulen der modernen Physik ist. Aufgestellt von Erwin Schrödinger (1887-1961), österreichischer Physiker

[108]: Beschreiben die Phänomene des Elektromagnetismus. Sie sind damit ein wichtiger Teil des modernen physikalischen Weltbildes. Aufgestellt von James Clerk Maxwell (1831-1879), schottscher Physiker

[109]: Friedrich Wilhelm Nietzsche (1844-1900), deutscher Altphilologe und Philosoph. Ab seinem 45. Lebensjahr (1889) litt er unter zunehmenden psychischen Störungen, die ihn arbeits- und geschäftsunfähig machten. Den Rest seines Lebens verbrachte er als Pflegefall

[110]: *Die Welt will verarscht werden, also verarschen wir sie*

[111]: Reliquien: Überreste religiöser Persönlichkeiten

[112]: Beutel oder Körbchen, die beim Gottesdienst zur Aufnahme von Geldopfern herumgereicht werden